Maurice Gee

Trilogia do Sal Profundo
Volume I

Tradução
Cláudia Mello Belhassof

Rio de Janeiro | 2015

Copyright © 2007 *by* Maurice Gee

Título original: *Salt*

Capa: Marina Avila

Imagens de capa: © iStockphoto.com/nialat; © Tungphoto/Shutterstock.com; © lolloj/
Shutterstock.com; © Fer Gregory/Shutterstock.com; © STEVEN CHIANG/
Shutterstock.com; © Studio10Artur/Shutterstock.com
Direitos adquiridos por Marina Avila

Editoração: FA Studio

Texto revisado segundo o novo
Acordo Ortográfico da Língua Portuguesa

2015
Impresso no Brasil
Printed in Brazil

Cip-Brasil. Catalogação na publicação.
Sindicato Nacional dos Editores de Livros, RJ.

G264s	Gee, Maurice, 1931- Sal / Maurice Gee; tradução Cláudia Mello Belhassof. — 1. ed. — Rio de Janeiro: Bertrand Brasil, 2015. 196 p.; 23 cm. (Trilogia do Sal Profundo; 1) Tradução de: Salt Continua com: Gool ISBN 978-85-286-1785-6 1. Ficção neozelandesa. I. Belhassof, Cláudia Mello. II. Título. III. Série.
	CDD: 828.99333
14-17387	CDU: 821.111(931)-3

Todos os direitos reservados pela:
EDITORA BERTRAND BRASIL LTDA.
Rua Argentina, 171 — 2º andar — São Cristóvão
20921-380 — Rio de Janeiro — RJ
Tel.: (0xx21) 2585-2070 — Fax: (0xx21) 2585-2087

Não é permitida a reprodução total ou parcial desta obra, por
quaisquer meios, sem a prévia autorização por escrito da Editora.

Atendimento e venda direta ao leitor:
mdireto@record.com.br ou (0xx21) 2585-2002

Impresso no Brasil pelo Sistema Cameron da Divisão Gráfica da
DISTRIBUIDORA RECORD DE SERVICOS DE IMPRENSA S.A.

SAL

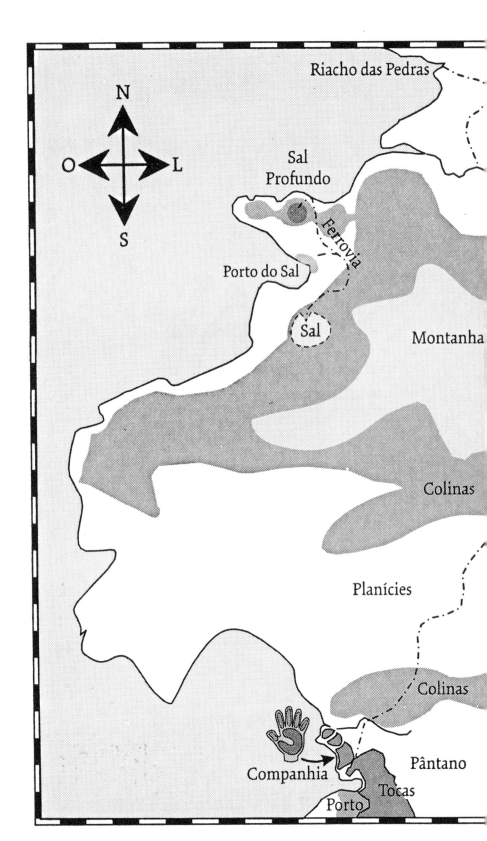

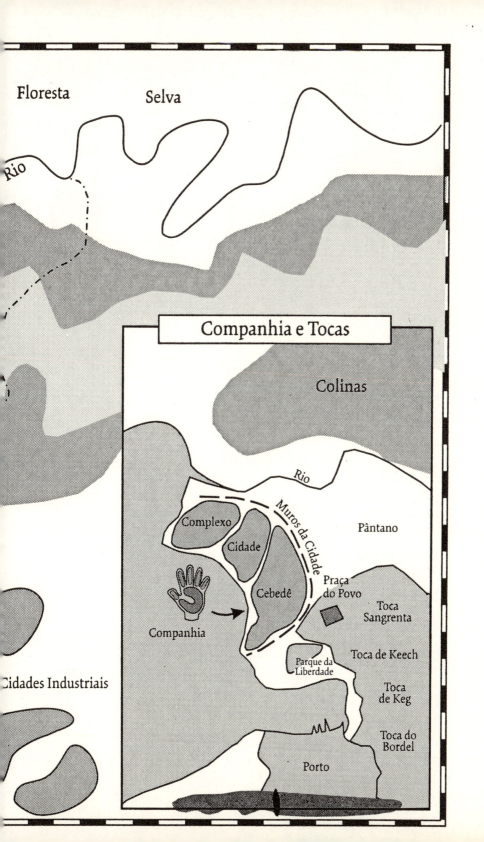

UM

Os Chicotes, silenciosos como felinos caçadores, cercaram a Toca Sangrenta uma hora antes do amanhecer e deram início à sua caçada quando os cães madrugadores começaram a uivar. Chovia forte naquele dia, lavando as ruas e transbordando as sarjetas. As túnicas cinzentas dos Chicotes tinham ficado pretas no aguaceiro, seus capacetes brilhavam como asas de besouros e as faíscas que saltavam de seus dedos enquanto levavam o rebanho de recrutas chiavam e cuspiam como gás de canos de esgoto.

Eles capturaram noventa homens, alguns em suas cabanas, outros nas ruínas, e os empurravam, uivando, para a ponta elevada sul da Praça do Povo, onde as pedras do calçamento ainda não haviam deslizado para o pântano. Uma água barrenta se agitava ao redor dos prédios da parte norte. Cowl, o Libertário, gritando "Liberdade ou Morte", erguia sua cabeça de mármore acima do tumulto. Mosquitos se reproduziam sob a sua língua. Os Chicotes, como exigia o costume, pararam de conduzir o rebanho e gritaram "Cowl, o Assassino", antes de continuarem.

Uma carroça com uma plataforma coberta e lonas penduradas nas laterais e na traseira aguardava nas pedras. Um escrivão estava sentado a uma mesa sob a tenda, com a mão espalmada sobre uma pilha de formulários e uma pena de escrever, curvada como uma lâmina, na outra mão. Seu uniforme era mais claro que o dos Chicotes (além de estar seco) e tinha o símbolo da Companhia, a mão aberta, aplicado na túnica. Ele franziu o cenho para a multidão reunida na sua frente e inclinou a cabeça para trás numa tentativa inútil de evitar o fedor de camisas podres e corpos supurados.

— Sargento.

— Senhor?

— Isto é o melhor que pode fazer? Minhas ordens foram duzentos homens adequados para o trabalho.

O sargento Chicote engoliu em seco e pareceu encolher, sabendo que ele e seus homens não ganhariam um bônus, apesar de terem caçado com afinco, não poupando ninguém.

— Eles estão fingindo como ratos. Têm esconderijos e passagens secretas em toda parte.

— E o seu trabalho é conhecê-los e não me trazer famintos e semimortos.

— Eles estão fingindo, senhor. — O sargento empurrou um homem quase nu, fazendo com que choramingasse. — Este aqui correu como um cervo-do-pantanal. Agora ele se curva. E este... engoliu terra. Por isso está vomitando.

— Basta. Eu conheço os truques deles. Contagem.

— Noventa, senhor.

— Silencie-os. E as mulheres também.

Os Chicotes ergueram suas mãos elétricas e enviaram raios candentes pelo ar, e os uivos cessaram. Fora do círculo de guardas, as esposas e os filhos dos homens silenciaram. Alguns mantiveram a boca aberta em gritos que não ousavam emitir, enquanto outros choravam sem fazer barulho, as lágrimas se misturando à chuva, que caía mais pesada, formando poças ao redor de seus pés descalços.

O escrivão se levantou.

— Homens — gritou, abrindo um sorriso —, este é o grande dia. Vocês foram escolhidos para servir à Companhia em seu empreendimento glorioso. Crescemos diariamente em conforto e prosperidade. Vocês compartilharão isso conosco. Quem serve à Companhia serve à humanidade. Ergam suas vozes agora e agradeçam.

Os homens mais próximos dos Chicotes soltaram alguns gritos irregulares.

— Vida longa à Companhia. Glória à Companhia.

Mas, em algum lugar, uma mulher berrou:

— Assassinos!

E, dos prédios em ruínas ao redor da praça, gritos como ecos vieram das portas e janelas:

— Assassinos, ladrões!

O escrivão não se abalou. Seu discurso fazia parte do procedimento, e os gritos e berros, os uivos e as lágrimas, eram algo esperado nos dias de recrutamento. Ele se sentou e bocejou, protegendo a boca com a mão.

— Avaliação — disse.

Um Chicote empurrou um homem para o espaço na frente da carroça e, com as luvas desligadas, rasgou suas roupas ao mesmo tempo eu que o revistava com suas mãos de ferro. O homem, jovem mas curvado e magro, tremia na chuva.

— Não precisamos da mangueira hoje — anunciou o escrivão, bocejando de novo enquanto seus subordinados molhavam o corpo do rapaz com desinfetante de um tanque atrás do vagão.

— Nome?

— Heck — sussurrou o jovem.

O escrivão pegou a pena e escreveu em um formulário.

— Deformidades? — perguntou a um terceiro subordinado que tinha descido da carroça.

— Nenhuma.

— Feridas?

— Várias. Pés e pernas.

— Condição?

— E.

O escrivão passou os olhos pelo corpo do homem.

— Você me trouxe lixo — disse ao sargento.

— Senhor, ele é rápido. Comporta-se como um caranguejo. Vai caber em locais estreitos.

— Pode ser. — O escrivão olhou feio para Heck. — Trabalhador do sal — disse.

— Não — gritou o homem, caindo de joelhos. — Sal, não. Posso ir para as fazendas. Posso ir para os navios. Em nome da Companhia, eu lhe peço: sal, não.

— Marque-o — disse o escrivão, jogando um marcador para o subordinado.

O homem acenou para seus ajudantes levarem o balde de ácido e o pincel. Encaixou o marcador de metal na testa de Heck enquanto um Chicote o segurava e passou o pincel sobre o estêncil.

— Quem faz parte da Companhia faz parte da história. Seu tempo começa agora — entoou, ignorando os gritos de Heck enquanto o ácido o queimava.

— Nomeie-o — pediu o escrivão.

O subordinado leu o marcador:

— S97406E.

O escrivão anotou.

— Ele tem mulher? Rápido. Aproxime-se.

Uma mulher encurvada pela idade abriu caminho pelo círculo de Chicotes e ficou em frente à carroça.

— O que você é dele? — indagou o escrivão.

— Mãe, senhor. Ele não tem esposa. Não teve condições de manter uma mulher.

O escrivão deu de ombros.

— Dê a ela.

O subordinado entregou uma ficha de ferro à velha encarquilhada, que a agarrou e apertou contra os seios.

— Mostre isto no portão Ottmar na manhã do último dia de cada mês. A Companhia lhe pagará um groat. E nada se isto for perdido. Entendeu?

— Vida longa à Companhia. A Companhia se importa — disse a mulher. E abriu passagem novamente pelos Chicotes, com o marcador escondido em seus trapos.

— A Companhia se importa — respondeu o escrivão, como de costume. — Próximo.

A chuva continuava a cair. A numeração e a marcação prosseguiram até o meio da manhã. Sob a carroça, Hari estava ajoelhado nas pedras, mexendo-se apenas para aliviar as pernas, e mantinha a faca em posição para golpear. Os cavalos sabiam que ele estava ali, mas Hari fizera uma conexão com eles quando descobrira o esconderijo. De vez em quando, deslizava a mão sob a lona e tocava cada um na pata, suave como uma mosca, renovando a conexão. Tinha cortado uma aba como se fosse uma pálpebra na lona da lateral e observava quando cada recruta era agarrado e marcado e cada esposa ou filha recebia uma ficha, e estava cheio de ódio e fúria, que precisava controlar, mirando nos Chicotes e no escrivão, para não alarmar os cavalos. Precisava mantê-los calmos e usá-los no momento certo. Ele observou o pai, que tinha dois nomes: Tarl e Faca.

Achava que seu pai nunca seria levado, e o próprio Tarl tinha feito a promessa de que morreria antes de permitir que a Companhia o escravizasse. Mas ali estava ele, preso dentro do círculo, queimado no peito e nos braços por dedos elétricos, esperando sua vez de ser marcado.

O uivo prematuro dos cães os acordara naquela manhã, no canto do salão destruído conhecido como Dormitório, e Hari entendera a mensagem em seus uivos e correra pela tribo adormecida, acordando todos com chutes e gritos:

— Os Chicotes estão vindo.

— Acorde a toca, eu cuido das ruas — gritara o pai, e Hari mergulhara por escadarias e passagens secretas e poços, em vigas inclinadas, em pilhas de escombros, gritando seu alerta:

— Os Chicotes, os Chicotes!

Homens se apressavam para entrar mais fundo nos esconderijos da Toca Sangrenta. Cem ou mais conseguiram escapar.

Tarl havia escolhido o caminho mais perigoso, indo alertar os homens nos abrigos que davam para as ruas — e, de alguma forma, os Chicotes o encurralaram e o prenderam em seu círculo candente. Hari, no fim da corrida, observando de uma fenda na base de uma parede quebrada perto da Praça do Povo, vira os noventa capturados à margem do pântano e notara, incrédulo, o pai entre eles. A carroça do escrivão rugira bem perto, à distância de um corpo, e seguira em direção ao seu local perto do muro ao sul. Hari não pensara; agira como os cães selvagens e os ratos invisíveis e rastejantes lhe haviam ensinado. Ele se lançara pelas pedras, deslizara sob a lona, rolara entre as rodas revestidas de ferro e correra como uma barata em direção à lateral inferior da carroça. Percebendo que os cavalos haviam-no sentido, respondera com um sussurro silencioso: *Irmão cavalo, irmã égua, estou aqui, sou vocês.*

Oitenta e nove homens foram despidos e marcados e nomeados e estavam de pé tremendo sob a chuva gelada, todos com as mãos presas nas costas e com um cabresto de corda amarrando-os ao homem à frente. Seu pai era o último, e Hari, espiando através da abertura na lona, viu por que ele se colocara naquela posição. Dentro da camisa rasgada de Tarl, no forro de pele de rato, estava escondida a sua faca. Ele havia conseguido espaço para usar seu braço de combate. O escrivão ia morrer. Hari ouviu a intenção do pai como um sussurro.

Não, tentou sussurrar de volta, *tenho um jeito melhor*. Era tarde demais.

Tarl se contorceu e se agachou, com os membros travados em formas retorcidas como se estivesse doente. O Chicote se aproximou, tirando as luvas. Ele ergueu os dedos de ferro para arrancar as roupas de Tarl e, nesse momento, Tarl voltou ao normal — deu passos para a frente e para trás, com a faca de punho negro na mão, e o retalhou como o golpe de um felino selvagem. O Chicote caiu para trás, berrando, quando seu rosto se rasgou na abertura do capacete entre o olho e o maxilar.

Um pulo para o lado deu espaço para Tarl. Ele rodou no ar e caiu de frente para o escrivão. A faca girou na sua mão quando ele a inverteu. Mas, enquanto ela acelerava para longe com um som de chicote, Hari viu o erro do pai. A lâmina estava escorregadia de sangue, e os dedos de Tarl tinham deslizado no último instante, abaixando sua trajetória. A faca bateu na borda da mesa, ricocheteou e caiu nas pedras. E Chicotes, com luvas brilhando de poder letal, cercaram seu pai e o encurralaram.

— Segurem-no. Não o matem — gritou o escrivão.

Eles pararam à distância de um braço e mantiveram Tarl imóvel no círculo que crepitava. Suas roupas começaram a soltar vapor e arder, e o escrivão gritou:

— Para trás. Mais para trás. Quero vê-lo.

Os Chicotes recuaram um passo.

— Dispam-no — ordenou o escrivão.

O sargento Chicote rasgou o corpo de Tarl, fazendo com que gritasse. Tarl ficou nu na chuva.

— Ah, entendi. Não é um homem deformado, afinal. Você vai servir bem à Companhia. Que pena não podermos usar suas habilidades com a faca. Eu poderia tê-lo alistado como Guarda. Mas, depois de atacar um Chicote e tentar me assassinar, você perdeu a sua chance.

— Não vou me juntar a Companhia nenhuma. Pertenço a mim mesmo. Sou um homem livre — gritou Tarl.

O escrivão sorriu e disse, paciente:

— Sim, é verdade. Todo mundo é livre. Mas liberdade significa servir à Companhia. Isso não é compreendido nas tocas?

SAL

— Vocês nos usam para enriquecer. Vocês nos fazem passar fome e nos transformam em escravos.

— Existe uma época de provação — disse o escrivão. — Para todo mundo. Mas a Companhia trabalha para todos, e o benefício vai chegar aqui em breve. Ele vem como uma chuva suave, até mesmo na Toca Sangrenta, você vai ver. Talvez seja a hora de enviarmos educadores para cá. Mas chega de conversa. Qual é o seu nome?

— Não tenho nome para a Companhia. Ele é meu — respondeu Tarl.

— Então o guarde — disse o escrivão. — Vou lhe dar um novo. — Ele falou com o assistente, que perfurou um estêncil. O escrivão o jogou para o subordinado. — Marque-o — mandou.

Dois Chicotes com luvas funcionando com um quarto da força obrigaram Tarl a ficar de joelhos. Mesmo assim, seus membros estremeceram de dor. Os subordinados, um com o estêncil e outro com o ácido, marcaram-no. Tarl gritou, mas não por causa da queimadura.

— Não aceito isso. Eu sou Tarl.

O escrivão pegou a pena.

— Não mais, sinto muito. Homem, leia.

O subordinado obedeceu, e um gemido de medo se elevou dos prisioneiros amarrados e das mulheres aglomeradas perto do pântano.

— SP936A — leu o homem.

Sob a carroça, Hari fechou os olhos, apavorado. SP era de Sal Profundo, os níveis mais longínquos dos túneis mais profundos da mina. Os homens enviados para lá nunca voltavam à superfície. Ninguém sabia o que escavavam e, depois de um tempo, um por um, os homens desapareciam. Nenhum corpo, nem resto de corpo, jamais foi encontrado. Diziam que as minhocas do sal os capturavam, ou tigres do sal, ou ratos do sal, mas essas eram criaturas inventadas que ninguém tinha visto. Diziam que suas almas eram sugadas para o lago escuro no centro do mundo e trancadas em jaulas para sempre. Hari acreditava nisso. Ele se ajoelhou com a testa nas pedras, tremendo de medo. Os cavalos da carroça relincharam e se sacudiram como se tivessem sido picados por mosquitos.

Do lado de fora, os Chicotes se afastaram de Tarl e, depois de um instante, ele se levantou.

— Eu ainda sou, e sempre serei, um homem livre — disse, mas a voz estava fraca e trêmula.

— Você é SP936A — afirmou o escrivão. — E lhe dou os parabéns. É a primeira vez que classifico alguém com um A. Sua mulher vai ganhar dois groats em vez de um. Onde está ela?

— Não tenho mulher. E não vou aceitar nada da Companhia.

— Então a Companhia será poupada dessa despesa, que é para o bem. Amarrem-no, e com força.

Os Chicotes obedeceram, enquanto Hari, debaixo da carroça, se levantava das pedras e se arrastava até a abertura novamente. *Quietos*, ordenou aos cavalos, *não se mexam*. Ele viu como os Chicotes apertaram o cabresto de seu pai e deram nós duplos para amarrar as mãos dele. Mas Tarl não tinha nenhum homem amarrado atrás de si. Um único golpe com a faca o libertaria.

— Nenhum homem deve pensar que pode mudar o próprio destino, que é servir à Companhia — disse o escrivão. — Vocês vão marchar agora, noventa criados na iniciativa gloriosa, até o centro de dispersão, onde encontrarão túnicas limpas, todas bordadas com a mão aberta, e comida, uma boa comida, suficiente para satisfazer homens fortes como vocês. A Companhia se importa.

— A Companhia se importa — murmuraram vários recrutas, pois "comida" e "suficiente" eram palavras raramente ouvidas nas tocas.

O escrivão sorriu.

— De lá, vocês irão para o novo trabalho: para os Navios, para o Carvão, para a Fazenda, para a Fábrica, para o Celeiro, para o Sal. — Ele sorriu de novo. — E para o Sal Profundo. Cada um vai servir durante um período, e o pagamento será feito a suas mulheres em casa. A Companhia se importa. E, quando tiverem dado sua contribuição e não quiserem mais trabalhar, vocês vão se aposentar na Vila Dourada como trabalhadores honrados da Companhia, e suas mulheres se unirão a vocês para viverem em alegria. Esse é o futuro feliz que a Companhia prevê para vocês! Agora marchem como homens. Marchem como criados na nossa iniciativa.

— E marchem para suas mortes — gritou Tarl —, pois não existe aposentadoria. Vocês vão trabalhar até a morte. Essa é a única utilidade que vocês têm para a Companhia.

O sargento Chicote foi até ele com as mãos levantadas, mas o escrivão gritou:

SAL   17

— Deixe-o. Deixe-o resmungar. Ele vai para o Sal Profundo, e isso é verdade: nenhum homem volta de lá. Mas deixe-me perguntar, companheiro — ele estreitou os olhos para a testa de Tarl — SP936A. Existem outros como você escondidos nas tocas? Você tem seguidores? Espalha seu veneno entre nossos cidadãos felizes de lá? Precisamos investigar. Um irmão, talvez? Um filho para seguir seu caminho?

— Não — respondeu Tarl —, nenhum filho.

Mas falou rápido demais, pois o escrivão disse:

— Ah. Eu preciso tomar nota disso. — E virou-se para pegar a pena.

Sob a carroça, Hari esperou mais um instante. Os Chicotes estavam perto demais de seu pai. Mas ele precisava agir, pois talvez não houvesse outra chance. Enviou um chamado mental aos cavalos, encontrou os dois e sussurrou em silêncio: *Irmão cavalo, irmã égua, um mosquito picou suas ancas.*

Os dois animais deram uma guinada para a frente, empinando e relinchando. A carroça saltou e se inclinou, e a mesa do escrivão deslizou para o lado, arrastando-o junto. A mesa se equilibrou na borda da carroceria e depois virou. O balde de ácido estava perto, e Hari o pegou e jogou nos subordinados. Os homens pularam, gritando, enquanto o ácido os queimava. Ele correu para o lado, rápido como um felino. Enfiou a faca na articulação do capacete do Chicote mais próximo enquanto o homem se atrapalhava com a luva, mas a articulação se fechou quando o Chicote caiu, prendendo a lâmina como se fosse um tornilho e arrancando a faca da mão de Hari.

— Minha faca, Hari — gritou Tarl.

Hari a viu perto da roda da carroça e a pegou, mas a vantagem da surpresa tinha se acabado. Os Chicotes que correram para ajudar o escrivão tinham-no abandonado e voltaram para cercar Tarl, enquanto outros que estavam parados nos portões da Praça do Povo vieram rápido pela lateral do pântano. Hari se lançou para o lado. Sentiu o calor da mão de um Chicote golpear o espaço onde ele estivera; ouviu o assistente do escrivão, ao lado da carroça, gritar "Peguem-no vivo". Ele se abaixou, arrastando a barriga nas pedras, passou entre os pés dos Chicotes e saiu bem ao lado do pai. Golpeou com a faca de punho negro, e a corda que amarrava Tarl ao homem da frente se rompeu como um fio de algodão. Não teve tempo de libertar as mãos de Tarl, pois os Chicotes estavam se aproximando, com raios amarelos saindo das pontas dos dedos.

Mais uma vez, Hari enviou seu pensamento para os cavalos: *O mosquito picou. O mosquito ferroou.* Os animais relincharam de dor e forçaram os arreios, empurrando a carroça para a frente. A carroça de água virou de lado, imobilizando três Chicotes nas pedras. Hari e o pai correram pelo vão, mas o sargento Chicote, esparramado no chão, deu um bote quando eles passaram e agarrou o calcanhar de Tarl com a mão flamejante. Tarl caiu, gritando, e Hari, dois passos à frente, também sentiu a dor, de tão forte que era o laço entre os dois. Ele caiu de joelhos, gritando, e teria se virado para ajudar o pai, mas Tarl, sob a contenção da mão de ferro, falou sem emitir som:

— Vá.

Os Chicotes estavam a apenas um corpo de distância. Hari sentia o calor deles. Virou-se e mergulhou na multidão de mulheres.

— Uma bolsa de dinheiro para quem capturar o garoto — gritou o assistente do escrivão.

Algumas mulheres o atacaram; outras se afastaram, abrindo caminho, depois fecharam-no de novo. Mas os Chicotes, logo atrás, com mãos flamejantes, empurravam as mulheres para o lado como se fossem pés de milho. Hari não teve tempo de parar à margem do pântano. Mergulhou pelo bambuzal, com a lama engolindo seus pés, depois se jogou na água barrenta em direção ao fundo e abriu caminho com a faca do pai em punho. Ele ia adiante, adentrando cada vez mais, cego na escuridão, saindo do alcance dos homens de ferro. O nado era algo desconhecido nas tocas, onde nenhuma água fluía exceto nos esgotos, e as poças poluídas e pântanos amarelos que repousavam em porões profundos e praças e parques abandonados eram considerados venenosos; mas Hari, que tivera aulas com o velho Sobrevivente, Lo, tinha aprendido a rastejar até chegar às mentes dos ratos gigantes que viviam nas profundezas das ruínas, onde os homens não podiam alcançar, e encontrara o local onde o instinto nadador deles se instalava e aprendera essa habilidade. As poças e os pântanos eram parte de seu caminho pelas tocas. Ele nadava com a barriga deslizando na lama, sondando com a faca do pai, até que a sentiu atingir o pedestal submerso da estátua de Cowl, o Libertador. Quase sem fôlego, ele circulou para a parte de trás, depois escalou o Libertador como se fosse uma árvore e rompeu a superfície do lago perto da cabeça gigante de Cowl. Colocando um pé na boca larga, deu impulso para cima na sobrancelha despenteada e caiu na inclinação da testa de Cowl, recuperando o fôlego.

A maioria dos Chicotes achava que ele estava morto, mas o sargento ainda observava.

— Ali, o garoto — gritou. — Ele nada como um rato.

O escrivão estava de pé, com o braço esmagado pingando sangue.

— Matem-no — berrou. — Usem suas armas de raios. Têm a minha autorização.

Os Chicotes sacaram as armas dos cintos e as ligaram. Hari, observando de seu posto, sabia que tinha um instante antes de a carga ficar completa. Viu o pai ficar de pé com dor, a perna ainda dormente por causa da luva do sargento.

— Tarl — gritou Hari. — Vou buscá-lo.

— Fique aí. Seu trabalho é aí — respondeu Tarl. O Chicote mais próximo o derrubou com um golpe lateral.

— Matem o garoto — choramingou o escrivão. E, em seguida, desmaiou nas pedras.

As armas de raios estavam carregadas. Elas eram desajeitadas e não tinham mira precisa, mas o raio de energia que emitiam poderia abrir um buraco em um muro de pedra. Hari esperou até o sargento apontar a arma. E, então, se agitou no topo da cabeça de Cowl e deslizou até seu ombro submerso.

— A Companhia morre — gritou Hari, lançando-se para a água quando o raio do sargento desenhou um arco em sua direção.

Desta vez, ficou no raso, pois era um percurso mais longo. Colocou a faca do pai entre os dentes e prosseguiu como um sapo do pântano, as pernas e os braços movendo-se em uníssono. O lago era mais fundo onde se encontrava com a parede de um prédio em ruínas na parte norte da praça, entre dois portões. Ele pretendia subir à tona ali, e só teria tempo para uma respiração antes que as armas de raios atirassem de novo.

Preciso fazer com que eles acreditem que estou afogado, pensou, *mas Tarl vai saber que não.*

Suas mãos tocaram a parede. Ele apoiou os pés nas pedras que sobressaíam e deu impulso para cima. O sargento estava observando além da cabeça quebrada de Cowl, e outros Chicotes, com as armas de raios apontadas, aguardavam perto dos portões à margem do lago. Tarl se esforçou e ficou de pé outra vez. Soltou um grito agonizante:

— Nunca deixe eles pegarem você.

Hari não tinha fôlego para responder. Pegou a faca — a faca do pai — dos dentes e a ergueu acima da cabeça, sabendo que Tarl entenderia. Raios sibilaram em sua direção. Ele afundou outra vez e foi atingido por detonações, queimado pela água que fervia quando eles atacavam, mas tinha marcado o local e sabia o caminho. Seguiu para baixo de novo, e para o lado, contando os apoios no muro, até que, a alguns metros de distância, sob a superfície, ele encontrou o buraco que estava procurando, detonado na base do muro por raios de canhão na Guerra pela Liberdade da Companhia. A construção era sólida, e o buraco se estreitava e ficava com a largura de seus ombros na parte interior. Hari se contorceu pela fenda, lutando contra plantas pegajosas penduradas como cortinas, inclinou o corpo para cima dentro do muro e passou por túneis na construção submersa, rezando para nenhum deslizamento de pedras ter fechado a passagem e para não encontrar um rato rei ali.

Finalmente chegou à superfície, liberou a faca dos dentes e deitou atravessado em uma passagem destruída, ofegando em busca de ar. Então, deu um impulso através de emaranhados de vigas e tábuas quebradas até chegar à luz. Ela se dividia em raios, atravessando o teto do prédio. Hari estava em um salão amplo, para banquetes e danças nos velhos tempos, supôs — embora não fizesse ideia do que eram banquetes e danças. Tudo tinha sido recolhido havia gerações. Escombros e madeiras podres se estendiam no piso incrustado. Hari não parou, ainda que anteriormente tivesse passado horas no salão, afastando escombros e esfregando o piso para se maravilhar com os cenários coloridos de árvores e animais e pessoas gravados em azulejos verdes, vermelhos e amarelos.

Não havia janelas, nenhuma abertura para a Praça do Povo. Hari correu por muros e passagens, engatinhou em túneis de pedra quebrada, escalou pisos e tetos e deslizou por muros onde a madeira queimada se erguia como dentes enegrecidos. Rastejou de joelhos ao redor de uma abertura no chão da guarita sobre o Portão Leste. Debaixo dele, um Chicote mantinha guarda com a arma de raios no coldre e as luvas zunindo com energia baixa. Hari passou por ele, silencioso como um felino. Então, correu de novo e finalmente chegou a um prédio na parte sul da praça. Uma janela se abria no muro sobre a carroça do escrivão. Estava bloqueada com madeira, exceto por um pequeno buraco na parte inferior, onde a armação tinha sido

SAL

21

forçada para fora como um osso fraturado. Hari avançou bem devagar e a praça surgiu em sua visão.

A chuva tinha parado e o sol brilhava. Meia dúzia de homens presos, com as mãos livres, porém, estavam colocando a carroça de água de volta sobre as rodas. Tarl não se encontrava entre eles. Estava acorrentado a um anel de ferro na carroça do escrivão, e o sargento Chicote o vigiava.

Hari enviou seu pensamento para os cavalos: *Irmão cavalo, irmã égua, sinto muito por ter-lhes causado dor. Peço que viajem devagar para que meu pai não caia.*

Ele não sabia em que formato as mensagens silenciosas que Lo lhe ensinara a enviar chegavam aos animais, mas os cavalos levantaram as orelhas como se tivessem escutado.

Agradeço a vocês, disse Hari, e voltou os olhos para o pai. Eles o levariam através do deserto até as minas, e para as fossas do Sal Profundo, de onde nenhum trabalhador jamais voltara. Hari segurou a faca de punho negro na frente dos olhos.

— Não morra — sussurrou. — Vou salvar você. — Era uma promessa ousada, que não havia como cumprir, mas ela se fortaleceu em Hari, cresceu dentro dele, bateu como seu coração no peito, e ele sabia que iria tentar.

Abaixo dele, as mulheres e crianças se afastaram. Os subordinados queimados pelo ácido amarraram o cotovelo quebrado do escrivão na lateral do corpo dele. O homem havia despertado do desmaio e rosnava de dor. O assistente do escrivão se empertigou de um jeito importante, ordenando aos Chicotes para queimar os homens que levantavam a carroça de água. Os Chicotes presos sob ela foram carregados para longe. Um deles estava morto.

Os subordinados levaram o escrivão para sua carroça e o deitaram. Hari, vendo como Tarl estava próximo, pensou: *Meu pai poderia matá-lo agora com uma única mordida. Poderia rasgar sua garganta como um felino caçador.* Mas Tarl apenas sorriu e disse ao escrivão:

— Você sente dor agora, mas em breve sentirá ainda mais dor. Você é uma peça quebrada. A Companhia vai descartá-lo.

— Não é verdade — chiou o escrivão. — A Companhia se importa.

— Sua cota era de duzentos homens, e você está levando noventa. E um Chicote morto. A Companhia não gosta de erros. Talvez você vá se unir a mim no Sal Profundo.

— Matem esse homem. Matem-no! — gritou o escrivão.

Mas o sargento não se moveu, e o assistente do escrivão falou:

— Não devemos desperdiçar um homem com corpo capaz. Ele pertence à Companhia.

— Está vendo? — disse Tarl. — Alguém já está assumindo o seu lugar.

— Você vai morrer no Sal Profundo — sibilou o escrivão. — As minhocas do sal vão comê-lo. Sua alma será sugada para a escuridão.

— Que assim seja — disse Tarl, dando de ombros.

— E seu filho está morto. Ele se afogou como um rato. Pense nisso.

— Ele não morreu como escravo, ele morreu livre — argumentou Tarl. — Hoje ele venceu a Companhia.

Ele sabe que não estou morto, pensou Hari. *Ele sabe que estou por perto e pode me ouvir.* Tentou enviar uma mensagem ao pai: *Irei ao Sal Profundo e o libertarei.* Tarl nunca conseguiu ouvir dessa maneira. *Mas ele me sente,* pensou Hari. *Ele sabe que estou aqui.*

Observou enquanto as carroças rodavam sobre as pedras em declive perto do pântano, até que os Chicotes e o escrivão chegaram ao portão. Tarl virou a cabeça no último instante e olhou para além da cabeça submersa de Cowl. Seus olhos encontraram o buraco na moldura da janela quebrada.

Ele sabe, pensou Hari e se arriscou a mostrar o punho que agarrava a faca negra.

O pai acenou uma vez com a cabeça e partiu.

Vou salvar você, pensou Hari.

Ele recolheu a mão e desceu pelos corredores e passagens secretas até as tocas.

DOIS

Era verdade que Tarl não tinha mulher. Ela havia morrido na epidemia de 77, deixando Hari sem mãe. Ele tinha três anos. A epidemia quase o levara também. As cicatrizes ficaram em seu rosto.

O pai o criou, carregando-o nas costas ou nos ombros até o menino poder correr ao seu lado. Hari conheceu cada ladeira e buraco e túnel na Toca Sangrenta, empoleirado nos ombros de Tarl ou subindo atrás dele em paredes destruídas ou afundando nas ruínas em direção ao Porto. Eles vasculhavam as ruas ao redor da cidadela fechada, Cebedê, onde a Companhia realizava seus negócios, e ao longo do muro fortificado que cercava o corredor até o mar. Sobre a baía, em uma colina verde chamada de Complexo, os proprietários e famílias de acionistas construíam suas mansões. Quando já estava mais velho, Hari passou a conhecer cada centímetro do muro, embora, para entender da parte mais distante, ele tivesse precisado circular pelas terras vazias nos confins dos subúrbios além de Cebedê. Ele teve medo dessa jornada, pois havia poucos lugares para se esconder tanto dos jovens das Famílias, que ultrapassavam os muros para caçar por esporte os limpadores de ruas das tocas, quanto dos cães selvagens que perambulavam em matilhas. Mas ele assumiu o risco pela visão das mansões no Complexo e das árvores floridas, das carruagens que rodavam nas ruas e das criaturas que ele mal reconhecia como humanas, pois seus corpos eram muito altos e gordos e brancos. Suas saias e capas eram feitas de um tecido que cintilava em cores que só eram vistas nas tocas em pedaços de vidro quebrado e em retalhos de azulejos.

Ele subia no contrafluxo dos esgotos até o Complexo. Deslizava sob grades de ferro à noite, submerso, e saía numa colina atrás do arco de mansões que dava para o mar. Ruas tão amplas quanto os quarteirões da cidade atravessavam os parques que as cercavam. Hari cruzava acelerado como um felino caçador até os jardins e rastejava, agora como um rato, até os lagos com plantas. Às vezes, nos meses mais quentes, ele se deitava em um desses a noite toda, movendo-se apenas para beber a água que escorria das fontes ou rastejar até as janelas das mansões e se esconder nas árvores floridas, ficando bem próximo ao tronco. Ele observava as pessoas ali dentro — sabia que eram pessoas como ele; Lo tinha dito isso —, observava enquanto elas tomavam drinques em copos minúsculos e ingeriam alimentos de pratos enormes colocados à sua frente por homens que as serviam e deviam ter a língua cortada, pois nunca falavam. Antes de amanhecer, ele se esgueirava para a parte de trás das mansões e caçava nas latas de lixo os restos de comida (não havia cães selvagens ali; na verdade, nenhum cão, pois as famílias do Complexo não gostavam de animais). Carregando ossos para roer, ele explorava os penhascos, pensando em maneiras de escapar, à procura de locais onde pudesse subir ou pular, se os guardas um dia o vissem. Ele circulava a gigantesca mão de mármore erguida sobre a beira do penhasco como um memorial às Famílias assassinadas na revolução de Cowl. Depois seguia pelos esgotos até o mar, onde dormia em cavernas nos penhascos enquanto o dia passava, antes da perigosa jornada de volta à Toca Sangrenta durante a noite.

Tarl sabia dessas expedições e as incentivava, confiando que Hari não seria capturado. Ele questionava o menino com afinco sobre tudo que ele vira — número de guardas, localização de alojamentos, pontos fracos no muro, esgotos que saíam em locais não patrulhados —, preparando a rebelião que Hari sabia que nunca iria acontecer. Não havia como a população faminta das tocas se organizar para lutar e não tinha nada com que lutar; além disso, para a maioria, não havia nada pelo que lutar, exceto por comida. Precisavam de algo novo — uma nova ideia, um novo aliado, uma nova fonte de força. Lo, o velho Sobrevivente, havia ensinado isso ao garoto. Hari era a única pessoa nas tocas que sabia que Lo ainda tinha voz e podia falar.

Hari correu e se arrastou durante uma hora após sair da janela sobre a Praça do Povo, penetrando cada vez mais as profundezas, passando pelas fronteiras perigosas da Toca de Keech e da Toca de Keg, atravessando a Toca do Bordel, onde as mulheres berravam convites para ele, seguindo até o distrito proibido do Porto, onde os Chicotes patrulhavam as ruas e embarcações da Companhia se alinhavam no cais (Hari tinha visto os navios nas noites em que rastejava e nadava pelas estacas sob o embarcadouro). O cubículo de Lo ficava em uma ponta abandonada do Bordel que penetrava o Porto. Em noites tempestuosas, o velho Sobrevivente ouvia o som do mar. Ele vinha de uma família de marinheiros e tinha viajado de navio como garçom de oficiais antes de ficar cego por causa do clarão de um canhão na guerra que a Companhia chamou de Guerra de Libertação, no ano chamado de Ano Um. Ele tinha 99 anos, o último sobrevivente da guerra remanescente nas tocas.

Hari parou perto da cortina que bloqueava a entrada estreita do minúsculo quarto de Lo. Esperou, ofegando um pouco por causa da corrida, e logo a voz de Lo, rangendo como uma porta velha, disse:

— Estou ouvindo, garoto. Entre. Não precisa esperar.

Hari puxou a cortina para o lado, deu um passo para dentro e a soltou. O quarto estava escuro, mas ele sabia que Lo ficava deitado em sua cama de trapos no canto do cômodo.

— Não trouxe comida nem água. Sinto muito — disse ele.

— Tenho o suficiente. E preciso de pouco. Você esteve correndo, garoto.

— A Companhia levou o meu pai.

Lo ficou em silêncio. Hari o escutou se mexer e o ouviu gemer enquanto se esforçava para sentar-se. O rapaz deu um passo à frente, usando os sons como guias, pegou os ombros do homem — ossos finos como os de ratos — e o ajudou a encontrar uma posição confortável encostado na parede.

— Obrigado, garoto. Pode deixar que a luz entre, se isso ajudar.

Hari encontrou a cunha de pedra que bloqueava um buraco na parede e a puxou. A luz mal fez diferença, mas depois de um instante ele conseguiu ver Lo indistintamente — um homem encolhido pela idade e com anos de quase inanição, sentado em sua cama de trapos na poeira, com apenas um retalho de tecido sobre os quadris. Hari se perguntou o que o mantinha vivo.

— Não sei — respondeu Lo, ouvindo o pensamento. — Não verei o fim da Companhia. Nem mesmo o início do fim. Mas o começo dos começos, talvez.

— Meu pai se foi.

— E você está triste. Tem razão em estar. Ninguém volta daquele local. Você deve viver pelas suas próprias habilidades, agora.

— Você não perguntou para onde ele foi levado.

— Não há necessidade. Tarl era um homem livre. Era destemido. Devem levá-lo para o Sal Profundo.

Mais uma vez, Hari sentiu suas entranhas revirarem ao ouvir o nome. Sua garganta se fechou, e ele mal conseguia falar.

— O que há no Sal Profundo? Diga para mim — conseguiu falar.

— Já ouvi todo tipo de lenda, e nenhuma delas era verdadeira. Não tenha medo, garoto. Minhocas do sal, tigres do sal... são criaturas que vivem apenas na mente dos homens. Ratos do sal? Talvez. Os ratos estão em toda parte. Mas saiba o seguinte, Hari: tem algo lá. Já ouvi falar de homens sendo sugados no meio da noite, sugados dos locais onde dormiam, e que nunca mais foram vistos. Também são lendas, mas ouvi um sussurro entre os ratos de que tais coisas acontecem. E o que um rato sabe... — Deixou a frase incompleta, mas depois de um instante, disse: — Tarl será um dos sugados. Outros morrem na labuta e seus companheiros de trabalho deixam os corpos nos túneis vazios, onde ficam para sempre. Mas essa coisa, o que quer que seja, vai levar Tarl.

— Como você sabe? — gritou Hari.

— Eu já disse, garoto, que entre o que acontece agora e o que vai acontecer depois há uma cortina, negra como o meu mundo tem sido desde o clarão do canhão, mas de vez em quando uma mão pega a minha e me conduz à fronteira do amanhã, afasta a cortina para o lado e eu vejo...

— O que você vê? Vê o meu pai? Está vendo ele agora?

— Apenas sombras, Hari. Mas ele parece se manter firme onde caiu, e há uma voz que sussurra: "Siga-me." Não sei dizer se é algo amistoso ou algo maligno, mas ele se mantém firme...

— E a segue? Ele segue a voz?

— Parece que sim. Mas a cortina se fecha, Hari, e a noite em que vivo retorna.

— Vim para lhe dizer...

— O quê?

— Que prometi salvar meu pai.

— Ah — disse Lo. Ele ficou em silêncio por um longo tempo. Então, Hari o viu fazer uma careta. — Sim, é isso que você deve fazer.

SAL 27

— Você está vendo algo? A cortina está aberta?

— Não, garoto. Nada está vindo. Mas acho que você deve fazer o que deve fazer. Siga sua voz quando ela o chamar. — Ele fez outra careta. — Ficarei triste de perder você. Vou morrer quando você se for...

— Não.

— Você me manteve vivo. Ensinar a você tem sido um motivo para colocar meu rosto no buraco da parede e sentir a brisa e ouvir o mar batendo. Hari, só você sabe as coisas que eu sei. Os homens que me contaram as lendas e a história, e os homens, e as mulheres também, que aprenderam a entrar na mente dos animais e me ensinaram essa habilidade estão mortos há muito tempo, só sobrou você. Não encontrei outros.

— Meu pai. Eu contei a ele.

— Ele sabe? Ele aprendeu?

— Aprendeu o suficiente para combater a Companhia. E me ensinou a lutar.

— Só isso?

— Ele não conseguiu... Era difícil demais para ele chegar ao interior de um rato ou felino. As histórias que você me contava, e eu contava a ele, deixavam-no irritado; ele afiava a faca numa pedra e caçava um rato rei nas tocas e gritava, enquanto matava: "A Companhia morre!" — Hari sentiu lágrimas em seu rosto. — Só isso.

— Mas você sabe que deve haver outras maneiras.

— Sei.

— E eu lhe contei como as coisas aconteceram.

— Sim.

— Conte para mim, antes de ir embora.

Hari engoliu em seco. Ele não queria falar da história outra vez: a invasão, as derrotas, os anos de escravidão. Queria que Lo lhe dissesse como encontrar o Sal Profundo e libertar o pai. Mas sabia que o ancião nunca pedia algo sem motivo, então umedeceu os lábios e começou:

— Foram séculos, longos séculos, antes de a Companhia chegar. A vida era boa. Nossa cidade era Pertence e nos chamavam de Os Pertencentes. Nossos navios saíam do Porto Livre, iam longe para o oeste e o norte, para ceifar os mares. Nossas terras se estendiam ao sul e ao oeste, campos de grãos e fazendas, o mais longe que os homens já tinham viajado... até as selvas e os desertos que se situavam além. Os homens vinham de países longínquos, com suas caravanas e navios, para negociar conosco, trazendo mercadorias das quais precisávamos e levando mercadorias nossas. E nós, os Pertencentes, éramos felizes. Mas, certo dia, um navio negro chegou. Não sabíamos que havia terras além daquelas que conhecíamos. Um navio negro com velas brancas e mão vermelha aberta pintada na bandeira. Seu nome era *Mão Aberta* e vinha de um local chamado Companhia.

Hari sentiu a língua engrossar e se recusou a falar. Aquele dia em que o navio negro — o maior que qualquer homem jamais vira — entrou no Porto Livre foi o dia do início da escravidão, embora tudo estivesse calmo e amigável no início, generoso, e anos tivessem se passado, o comércio continuasse e muitos navios viessem da Companhia. Mas, de alguma forma, aqueles que eram jovens quando o primeiro navio *Mão Aberta* chegou descobriram, após se tornarem homens e mulheres velhos, que não eram mais cidadãos de Pertence, mas tinham se tornado criados da Companhia.

— Eles davam pequenos passos, e nós éramos gananciosos. Eles traziam muitas coisas boas. Nossa cidade cresceu. A Companhia instalou armazéns e celeiros e fábricas, e nossos governantes diziam que isso era bom, que trazia mais riqueza. E a Companhia também deveria ter alojamentos para seus soldados, que eram necessários para proteger sua propriedade; e nós permitimos. Eles se tornaram nosso exército e nossa polícia. Logo nossos navios não tinham mais permissão para navegar, só os navios da Companhia. Nossas fazendas eram fazendas da Companhia. E os administradores e escrivães da Companhia cuidavam de tudo. De toda a cidade. Do nosso governo. De tudo. Suas famílias colonizaram nossas terras, e aqueles que ficaram ricos construíram mansões nos penhascos e cercaram de muros e chamaram de Complexo, e nós, os Pertencentes, éramos os criados, trabalhadores de suas fábricas e em seus navios e fazendas. Isso continuou até que foi necessário nos vendermos para eles e sermos escravos. Nós éramos tudo o que tínhamos para vender. Então, passamos a pertencer à Companhia.

— Sim, garoto — disse Lo —, você conhece a lenda. Não enxugue os olhos. Não é vergonhoso chorar.

As lágrimas de Hari tinham sido silenciosas. Será que o velho sabia que ele estava chorando porque as lágrimas também escorriam em silêncio de seus olhos cegos? Sentou-se ao lado de Lo e continuou a história.

— Então, certo dia, na cidade, uma carroça da Companhia com mercadorias vindas do porto passou por cima de uma mulher que vendia quinquilharias e a esmagou sob as rodas. O condutor não parou. Ele gritou que estava atrasado com a entrega e que seria chicoteado se não chegasse na hora, e que a mulher não tinha se movido com rapidez suficiente, que as pessoas deveriam abrir caminho para a Companhia, e o guarda que estava com ele desenrolou o chicote e atacou os filhos da mulher para eles saírem da frente; foi nesse instante que a grande rebelião começou. Cowl, o Libertador, matou o guarda com sua faca.

— Sim, garoto, eu vi. Cowl era um marinheiro honesto, amigo do meu pai, e eu estava nas costas do meu pai. Cowl pulou na carroça e matou o guarda, e o condutor fugiu. Ele descobriu que tinha voz e convocou as pessoas a se rebelarem contra a Companhia e retomarem nossas terras e nosso mar. Conte a história...

— Foi como uma maré. Uma grande maré se erguendo em toda parte, e todos ouviram a voz: na cidade, nos navios, e, logo, no campo. Todos os homens e mulheres encontraram uma arma, uma faca, uma foice. Todas as crianças. Ao cair da noite, Pertence estava livre outra vez, e todos os guardas da Companhia e os administradores e escrivães estavam mortos. Atacamos os navios no porto e penduramos os capitães em mastros. Caçamos as famílias da Companhia no Complexo, em suas mansões, arrastamos os capturados para os penhascos e os jogamos lá de cima. Fomos bárbaros e cruéis. Não sobrou um...

Hari engoliu com violência, golpeando e retalhando o ar com sua faca — a faca do pai. Mas, como sempre acontecia quando ele contava a lenda ou se lembrava dela, sua selvageria escapara e ele se encolhera.

A voz de Lo, triste e rangendo, perguntou:

— O que aconteceu depois disso?

— Saques, destruição, caos, mortes. Dez líderes na cidade, cada um com seu exército. Bandidos no campo, matando e queimando. Homens que foram reis por uma semana ou um dia. Até que Cowl, o marinheiro, irrompeu do Porto e limpou a cidade com seus homens e afastou todos os pequenos reis. Então, ele criou um governo e tentou reunir Pertence de novo, que lentamente voltou a ser como era antes de a Companhia chegar. As fazendas começaram a criar gado e plantar lavouras. Pertence teve novo começo, e nós também...

— E aí?

Hari engoliu em seco.

— Cowl se nomeou rei.

Lo emitiu um gemido de desespero. Sua cabeça afundou no peito, como se ele não aguentasse mais segurá-la firme.

— Não preciso continuar — disse Hari.

— Conte. Todas as partes devem ser contadas.

Hari umedeceu os lábios.

— Ele se nomeou rei. Declarou que governaria sozinho, que o parlamento enfraqueceria o estado. Ergueu estátuas de si mesmo. Cowl, o Libertador, se tornou Cowl, o Rei. Ele criou uma corte, com cortesãos que viviam nas mansões. Construiu um exército e planejou a conquista de outras terras. E logo descobrimos que voltamos a ser escravos. Esse tempo todo, em seu lar para além das terras que conhecíamos, a Companhia estava se preparando para voltar. A Companhia era forte, muito mais forte do que imaginávamos.

— Eu tinha dez anos quando eles chegaram — disse Lo. — Estava voltando de uma viagem como camareiro no navio do meu pai. Atracamos no porto em uma bela manhã e vimos uma nuvem se erguer do mar, e aumentar, e crescer. Era a frota negra, cem navios, garoto, enormes navios de ferro com motores que rosnavam, e a mão vermelha pintada nas laterais. Motores a vapor. Nunca tínhamos visto o vapor ser usado dessa maneira. Armas que emitiam raios de fogo, e nós tínhamos bestas e lanças...

— A Companhia — gemeu Hari.

— A Companhia retornou.

— E eles ficaram ancorados no Porto Livre por dez dias e dez noites, disparando seus canhões em direção à cidade até que não restou um prédio inteiro, até que Cowl não tivesse exército. Então, a Companhia enviou suas tropas para a costa e o massacre começou; somente as pessoas que fugiram para o campo sobreviveram, ou aqueles que se esconderam bem no fundo das ruínas. Eles capturaram Cowl e seus generais e os jogaram penhasco abaixo, como tínhamos feito com suas famílias. Marcharam até o campo e conquistaram todas as vilas; marcharam até as selvas e o deserto, tomando tudo. E aqui, em Pertence, eles deixaram as ruínas para trás, como lembrete aos sobreviventes, mas construíram Cebedê e um novo Complexo e Porto; e governaram, enquanto nós vivíamos nas ruínas. Nas tocas. Vivíamos como ratos. Eu vou... eu vou...

SAL   31

— Sim, garoto, o que você vai fazer?

— Vou expulsá-los. Vou matá-los.

— Como seu pai teria feito?

— Sim, como meu pai.

— Que foi capturado pelos Chicotes e levado para o Sal Profundo. Hari, deixe-me dizer: a Companhia não será derrotada por espadas e lanças. Nem por armas de raios. A Companhia vai governar até o fim dos tempos.

— Não — gritou Hari.

— A menos que...

— A menos que?

— ... você encontre outra maneira.

— Que maneira?

— Não sei. Mas, às vezes, eu vejo a cortina do futuro balançar, parece haver luz do outro lado, e ouço um sussurro fraco que pode ser um nome. Não posso ter certeza. E nunca poderei me levantar e ir até lá...

— Que nome?

— Não sei.

— É o meu? Vou lutar contra a Companhia? Seremos livres?

— Não ouço exércitos lutando. Ouço uma voz que sussurra: "Encontre o caminho."

— Como?

— Faço essa pergunta, mas nunca recebo a resposta.

— Salvando meu pai?

— Se foi isso que você prometeu. Salve-o, se puder. E, se você morrer lá... — Lo balançou a cabeça. — Hari, não podemos ter certeza de nada. E talvez eu tenha ouvido o que eu queria ouvir. Mas agora você deve concentrar a mente nas coisas a fazer. Como deixar as tocas. Como viajar nas montanhas e na selva. Não sei nada desses assuntos. Você deve descobrir sozinho.

— Onde fica o Sal? E onde fica o Sal Profundo?

— Ao norte. Havia minas de sal nas montanhas quando eu era criança. Talvez ainda estejam lá.

— Como eles vão levar o meu pai?

— De navio. Mas você deve ir por terra.

— De que maneira?

— Fazendo a cada dia o que você deve fazer. Não posso lhe dizer mais do que isso.

Sentaram-se lado a lado, em silêncio, por um longo tempo. *Deixarei a Toca Sangrenta e encontrarei meu pai,* pensou Hari. Seria como dar um passo no escuro e não saber onde o pé poderia tocar. Não acreditava que ouviria uma voz chamando seu nome nem que veria uma cortina se erguendo e uma luz brilhando à frente. Isso era para Lo, que não saía de seu minúsculo cubículo havia muitos anos. *É o fim para este velho homem,* pensou.

Ficou de pé.

— Vou lhe trazer comida e água antes de partir.

— Não, Hari. Tenho uma crosta de pão e uma caneca de água. Depois disso, não precisarei de mais nada.

— Você vai morrer?

— Sim, vou morrer. Mas me ajude a sentir o vento e ouvir o mar antes de ir. E diga adeus como eu lhe ensinei, para que eu possa ouvir a sua voz verdadeira.

Hari levantou Lo e o colocou de pé, com um braço ao seu redor, e o ajudou a chegar até o buraco na parede. O velho homem encostou-se ali, sentindo uma brisa que subia do Porto e passava pelas ruínas até chegar ao seu rosto. Ele sorriu.

— O vento está aumentando. Ouço as ondas quebrando bem longe. Deixe-me aqui, Hari. Não vou me mexer mais.

Hari procurou a caneca de água e a crosta de pão e os colocou no chão onde o velho conseguiria encontrá-los quando caísse. Tocou seu ombro e deu um passo para trás. Então falou, não com a boca, mas em silêncio: *Obrigado, Pai Lo, por tudo que me ensinou.*

Por um instante, não obteve resposta. De repente, sentiu uma brisa e ouviu ondas quebrando com suavidade na sua mente, e a voz jovem de Lo, agora sem ranger nem hesitar, falou na cavidade atrás de seus olhos: *Hari, você foi o filho que eu nunca tive. Não se esqueça do que lhe ensinei. E aprenda coisas novas que eu não conheci.*

Vou tentar, disse Hari.

Então vá aonde deve ir. Lembre-se de mim.

Hari tocou o braço de Lo. Depois virou-se e deixou o cubículo do velho homem, percorrendo o caminho pelas ruínas até a Toca Sangrenta.

Ele não foi para o Dormitório. Ele e o pai tinham sido intrusos na tribo, tolerados por suas habilidades de luta. Já deviam estar cientes, agora, de

SAL

que Tarl tinha sido levado e deviam acreditar que Hari se afogara. *Então que eu esteja morto*, pensou Hari. Seria mais seguro se nenhum boato sobre ele existisse em qualquer lugar. Em vez disso, foi para a terra desolada que um dia fora o Parque da Liberdade, para onde a maior matilha ia toda noite dormir. Eles não eram seus amigos, mas também não eram inimigos. Se o pegassem despreparado, poderiam rasgá-lo em pedaços para obter alimento. Mas, se Hari ficasse em um lugar que eles não conseguissem subir, em um entalhe da construção, com uma linha de fuga clara em mente, eles falariam e ouviriam do jeito deles.

Hari encontrou um muro aberto com tijolos desordenados e madeira apodrecendo por baixo; subiu em silêncio até ficar agachado à altura de uma cabeça sobre a matilha que descansava. Eles sentiram seu cheiro, levantaram-se vociferando — sessenta cães e cadelas, algumas com filhotes. Hari esperou enquanto eles corriam e pulavam com fome. Não tinham encontrado muitos ratos naquele dia. Esperou até perceberem que ele estava fora de alcance. Fitou o líder da matilha nos olhos, um cão marrom e caramelo, que já tivera um corpo pesado, mas que agora era magricelo, e com pelo grisalho no focinho. Seu tempo como líder estava quase acabando.

Comida, disse Hari em silêncio.

O cão soltou um uivo de fome.

Mas você deve esperar, disse Hari, *e fazer o que vou mandar.*

Uma das cadelas entendeu e uivou de desespero.

Há um velho morrendo, disse Hari. *Os ratos vão sentir o cheiro antes de ele morrer. Vocês devem matar os ratos. Serão muitos. E vocês terão comida.*

Era a última coisa que ele podia fazer por Lo, cuja mente estaria muito fraca para repelir os ratos enquanto morria.

Onde?, perguntou o cão.

Vocês devem deixar o velho morrer a seu tempo.

Então ele se tornará alimento?, indagou o cão.

Ele é alimento. Devorem-no por inteiro.

Quebraremos os ossos?

Hari sabia que não podia evitar isso. Eles conseguiriam pouca carne em Lo.

Quebrem os ossos.

Onde ele está?

Esperem.

Essa era a parte difícil. Ele analisou a matilha com a mente, procurando um cão com quem pudesse falar em segredo. No fundo, atrás dos filhotes meio crescidos, um cão preto e caramelo faminto mancava, querendo se juntar aos outros, mas pronto para correr se o líder o rejeitasse. Já fora forte, com corpo largo e cabeça grande, mas os ferimentos o tornaram lento e a fome o enfraquecera. Um dia, os outros o matariam para obter comida.

Hari focou sua concentração, enviando um pensamento como uma lança: *Fique, cão, quando eles se forem. Eu lhe darei alimento.*

O animal soltou um uivo de surpresa.

Hari se voltou para o líder: *Diga que vão esperar até o velho morrer.*

Vamos esperar se houver ratos suficientes.

Hari teria de arriscar por Lo. Talvez já fosse tarde demais.

Aqui está o caminho.

Ele desenhou a rota: os túneis, as salas destruídas, as ruas vazias, construções desmoronadas, a ponta da cidade em ruínas penetrando o Porto e, por fim, a cortina que escondia a entrada para o cubículo de Lo.

Vão em silêncio ou os ratos ouvirão, disse.

Não tente ensinar cães a caçar.

O líder soltou um latido, virou de uma vez e saiu num galope faminto através do parque destruído. Em um instante, a matilha tinha sumido. Só restava o cão preto e caramelo.

Comida, reclamou ele.

Em breve, disse Hari. *Vamos, me siga. E me obedeça.*

Ele desceu do poleiro e correu pelo parque, na direção oposta à da matilha. O cão o seguiu, mancando. Hari contornou o Dormitório. Subiu em direção aos muros de Cebedê. Duas vezes precisou levantar o cão sobre barreiras de pedras altas demais para ele. Ziguezagueou por caminhos sinuosos e se encolheu através de túneis, saindo em uma porta de ferro posicionada em um muro não danificado. O cão ficou sobre as patas traseiras, choramingando de forma lastimosa. Hari enfiou o braço em uma rachadura funda entre duas pedras e tirou uma chave. Encaixou-a na porta e virou, ouvindo um barulho e um clique enquanto um mecanismo trabalhava para abrir a fechadura. Não entendia nada disso, sabia apenas o que o pai lhe ensinara. Empurrou com força e a porta se abriu com um ranger das dobradiças.

O cão sentiu cheiro de comida e tentou passar correndo por ele, mas Hari o chutou para longe.

— Espere — pediu, sem se preocupar em se fazer entender.

O quarto que se abriu estava escuro como a noite. Hari abaixou-se até o chão perto do vão da porta, encontrou uma pedra de sílex, um pano torcido e um recipiente de óleo; criou uma faísca, soprou até ela virar uma chama no tecido, acendeu o pavio no óleo, e um quarto minúsculo se revelou. O cão choramingou de ansiedade e medo.

— Quieto, cão.

Atravessou o cômodo até a parede oposta e abriu um baú que estava ali. Dentro, embrulhado em pano, havia tiras de carne-seca, de ratos e felinos e cães, e algumas de ovelhas (animais dos quais ele ouvira falar, mas nunca vira), roubadas das carroças de alimentos que os comerciantes da Companhia estacionavam nos portões da toca. Hari jogou duas tiras para o cão — de rato e de felino — e pegou uma de ovelha para si. Sentou-se e roeu, faminto, tentando morder pedaços pequenos o suficiente para engolir.

— Meu pai encontrou este quarto, cão. Agora ele nunca mais vai voltar. — Bebeu água de uma garrafa de couro e derramou um pouco no chão para o cão lamber. — Ele armazenava alimentos e armas aqui para sua revolução. Veja as facas e bestas e lanças. Suficientes para dez homens. — Hari riu. — Dez homens para derrubar a Companhia. Mas ele dizia que um dia seriam mil. Depois dez mil. Pequenos inícios em um quarto minúsculo: era o que ele dizia. E agora ele se foi para o Sal Profundo.

O cão soltou um uivo assustado ao ver a imagem que apareceu na sua mente. Hari também soltou um uivo involuntário de medo. Para se acalmar, pegou a faca de Tarl, olhou para a lâmina e testou se estava afiada. Depois pegou outra tira de carne, cortou-a em pedaços pequenos e jogou para o cachorro.

— Não tenha medo, cão. Vamos viajar juntos. Preciso de você para farejar perigos que eu não consigo enxergar. Mas fique comigo e você comerá bem.

Ele formou imagens da rota que pretendia seguir pelas tocas, para as terras áridas além de Cebedê, até as colinas ao norte — mentalizou pequenos animais imaginários que ele mataria e poços de água nos quais beberiam. Não poderia ir além disso. Havia desertos, dissera-lhe Lo, e montanhas e rios — o que eram? E, para finalizar, havia o Sal Profundo...

O cão ficou de pé com um lamento assustado. Ele escapou em direção à porta.

— Fique comigo, cão — disse Hari, suavemente. — Você não é nada sozinho. Será alimento para os ratos.

Uma imagem veio da mente do cão — a matilha dormindo depois de uma matança —, e Hari disse:

— Você acha que pode ir para lá? A próxima vez que eles tiverem fome, vão destruí-lo. Quantas vezes já viu isso acontecer? — Ele enviou com a mente a cena brutal, e o cão uivou e girou em um círculo desesperado; depois, deitou-se como se as patas subitamente estivessem fracas.

— É, cão, você é meu, e eu sou seu. Não há outro jeito.

Ele se levantou e vasculhou uma pilha de roupas jogadas em um canto — calças, coletes de couro, capas com capuz que Tarl havia acumulado ao longo dos anos. Tirou seus trapos e trocou de roupa, depois encheu uma mochila com o resto da carne e preencheu a garrafa de couro com água. Por fim, escolheu uma bainha para a faca de Tarl e um cinto para pendurá-la. Não levaria outras armas — espadas e lanças eram desajeitadas e ele não tinha aprendido a usar uma balestra, mas suas habilidades com a faca eram semelhantes às do pai. A faca e o cão eram tudo de que ele precisaria. E, se não encontrasse animais, o cão serviria de alimento.

— Atravessaremos as tocas hoje à noite e dormiremos em um esconderijo além de Cebedê. Depois, cruzaremos as terras áridas até as montanhas.

Ele apagou a lamparina, empurrou o cão para fora com o pé, fechou a porta e escondeu a chave.

— Agora me siga — ordenou ao cão — e não tente escapar, senão minha faca vai atingi-lo.

Hari partiu para o norte através das ruínas. O cão seguiu em seus calcanhares com uma tira de carne de rato na boca.

TRÊS

Pérola Radiante do Profundo Mar Azul, também conhecida como Pérola, se levantou da cama, completamente vestida, e se arrastou pelo quarto escuro até sua criada, Folha de Chá, que cochilava em uma cadeira.

— É hora de ir.

— Ainda não — disse Folha de Chá, abrindo os olhos. — O porteiro não está dormindo. — Ela riu. — Mas as pestanas dele estão pesadas. Mais alguns minutos.

— Você pode fazê-lo dormir. Use a palavra.

— Só quando for necessário. Seja paciente, Pérola. Começaremos nossa jornada hoje à noite.

— E amanhã eles vão me caçar — disse Pérola. — E me capturar e me trazer de volta. Então, eu vou envenenar meu pretendente e me envenenar.

Folha de Chá riu em duas notas, como o canto do pássaro de vidro, e disse:

— Você não vai envenenar ninguém, criança. Sairemos daqui com a mesma facilidade com que uma borboleta voa. Descanse um pouco mais.

— Não me chame de criança — pediu Pérola. — Tenho idade suficiente para ter minha mão oferecida em casamento. Cimentar nossas duas Casas, disse meu pai, como se eu fosse uma pedra para ser fixada em uma parede, e ele, meu marido — ela cuspiu a palavra —, a outra pedra. Você o viu, Folha de Chá. Um homem que já viveu mais que as outras duas esposas e parece gordo o suficiente para ter engolido ambas, inteiras. Eu não vou, não mesmo, me casar com ele.

— Não vai mesmo. Seu destino é outro — disse Folha de Chá.

— Ele caça homens nas terras áridas por esporte e os faz correr de seus cães de caça. E ouvi dizer...

— Já basta, Pérola.

— ... ouvi dizer que, se um de seus criados derrama uma gota de sopa... Um dos criados fez isso, na manga dele, e ele mandou arrancar a mão do homem.

— Ottmar do Sal é um homem cruel. Mas esqueça ele, Pérola. Você não está fugindo, está indo em direção a algo.

— Sim, em direção a quê? Não aguento esses mistérios.

Folha de Chá se levantou da cadeira e colocou a mão na testa de Pérola.

— Relaxe um pouco, criança. Esqueça a filha mimada da Companhia. Você pode deixar isso de lado, tal qual o manto bordado de joias que você usa para ir ao baile, e ser a jovem mulher sem mimos que você é; e eu nunca vou saber como você a manteve em segurança. Mas aí está, você a descobriu: você é Pérola.

— Se eu conheço meu eu verdadeiro, é por sua causa... pelo que você me ensinou — disse Pérola.

— Ah, não, eu só lhe dei um empurrão aqui ou ali. Você cresceu e se transformou em Pérola por conta própria. Agora, minha querida, o porteiro está dormindo e podemos ir. Faça silêncio nos corredores e, se precisar falar, fale do nosso jeito.

— E se alguém nos vir?

— Farei ele pensar que não viu — respondeu Folha de Chá.

Pérola olhou para a criada durante um instante, maravilhada com a calma e os poderes que ela possuía: coisas que, apesar de conhecê-la há tanto tempo e de ter se tornado mulher sob os cuidados dela, ainda eram misteriosas e assustadoras. O que acontecia nas partes de Folha de Chá que eram feitas de maneira diferente dos humanos?

— Folha de Chá, quando chegarmos onde estamos indo, o que vai acontecer comigo? Serei como você?

— É isso o que você quer?

— Acho que não. Mas não quero ser Pérola Radiante do Profundo Mar Azul nem Flor Tenra da Aurora Orvalhada, como a minha irmã, nem, nem... Por que eles nos dão esses nomes? É para nos fazer pensar que só devemos sorrir e nos limitar a ser o que não somos? Meus irmãos podem ser George e William e Hubert. Eu preferiria viver nas tocas do que ser Pérola Radiante... e esposa de Ottmar.

— Você não será nada disso. Venha, Pérola. O porteiro está dormindo.

— Estou bem assim? — Ela foi até o espelho para uma última olhada e viu, em seu reflexo escurecido, uma pessoa que ela mal reconhecia, vestida com uma capa marrom e uma saia cinza, usando uma touca amarrada sob o queixo. Só via roupas assim quando ia de carruagem até Cebedê, e as mulheres da cidade lhe davam passagem. Ela quase não conseguia acreditar que estava vestindo aquilo e sentiu repugnância por um momento, como se as roupas brutas a tornassem suja. Por pouco não reconhecia o próprio rosto também, sem os lábios pintados e as bochechas destacadas e a faixa de pérolas sobre a testa.

— Pegue sua sacola — disse Folha de Chá, entregando-a a ela: era feita de tecido cinza simples com alças de corda, tão pesada que Pérola quase a derrubou.

Ela raramente levantara algo mais pesado do que um espelho de mão na vida. Mas era forte; Folha de Chá tinha conseguido isso com exercícios realizados em segredo à noite, que fortaleceram todos os músculos de seu corpo e melhoraram sua rapidez, de modo que, assim como Folha de Chá, ela conseguia pegar um inseto no voo, estudá-lo com olhos apurados e entender a linguagem de seu zumbido. Essas eram habilidades que nenhum outro humano possuía; habilidades que nenhum humano conhecia. Ela esperava que, na jornada — mas para onde, aonde elas estavam indo? —, Folha de Chá lhe ensinasse a palavra que fazia os homens não enxergarem as coisas que viam.

— Pare de sonhar, Pérola. E pare de admirar a si mesma. É hora de ir.

Folha de Chá levantou a própria sacola pesada, pendurou-a nas costas e conduziu o caminho até a porta. Passava de meia-noite. A casa estava quieta. O pai de Pérola, o Presidente Bowles, e a mãe, Fluxo Suave sob o Bosque em Flor, tinham se recolhido para seus quartos havia muito tempo; sua irmã dormia; os irmãos estavam de farra na cidade e só voltariam para casa ao amanhecer; e os criados tinham terminado suas tarefas e estavam dormindo, exaustos, no dormitório do porão. Lamparinas cobertas formavam pontos de luz nos corredores. A escada era como uma cachoeira. Folha de Chá desceu com coragem. Ela sabia onde todos estavam e o nível de profundidade de cada sono. O porteiro estava sentado roncando perto da porta. Ela foi até ele rapidamente, colocou a mão em sua testa e aprofundou seu sono.

— Meu pai vai mandar chicoteá-lo — sussurrou Pérola.

— Não podemos evitar isso — argumentou Folha de Chá. — Agora, silêncio, Pérola. Preciso me esforçar mais com o guarda.

Ela abriu a porta sem fazer barulho e as duas saíram para a varanda e desceram os degraus. Dali até o portão, caminharam na grama, de modo que o guarda em sua guarita não ouvisse o som dos passos sobre a entrada de lascas de calcário.

— Ele está acordado — sussurrou Folha de Chá. Ela aguçou a visão e falou sem som. — Agora ele está fitando o nada e não pode enxergar. Rápido, Pérola.

Elas correram até a guarita, onde o homem estava parado olhando para além e com a boca aberta como se tivesse sido pego no meio de um bocejo.

Folha de Chá apanhou a chave do portão no cinto dele. Abriu-o e saiu. Pérola a seguiu.

— Ele também será chicoteado.

Folha de Chá não respondeu. Trancou o portão e jogou a chave na grama por cima do muro.

— Agora, criança...

— Não; me chame de Pérola.

— Agora, Pérola, precisamos parecer mulheres contratadas para servir em um banquete voltando para casa do trabalho. Mantenha o rosto abaixado, como eu. Seja rápida e humilde...

— Humilde?

— A menos que queira se casar com Ottmar. Há degraus adiante que levam à cidade e homens que nos machucariam. Deixe que eu cuido deles.

— Com a palavra? Se você me ensinasse...

— O momento certo vai chegar. Agora, fique ao meu lado, como se estivéssemos cansadas e ansiosas pelas nossas camas.

As duas cruzaram a ampla avenida e encontraram a abertura estreita de uma escada até a cidade. Pérola virou-se para dar uma última olhada na mansão onde havia crescido: o telhado alto com a bandeira dos Bowles tremulando acima, as janelas iluminadas pela lua, a varanda, a entrada branca e os gramados extensos. Uma fonte cintilava. Apenas duas ou três mansões eram mais grandiosas do que aquela em que o Presidente Bowles e sua família viviam. Não sentiria saudades. A vida ali, ter de usar o tempo todo vestidos de festa, as inúmeras pinturas feitas de seu rosto, a sala de aulas onde a primeira lição foi sobre a glória da Companhia e as companhias menores abaixo dela, os dias aprendendo dança e etiqueta e regras do comportamento feminino tinham sido uma espécie de escravidão depois do conhecimento que Folha de Chá lhe revelara. Também não sentiria saudades da família — o pai orgulhoso e ausente, a mãe orgulhosa e cruel, e Flor, a irmã, ignorante e má (sempre dando tapas em suas criadas), os irmãos barulhentos e agressivos, que não pareciam ter nada em mente além de cavalos e lutas com espada e os prazeres da cidade. Eles gastavam mais em roupas do que Flor e quase o mesmo tempo na frente do espelho. Não sentiria saudades de nenhum deles. Nenhum deles sentiria saudades dela, exceto como uma propriedade a ser trocada no casamento, para a glória e o lucro de sua Casa.

Pérola virou-se. Seguiu Folha de Chá escada abaixo e, embora elas descessem em direção à escuridão, ela sentia o coração ficar mais leve e o peso de tudo que aprendera na casa do pai sumir de seus pensamentos.

Ouviu Folha de Chá sussurrar como uma brisa em sua mente: *Há dois homens na próxima virada.*

O que faremos?, perguntou ela do mesmo jeito.

Eles estão bêbados e lentos. Estaremos longe antes que eles consigam se mexer.

As duas desceram pé ante pé. Um dos homens deu um bote sobre elas e agarrou a capa de Pérola, mas tropeçou, xingando, e caiu de joelhos. Os gritos ininteligíveis do outro seguiram-nas escada abaixo.

A cidade surgiu à frente, borrada com luzes de tavernas e lamparinas a gás. Os prédios de Cebedê se erguiam atrás, iluminados pela lua. Ao sul, sob a luz do Porto, ficavam as tocas. Pérola não conseguia acreditar em como a cidade se estendia tão ampla e distante, com telhados tombados captando a luz e lagos mortos resplandecendo.

— É enorme.

— Já foi uma grande cidade — explicou Folha de Chá.

— E as pessoas ainda vivem ali?

— Milhares delas, em seus buracos e tocas, como ratos.

— Mas a Companhia os alimenta.

— A Companhia envia carroças de água e de comida quando a sede e a fome aumentam demais. As tocas são um jardim, Pérola, cultivadas de sua própria forma. Quando os trabalhadores das minas e das fábricas morrem, os Chicotes entram e recolhem outros.

Pérola estremeceu. Folha de Chá já lhe dissera isso, mas ela nunca quis acreditar que era verdade.

— Que barulho é esse?

— Cães uivando. Estão caçando alguém. Rápido, Pérola. Precisamos atravessar a cidade antes do amanhecer. A caça por nós começará nesse horário.

Elas desceram por mais alguns zigue-zagues e se apressaram pelas ruas escuras em direção às luzes difusas e ao crescente clamor das partes da cidade que nunca dormiam.

— Não podemos contornar? — indagou Pérola.

— Não temos tempo. Precisamos estar nos muros até o amanhecer e encontrar um lugar para descansar durante o dia. Mantenha o rosto abaixado. Não diga nada. Faça o que eu faço.

De repente, elas estavam em uma rua iluminada, com tavernas e bares transbordando de homens na calçada e passagens nas quais as mulheres se inclinavam, mostrando os seios e os membros através de roupas cuidadosamente desarrumadas. As passagens e becos levavam a casas de má fama, supôs Pérola, e não conseguia entender: algumas mulheres eram muito acabadas e velhas. Elas gritaram com rispidez quando as duas passaram perto. Os homens também as chamavam, fazendo ofertas e ameaças libertinas, mas elas mantiveram os olhos abaixados com modéstia e se apressaram.

— Ali — disse Folha de Chá quando elas viraram a esquina. — Essa é a pior rua. É para onde os homens e mulheres dos cortiços e fábricas vão.

— Pessoas das tocas?

— Não. Você não vai ver pessoas das tocas na cidade. Não é permitido. Eles ofendem os olhos: já ouviu isto?

— Já.

— Esses são os pobres e criminosos da sua raça. Escravos das tocas não têm liberdade para ir e vir. Eles vivem em alojamentos nos locais onde trabalham.

— Mas meu pai diz que ninguém é pobre, só preguiçoso. E, nas tocas...

— Ele também lhe disse que a Companhia se importa?

— Sim, o tempo todo. Nós os alimentamos. Eles morreriam sem nós, diz ele.

Folha de Chá sorriu.

— Agora não é hora de lições, Pérola. Fique nas sombras. Ninguém está seguro nestas áreas.

Elas levaram mais uma hora para atravessar o distrito de tabernas, casas de apostas e bordéis. Chegaram a uma parte mais rica da cidade, onde os vícios e a sensualidade eram mais discretos, mas ali também enfrentaram insultos e ameaças. Um cocheiro sacudiu o chicote na direção de Pérola quando ela tentou tocar seu cavalo, e um porteiro empoado e com peruca na porta de um clube as chutou como cães de rua. No vão da porta de outra casa, que Folha de Chá disse ser um cassino, Pérola viu o irmão Hubert cambaleando para fora, apoiado em uma mulher usando capa de veludo vermelho e máscara de gatinha. Uma carruagem com o emblema dos Bowles (mão segurando um raio) pintado na porta se aproximou, e o cocheiro ajudou Hubert e a mulher a entrar.

Pérola manteve o rosto abaixado, embora Hubert não tivesse trocado mais de dez palavras com ela em toda a vida. Apressada, pensando na família e em como não sentiria saudades deles, ela quase esbarrou num Chicote.

— Pare — disse o homem com suavidade, pegando-a com uma luva que zumbia como abelhas. Levantou o rosto dela com a outra mão. Pérola sentiu um formigamento sob o queixo. Os olhos penetrantes do homem percorreram seu rosto. — Está tarde para sair. Mas acho que você não é o que parece.

Ninguém havia tocado Pérola tão casualmente antes nem falado com ela com tanta liberdade, e ela gritou:

— Como ousa? Farei você ser chicoteado.

Então, ouviu uma pulsação mais suave do que a luva do homem sobre sua pele e a voz de Folha de Chá falou em sua mente: *Quieta, Pérola*. Ela cedeu, mas manteve aberta a parte da mente que ouvia enquanto Folha de Chá voltava seu discurso silenciosamente para o Chicote: *Abaixe a mão. Feche sua visão. Você não viu mulheres passando. Você não viu nada hoje à noite.*

O homem tirou a luva do queixo de Pérola. Seus olhos ficaram vazios. Ele se afastou até suas costas tocarem um poste de lamparina a gás.

Espere até irmos embora, depois volte às suas rondas. Você não viu nada para relatar. Folha de Chá pegou o braço de Pérola.

— Venha — disse. — E nunca mais fale em chicotear alguém.

— Sinto muito — respondeu Pérola. O queixo ainda estava formigando devido ao toque do homem. Ela se perguntou o que teria sentido se ele tivesse ligado as luvas em força total.

Elas passaram por ruas mais tranquilas em direção a Cebedê. Poucas luzes estavam acesas nas janelas das casas modestas onde os escrivães e subordinados da Companhia moravam. Os prédios de Cebedê se destacavam, escuros, contra o céu iluminado pela lua. Pareciam sapos agachados em lagos com plantas, como se pudessem desenrolar a língua e comer o que pegassem. Eram os escritórios centrais das muitas companhias que formavam uma pequena parte da maior de todas, a Companhia, cuja sede ficava do outro lado do mundo. Era difícil para Pérola entender que seu pai, tão importante na cidade como chefe de uma grande Casa, não seria importante se viajasse até lá. E os prédios, com suas colunas de mármore e escadas fluindo até as ruas, pareceriam pouco mais do que cabanas na selva para os homens que governavam a Companhia de lá. Mesmo assim, ela se sentiu oprimida pelo volume e robustez dos prédios e disse para Folha de Chá:

— Precisamos passar por ali?

— Há vigias nas portas. Vamos usar as ruas de trás e tentar fazer com que não nos vejam.

Elas passaram por Cebedê desse jeito — becos, vielas de entrega — e chegaram a um distrito de armazéns e pequenas fábricas que Pérola nem sabia que existia. Os homens ainda trabalhavam em algumas delas, ainda que a aurora já começasse a colorir o céu. Carroças passavam fazendo barulho, indo para as primeiras coletas do dia, e motores a vapor se agitavam e retiniam nos pátios da ferrovia.

Folha de Chá e Pérola passaram escondidas e chegaram a um distrito de casas pobres ao lado dos muros da cidade. Havia bares e tabernas ali também, mas estavam fechados. Folha de Chá virou em um beco, olhando à esquerda e à direita para os casebres onde as mulheres acendiam fogões para iniciar o dia. Conduziu Pérola até uma arcada perto do muro e falou para ela esperar. A menina estava exausta de tanto andar, e seu braço doía com o peso da sacola. Ela desmoronou e dormiu, e sonhou que estava na sua cama macia, mas alguém tinha colocado nela pedras que machucavam suas costas. Acordou com um susto quando Folha de Chá tocou seu rosto.

— Encontrei um quarto para nós. A mulher é jovem e está grávida. O marido saiu para trabalhar. Não diga nada. Mantenha o rosto escondido. Não deve haver necessidade de eu fazê-la esquecer.

Elas entraram em um casebre minúsculo no fim do beco, escondido dos outros por um recuo do muro, e viram a mulher esperando na porta. Era jovem, Pérola percebeu, não muito mais velha que ela, magra e usava roupas simples; a gravidez parecia lhe causar dor, pois ela mantinha uma das mãos na barriga. A cozinha em que entraram era arrumada e limpa, e ela se movimentava ali com facilidade, colocando pão e carne sobre a mesa e servindo chá em canecas. Ela se desculpou pela refeição frugal.

— É mais do que suficiente — disse Folha de Chá. — Também somos mulheres pobres.

A mulher olhou para as mãos brancas e as unhas lustrosas de Pérola.

— Não sei quem vocês são. Mas não direi nada. A cama é...

— A cama é tudo de que precisamos. Vamos comer agora e dormir até escurecer, e partiremos antes que seu marido volte para casa.

Embora Pérola estivesse com fome, teve dificuldade para se forçar a engolir o pão seco e a carne sem tempero. O chá estava amargo e a fez engasgar.

— Minha filha está doente e indisposta — explicou Folha de Chá. — Ela vai usar seu lavatório e depois descansar.

— É no quintal.

— Min — chamou Folha de Chá, inventando o nome —, pode ir primeiro.

Pérola obedeceu e não conseguiu acreditar no arranjo primitivo — uma cobertura inclinada, um assento, uma lata, nada além disso. Ela estremeceu de aversão e se forçou a sentar. Depois voltou à casa e a mulher mostrou um quarto nos fundos da cozinha. Havia uma bacia de água sobre uma mesa ao lado de uma cama. Pérola se lavou.

Folha de Chá entrou.

— Agora durma, Min. — Ela se virou para a mulher. — Somos gratas. Não queira saber quem somos. As mulheres fogem de muitas coisas. Não somos incomuns.

— Quando vocês forem embora, eu me esquecerei — disse a mulher, e Folha de Chá sorriu.

Ela repousou a mão sobre o abdômen da mulher.

— Seu filho será saudável e forte. Agora deixe-nos até o sol se pôr.

— Folha de Chá — disse Pérola, quando a porta se fechou —, não posso dormir aqui. É a cama deles, e os lençóis não estão limpos. E olhe os travesseiros...

— É tudo que eles têm. Não me irrite.

— Mas olhe...

— É como eles vivem. E devem viver. Eles trabalham para a Companhia. Agora durma. A cama é estreita, vou usar o chão.

Pérola se arrependeu imediatamente:

— Não...

— Sim. — E sorriu. — Vou dormir como sua criada mais uma vez. Depois disso, seremos iguais. E não se preocupe, Pérola. Citadinos podem dormir em qualquer lugar.

— Está bem. Mas pegue um travesseiro e um lençol. E, Folha de Chá?

— Sim?

— Não me chame de Min. — Ela tirou a capa e deitou na cama, adormecendo em seguida.

Folha de Chá a observou por um tempo, com um olhar cansado, uma aparência triste no rosto. Depois, arrumou o travesseiro e o lençol no chão e também dormiu.

Pérola acordou no fim da tarde e não sabia onde estava. O teto baixo e as paredes próximas deram a impressão de que ela estava dentro de uma caixa. Sentou-se e abriu a boca para gritar, mas viu Folha de Chá dormindo no chão e se lembrou do quarto e de que ela era Pérola, uma filha que tinha envergonhado a família ao fugir. O castigo, se fosse pega, seria o mais grave que a lei permitisse. Não haveria casamento, querendo ou não. Ottmar do Sal não iria desejá-la agora, mas ela seria entregue a ele para trabalhar como escrava ou, pior, como sua criada. Coisas semelhantes tinham acontecido com outras garotas. Pérola as vira — criaturas pobres e arrasadas que se acovardavam até mesmo com palavras gentis.

Ela olhou para a criada adormecida. Só Folha de Chá poderia salvá-la agora. Mas o que significava salvar? Aonde estavam indo? Ela não tinha

SAL

certeza se Folha de Chá não havia armado todo o caminho até essa fuga, se ela não a tinha escolhido para isso tantos anos atrás, em vez de Pérola tê-la escolhido. Lembrava-se da ocasião: a mãe a conduzira até uma sala onde cinco mulheres estavam de pé, dóceis e enfileiradas, e lhe dissera que podia escolher uma para si, e quatro delas não eram diferentes das criadas pessoais de outras garotas, enquanto a quinta era uma Citadina. Ela olhara para as mãos da mulher, com três dedos, um polegar com três juntas, e estremecera com a anormalidade. Ela nunca vira uma Citadina. Olhara em seus olhos verde-azulados, com a pupila em fenda como a de um felino, sentira seu olhar se entrelaçar com o da mulher e ouvira uma voz sussurrar dentro da cabeça: *Deve me escolher, criança*, e Pérola simplesmente levantara a mão e apontara.

Isso acontecera havia oito anos — oito anos em que sua vida fora silenciosamente virada de cabeça para baixo. No início, sentia medo dos olhos da criada e estremecia ao toque das mãos com três dedos, mas dar um nome a ela melhorara tudo.

— Vou chamá-la de Folha de Chá — dissera Pérola, e rira de sua própria esperteza; a recém-nomeada Folha de Chá sorrira também.

— Como você preferir.

(Era melhor do que outros nomes que as garotas davam a suas criadas. Pérola conhecia uma chamada Balde de Lama.)

Oito anos. O mais importante que Pérola aprendera durante esse tempo fora a manter tudo em segredo. Era segredo que Folha de Chá lhe ensinasse sobre flores e árvores e pássaros e animais, sobre todas as coisas que viviam no mar, e quantos mares existiam e quantas terras e até onde se estendiam, e sobre a Companhia, até onde ela se alastrava e como tinha conquistado aquela terra, e como as tocas tinham sido criadas na guerra, e como a Cidade tinha crescido, e sobre Cebedê. Nada desse conhecimento era adequado às mulheres e às vidas que deveriam levar. Pérola absorvera tudo e mantivera silêncio. Aprendera sobre as estrelas e a lua e o sol, e as nuvens e como interpretá-las, e como interpretar as estações e o clima. Aprendera sobre medicina e sobre o próprio corpo, e as curas para doenças conhecidas dos Citadinos, mas não dos humanos. Aprendera a fazer perguntas sem fim. As únicas que Folha de Chá não respondia eram sobre si mesma e sobre a terra onde seu povo vivia.

— Somos comuns. Não somos conhecidos por nada especial — respondera.

— Mas você sabe falar — argumentara Pérola.

Este era o principal segredo: Folha de Chá conseguia falar em silêncio e ser ouvida na mente de outra pessoa. Lentamente, com muito cuidado, ao longo de vários anos, ela ensinara Pérola a fazer isto: a falar e a ouvir.

— Eu conseguia fazer isso desde o início — dissera Pérola. — Ouvi você dizer: "Deve me escolher."

— Sim, você conseguia — retrucara Folha de Chá. Era tudo que ela dizia. E só depois de muitos anos ela deixara Pérola ver que podia fazer as pessoas se moverem ou pararem e depois fazê-las esquecerem o que tinham visto e ouvido.

— Quero que me ensine — exigira Pérola.

— Quando você estiver pronta — respondera Folha de Chá.

Preciso saber agora, sussurrou Pérola para si mesma, olhando para o rosto da criada adormecida no chão, *para poder nos ajudar a escapar.*

Ela se levantou da cama sem fazer barulho, passou por cima de Folha de Chá e atravessou o quarto até a porta. A mulher grávida estava sentada em uma cadeira perto da janela da cozinha, usando a luz para costurar um colarinho numa camisa. Ela largou o trabalho, ficou de pé e simulou uma reverência.

— Não, por favor. Não faça isso — pediu Pérola. — Sou como você.

A mulher sorriu.

— Então costure por mim. Corte uma cebola para a minha sopa.

— Não posso... eu...

— Você não é como eu. Por favor, posso ver suas mãos?

Pérola estendeu uma das mãos e a mulher a pegou.

— Tão macias. Veja as minhas.

— É. Sinto muito.

— Quem é você?

— Meu nome é Pérola.

A mulher sorriu.

— Não é Min?

— Não. Isso foi uma mentira. Estou fugindo de um casamento que não desejo. Com um homem que é cruel, velho e feio.

— Qual é o nome dele?

— Ottmar do Sal.

A mulher estremeceu.

SAL

— Meu marido trabalha em um de seus depósitos. Empilha sacos de sal catorze horas por dia. E Ottmar dá ordens para eles trabalharem mais arduamente. Para onde você vai fugir?

— Não sei.

— Pode ficar aqui. Podemos escondê-la bem.

— Não, minha mãe...

— Ela não é sua mãe. Eu vi os olhos dela.

— E eu vi os seus — disse Folha de Chá da porta do quarto — e sei que você é honesta e gentil. Somos gratas pela oferta, entretanto isso os colocaria em perigo: você e seu marido. E seu filho. Temos um destino. Tilly... É esse o seu nome?

— Como você sabe?

Folha de Chá não respondeu.

— Você sabe quem é Pérola e o que eles farão com ela se for pega. Então, nós vamos... para outro lugar. Devem estar nos caçando agora, porém chegamos até aqui sem sermos vistas e vamos embora antes que escureça. Quando os Chicotes vierem nos procurar...

— Os Chicotes virão? — indagou Tilly, com medo.

— Meu pai vai pagar por uma busca, pela honra dele. Ottmar também. Irão a todos os cantos da cidade — disse Pérola.

— Mas ninguém nos viu nesta rua — comentou Folha de Chá. — Eles vão perguntar. Você vai dizer que não. Pode fazer isso?

— Posso — sussurrou Tilly.

— Então estará em segurança. Logo irá escurecer. Se nos deixar comer um pouco da sua sopa...

— Fiz o suficiente — disse Tilly. E colocou dois pratos sobre a mesa.

— Não, minha querida, três pratos. Coma conosco, mas não o suficiente para não conseguir comer de novo com seu marido.

Tilly serviu a sopa. Era de carne de segunda, cheia de cartilagem e gordura; no entanto, Pérola comeu porque estava com fome. Ficou grata por não ter havido tempo de acrescentar cebolas.

A escuridão chegou, e Tilly acendeu uma vela. Pérola e Folha de Chá pegaram suas sacolas no quarto.

— Não tenho nada que possa lhes dar como presente de partida — disse Tilly.

— Você vai nos dar o seu silêncio. Isso é um presente. E Pérola tem outro para você.

— Sim. — Vasculhou a bolsa e tirou um punhado de moedas que estavam no fundo. Colocou-as na mão de Tilly. — Um presente, não um pagamento. Sinto muito por ser tão pouco.

— Mas é mais — gaguejou Tilly — mais do que meu marido ganha em seis meses.

— Eu guardo para bugigangas e doces — explicou Pérola, sentindo-se envergonhada.

— Agora, Tilly — disse Folha de Chá —, sairemos pelo quintal dos fundos e seguiremos ao longo do muro. E você vai procurar esquecer que nos viu.

A jovem tentou fazer uma reverência outra vez, mas Pérola a impediu e lhe deu um beijo na bochecha. Em seguida, ela e Folha de Chá saíram escondidas.

As duas passaram por um portão ao lado do lavatório e seguiram em silêncio pelos fundos de um armazém. O muro que separava a Cidade das terras áridas se erguia à esquerda, com altura de algumas dezenas de corpos e largura de um corpo. Havia uma porta estreita e meio esquecida em uma alcova, onde um guarda estava sentado, no fim de seu turno, cochilando com as costas no muro. Uma lamparina a gás recém-acendida queimava acima dele.

Folha de Chá inclinou-se para perto.

— Senhor.

Os olhos do homem se abriram de repente.

— Ei — começou ele.

Folha de Chá fixou os olhos nos dele: *Não diga nada*, disse ela. *Levante-se.*

O homem obedeceu, com o mesmo olhar vidrado que Pérola vira no guarda da mansão.

Pegue sua chave e abra o portão.

Ele obedeceu novamente, movendo-se desajeitado. O portão abriu rangendo. Pérola e Folha de Chá passaram rapidamente por ele.

Agora tranque o portão. Coloque a chave de volta no cinto. Ninguém passou por aqui. Você não viu mulher nenhuma. Volte para os seus sonhos.

SAL

Ele seguiu cada comando. Pérola sentiu que podia ver a memória escapando da mente do homem e voando para a escuridão como um morcego.

— Folha de Chá, quando poderei aprender a fazer isso?

— Talvez nunca. Agora fique em silêncio enquanto penso para qual lado iremos.

— Você não fez Tilly esquecer.

— Ela era amiga. Temos duas horas antes de a lua aparecer. Temos de chegar à mata até lá ou a patrulha do muro nos verá. Venha, rápido. Nenhum deles está por perto agora.

— Folha de Chá.

— O que foi?

— A busca ainda não chegou até aqui, ou o guarda estaria acordado.

— Ah, você percebeu. Está aprendendo a ser uma fugitiva.

Elas se afastaram da Cidade atravessando um solo pedregoso. Depois do primeiro amontoado de rochas, tiraram as capas e saias e as trocaram por coletes e calças. Trocaram os sapatos que tinham usado nas ruas por botas de couro macio. As sacolas não ficaram mais leves porque elas não podiam deixar nada para trás que os cavaleiros e seus cães farejadores pudessem encontrar, mas Folha de Chá as dobrou de um jeito diferente, transformando-as em mochilas que se encaixariam confortavelmente nas costas.

— Agora, Pérola, precisamos nos esforçar. Vamos ficar nas colinas até o amanhecer.

Pérola nunca tinha andado tanto nem tão rápido. Os pés estavam machucados, as pernas doíam, a respiração ficara irregular, porém, quando implorou para descansar, Folha de Chá respondeu abruptamente:

— Você pode dormir durante o dia. A noite é tudo que temos.

— Folha de Chá...

— Quer passar a vida como escrava na casa de Ottmar?

Isso a manteve em movimento. Uma vez, elas pararam e se agacharam imóveis enquanto Folha de Chá enviava lanças afiadas de pensamento para um felino selvagem, com metade da altura de um cavalo, fazendo-o recuar e seguir seu caminho.

— Se você me ensinasse, eu poderia ajudar.

— Em breve, Pérola. Em breve.

— Isso dói? — indagou Pérola, ouvindo o cansaço em sua voz.

— Um animal tão selvagem... é como empurrar uma porta que não fecha.

A lua deslizou pelo céu, brilhando tanto que formava sombras negras como ponteiros de horas ao lado das viajantes. A Cidade se transformou em uma linha feita a lápis no horizonte, e colinas emaranhadas se erguiam do outro lado de um rio raso que brilhava amarelo como manteiga. Elas o atravessaram com dificuldade, com água na altura dos joelhos. Bem ao longe, ouviram o felino selvagem capturar sua presa matinal.

— Parecia o som de uma pessoa — disse Pérola, estremecendo.

— Não, foi uma cabra que desceu para beber no rio. Outros estão vindo agora, está vendo? Eles sabem que o felino já pegou o que precisa.

Pérola viu animais descendo pelas colinas. O céu estava ficando cor-de-rosa ao amanhecer.

— Tem felinos selvagens nas colinas?

— Não sei. Há coisas piores atrás delas.

Pérola olhou para trás, mas não viu nada. Esvaziou a água das botas e as calçou de novo, depois caminhou com dificuldade atrás de Folha de Chá sobre um solo irregular, por uma grama pontuda. As colinas se erguiam quase tão acentuadamente quanto um muro. Folha de Chá descobriu um jeito de subir, fazendo curvas entre pedregulhos e se arrastando por trilhas de cabras. Elas subiram por uma hora, depois viraram para dar uma última olhada nas terras áridas. O sol tingira tudo de dourado e destacava a Cidade ao longe. A lua, desbotada em prata, estava afundando abaixo da colina mais distante, onde a mansão dos Bowles, a mansão de Ottmar e todas as outras grandes casas se localizavam. Pérola não conseguia distingui-las. Não são nada, decidiu ela; mas, em sua exaustão, pensou com saudade em sua cama confortável e, também, devido à fome, no café da manhã que Folha de Chá lhe levava toda manhã em uma bandeja.

Folha de Chá não a serviria agora, não desse jeito.

— Vamos dormir aqui — disse Folha de Chá, largando a mochila à sombra de um pedregulho.

— E se eles usarem cães para nos rastrear?

— Confundir cães é uma das coisas mais fáceis.

Pérola ficou onde estava, olhando para a Cidade e para o emaranhado atarracado que era Cebedê. A mancha escura das tocas se espalhava para o sul, com o mar brilhando em branco além dali. A leste, e muito longe, a fumaça subia das chaminés das cidades industriais, onde homens roubados das tocas passavam suas vidas fazendo trabalho escravo. Isso, pelo menos, era o que Folha de Chá havia lhe ensinado — um dos segredos que ela mantinha. Não conseguia imaginar a vida daquelas pessoas. Como alguém poderia ser mais pobre do que Tilly, que não era nem uma mulher das tocas? Esperava que a moça ficasse em segurança.

Pérola começou a olhar para o outro lado. Então, viu um movimento na planície dourada — algo sem forma, movendo-se rapidamente, deixando uma nuvem de poeira. Levou um instante para perceber o que era.

— Folha de Chá. Cavalos.

Folha de Chá correu até ela.

— Sim. Da Cidade. Estão nos caçando. Mas agora estão perseguindo outra pessoa. Veja.

Pérola distinguiu uma figura na frente dos cavaleiros, correndo em direção ao rio, com algo — um cão, talvez? — galopando a seu lado.

— O que eles estão fazendo?

— É um homem das tocas e um cão. Nossos caçadores o estão caçando. — Ela olhou com mais firmeza com seus olhos de felino. — É um garoto.

— Podemos salvá-lo?

— Não tem como. Ele vai chegar ao rio antes deles e atravessar, mas será pego antes de chegar às colinas.

— O que farão com ele?

— Vão matá-lo.

— Pare os cavalos. Afaste os animais como você afastou o felino selvagem.

— Não posso. Está longe demais. Mesmo ao pé das colinas será longe demais. Venha, Pérola.

— Como você sabe que ele é das tocas?

— Ele tem pele marrom.

— O povo das tocas é assim?

— Sim. É uma raça de pele marrom. Venha.

O garoto chegou ao rio. Pegou o cão no colo e atravessou com dificuldade, depois jogou o animal no chão e tornou a correr. Os cavaleiros chegaram ao rio e andaram de um lado para o outro.

— Folha de Chá — gritou Pérola —, é Hubert, meu irmão. Veja o cavalo malhado dele. Está me caçando.

— Mas ele não deixa isso atrapalhar o esporte. Veja, estão dando a lança a ele. Hubert vai matá-lo.

Hubert, em seu garanhão malhado, cavalgava a passos largos pelo rio. O emblema dos Bowles tremulava na ponta da lança. Ele incitou a montaria para a terra seca e cercou rapidamente o garoto. Pérola observou horrorizada. Tentou gritar para ele parar, mas nenhum som saiu de sua boca.

O garoto olhou por sobre o ombro e parou de correr. Virou-se e encarou o cavaleiro, que abaixou a ponta da lança para matá-lo. Ele esporeou o cavalo, que saltou para a frente. Então, o animal relinchou de repente, se assustou e tropeçou, jogando Hubert para fora da sela. Um sopro de poeira subiu do local onde ele caiu. Ele rolou no chão e ficou de joelhos — e o garoto, em vez de correr, ficou ali e esperou.

Folha de Chá soltou um gritinho quando o cavalo se assustou. Ela fixou os olhos no garoto, observando cada movimento.

— Meu irmão — gritou Pérola. — Ele não está machucado, está se levantando. — Não sabia se ficava triste ou feliz. — Está tirando a espada. Ele vai matar o garoto.

Hubert avançou, com a lâmina brilhando ao sol. O garoto esperou. O cão preto e caramelo se acovardou a seu lado.

— Faça ele parar, Folha de Chá.

— Não posso. Mas acho que Hubert não sabe com quem está lutando.

Quando ela falou isso, o garoto se mexeu. Sua mão subiu tão rápido que Pérola não conseguiu ver de onde tinha vindo a arma: uma faca, com uma lâmina que parecia carvão. Hubert estava correndo para cima dele com a espada presa nas duas mãos, apontada como uma lança. O garoto deu um único passo, ergueu o braço e lançou a faca. A arma refletiu duas vezes enquanto percorria os doze passos até o homem. Sua lâmina o atingiu na garganta e afundou até o punho. Hubert caiu.

Pérola sentiu como se ela tivesse sido atingida. Ficou de pé, agitada.

— Meu irmão — sussurrou. Sua mão foi até a garganta como se quisesse impedir o fluxo de sangue. Folha de Chá se aproximou e a abraçou.

O garoto foi até o corpo e cuspiu nele. Em seguida, tirou a faca e limpou a lâmina no casaco de Hubert. O cão se aproximou e farejou o sangue. O garoto chutou-o para longe. Ele ergueu a faca e a apontou para os homens do outro lado do rio. Eles responderam com um grito e começaram a se

SAL

aproximar. O garoto virou-se para chamar o cão, que lambia a garganta de Hubert, e os dois correram em direção às colinas.

— Eles estão em segurança agora — disse Folha de Chá.

— Ele matou o meu irmão — sussurrou Pérola.

— Para impedir que seu irmão o matasse.

Os cavaleiros saíram do rio e apressaram os cavalos. Vários pararam perto do corpo de Hubert e desceram das montarias, mas subiram nos animais imediatamente e sacudiram suas lanças na direção do garoto fugitivo. Os outros galoparam atrás dele, emitindo seu grito de guerra "Bowles e a Companhia", que sempre parecera cômico para Pérola quando ela ouvia nas procissões militares. Agora era um som meio alucinado, sedento de sangue.

O garoto chegou até os pedregulhos amontoados, bem longe do alcance das lanças, mas diversos cavaleiros tinham sacado armas de raios de suas selas. Os tiros brilhavam como estrelas amarelas caindo em direção a ele. O garoto se jogou atrás de um pedregulho, com o cão esbarrando em seus calcanhares. Os cavaleiros andavam de um lado para o outro. Um ou dois desceram de seus cavalos e vasculharam os espaços estreitos entre as rochas, com as armas preparadas, enquanto outros jogavam suas armas aleatoriamente ou atiravam raios que perfuravam as pedras, formando buracos enfumaçados — mas o garoto tinha sumido. Pérola e Folha de Chá viram-no de relance subindo, rápido e seguro, levantando o cão de vez em quando nos locais onde este não conseguia subir. Logo estava fora do alcance das lanças e dos raios.

O cavalo de Hubert galopara livremente, e vários de seus companheiros foram procurar o animal. Outros vasculhavam os penhascos.

— Eles nos viram — disse Folha de Chá.

Gritos subiram até elas. Pérola não conseguia identificar as palavras, mas imaginou que seriam sobre desonra e morte.

— Agora eles vão nos pegar — disse a menina.

— Não. Esses homens não andam a pé. Eles vão levar seu irmão para casa. Depois disso, haverá uma busca, mas teremos sumido. Pegue sua mochila. Vamos seguir adiante e encontrar um local mais seguro.

Pérola não se moveu. Folha de Chá viu seu horror e sua confusão pela morte do irmão, misturados com o medo por si própria.

— Sinto muito — disse ela, depois silenciou e falou do jeito que era natural para ela. Pérola ouviu a voz sussurrar em sua cabeça: *Seu irmão está morto, e o luto é natural, embora você não o amasse, Pérola. Mas ele viveu do jeito que escolheu e morreu como esses homens morrem, e agora ele se foi. Lembre-se, se puder, do que era bom. Agora venha, Pérola, venha, minha criança. Precisamos sair daqui e ficar em um lugar seguro. Depois de dormir, teremos de encontrar o garoto.*

A voz era reconfortante e tranquilizadora, como um bálsamo, como um afago na testa, até as últimas palavras, que foram como receber um tapa.

— Não — gritou. — Por que temos de encontrar o garoto? Ele matou o meu irmão.

Fique calma, Pérola. Fique firme. Temos um longo caminho a percorrer e muito a fazer.

— Por quê? Por que encontrar o garoto?

— Porque — respondeu Folha de Chá, usando a fala normal — precisamos. Pérola, você acha que o cavalo do seu irmão o derrubou sem motivo?

— Como assim?

— O garoto falou. Não consegui ouvir o que ele disse, mas ele falou com o cavalo.

— Isso é impossível.

— Era o que eu achava. Mas eu ouvi alguma coisa. Um sussurro. E o cavalo se assustou. Agora preciso encontrar o garoto e falar com ele.

— Por quê?

— Achei que você era a única, Pérola. A única que encontrei em todos os meus anos na cidade. Mas agora parece que há outro.

— Outro o quê?

Folha de Chá respondeu em silêncio: *Isso, minha querida, é o que precisamos descobrir.*

QUATRO

Hari jogou uma tira de carne para o cão e pegou outra para si. Eles comeram em uma saliência da rocha sobre a planície. Dois cavaleiros conduziram o garanhão malhado de volta ao local onde o morto se encontrava e outros o levantaram até a sela, amarrando o corpo para não deslizar.

— Sinto muito por você não ter tido tempo de comer o homem, cão — disse Hari.

Os homens tinham parado de perturbá-lo. Eles dois estavam fora do alcance das armas de raios e os homens não se arriscariam a subir pelos caminhos íngremes. Hari estava mais preocupado com as duas mulheres vestidas de homem que vira de relance enquanto o observavam arrastar-se para cima. Podiam ter homens perigosos com elas.

Ele bebeu da garrafa e colocou um pouco de água na mão em concha para o cachorro.

Continue alerta, cão. E continue farejando. Há pessoas por aqui.

O bicho abanou o rabo sem parar de lamber. Hari havia se acostumado a não receber qualquer resposta além de cansaço, medo e, de vez em quando, uma gratidão incerta. Devia deixar o animal mais confiante e mais forte também, ou não teria uso para ele. O cachorro não dera alerta na madrugada sobre os cavaleiros que se aproximavam e, com seu pé defeituoso, tinha diminuído o ritmo da corrida dos dois. Ele se perguntou se seria melhor matá-lo para se alimentar. O animal captou o pensamento e saltou para longe.

— Não, cão — disse Hari. — Não vou matá-lo. Com você posso conversar. Mas precisamos encontrar comida rápido, e água. Mais um dia, é tudo que temos.

Colocou a garrafa na mochila e se levantou. Não resistiu a gritar para os homens lá embaixo: "Morte à Companhia." Desamarrou a calça e urinou na direção deles encosta abaixo. Um ou dois ergueram suas armas, mas não atiraram. Hari olhou em volta procurando as mulheres, mas elas tinham sumido.

— Hora de sair daqui, cão. Mexa-se.

Eles subiram de novo, depois andaram por canais e leitos de rio secos. Ao meio-dia, encontraram uma caverna rasa e dormiram. Não tinham visto ou escutado qualquer perseguição, nem havia evidências de pessoas morando naquelas colinas. Quanto às mulheres, Hari não achou que elas o seguiriam. Algo no jeito como se portavam o fez pensar que as duas também estavam fugindo.

Ele acordou no fim da tarde. Estava preocupado com comida e água. Os leitos de riachos continuavam secos, e ele não tinha visto sinal de animais.

Encontre uma cabra, cão. Encontre uma ovelha, disse.

Eles continuaram a andar até escurecer, dormiram de novo e viajaram sob a luz da lua. Quando o sol nasceu, Hari viu montanhas ao longe. Eram negras com árvores na base e brancas no topo. Devia ser neve. Lo falara com ele sobre a neve. Se conseguisse chegar tão distante, até as árvores, lá haveria água e animais para caçar e talvez frutas para colher. Mas as montanhas estavam muito longe, e as colinas amarelas e secas perduravam.

Os dois comeram a última carne e beberam a última água. Hari tentou não pensar em matar o cão. Parou em um canal onde um riacho corria nos meses úmidos e tentou cavar com a faca, mas a areia e os seixos continuavam secos. Alguns arbustos pequenos com folhas pontudas cresciam nas encostas, mas não tinham frutas, e as folhas eram amargas ao mastigar.

— Venha, cão. Precisamos chegar às montanhas.

Eles saíram do canal. A terra adiante era mais plana, inclinando-se gradualmente para cima. Havia afloramentos de pedras prateadas e pedregulhos isolados da altura de cavalos. As montanhas pareciam mais distantes, agora que o sol estava alto. O Sal Profundo ficava em algum lugar além — talvez bem além. Hari começou a entender como essa jornada era inútil. Mas nada o faria desistir. Fixou os olhos no pico mais alto e se arrastou adiante.

SAL

O cão estava indo para um lado. De repente, parou e deu um latido suave. Farejou uma parte, depois outra e saiu ansioso, com o nariz grudado no chão. Hari o seguiu.

— Uma cabra — sussurrou. — Tomara que seja uma cabra.

Eles contornaram uma colina baixa e a planície se abriu outra vez. O cão parou. Ao longe, algo se moveu lentamente — um ponto marrom entre as árvores isoladas. Por um instante, Hari não conseguiu distinguir o que era. O ponto ficou maior — transformou-se de uma forma agachada em uma pessoa de pé —, e ele percebeu que era uma das mulheres que tinha visto de relance enquanto fugia dos cavaleiros. A mais alta. Ela se agachou para cavar com as mãos, pegou alguma coisa, seguiu em frente e cavou de novo.

— Cão — sussurrou Hari —, você encontrou alguma coisa aqui.

Se ele não podia caçar uma cabra, caçaria a mulher. Ela carregava uma sacola e colocou o que tinha cavado ali dentro. Só podia ser comida. Ele a pegaria — mataria a mulher e ficaria com a comida. E, se o cão não pudesse comer o que ela estava colhendo, poderia se alimentar de seu corpo.

O cão, entendendo a situação, soltou um choramingo de expectativa. Arrancou para a frente e Hari o seguiu, pisando levemente. Eles passaram por um amontoado de rochas, elevadas como paredes destruídas do solo empoeirado, e o cão parou de repente, farejando algo novo. Ele girou, confuso, depois apontou com o focinho.

— O que é? — sussurrou Hari. — Algo nas rochas? — Talvez fosse uma cabra, um cervo; ou a outra mulher. Ele sacou a faca.

O cão, abaixado, se arrastou até o lado sombreado do pedregulho e congelou. Hari o seguiu, agachado, com a faca em prontidão. Um pé apareceu, uma perna esticada para a frente, outra perna dobrada, depois um tronco usando colete, um rosto, um rosto branco, de lado, com os olhos fechados e a boca ligeiramente aberta. Hari não pôde acreditar na sua sorte: uma mulher da Cidade, uma mulher da Companhia. Dormindo. Uma morte fácil. Ele a ouviu inspirar e expirar.

Hari se aproximou. Ela estava usando uma sacola como travesseiro. Haveria comida ali dentro.

Mais perto.

Percebeu que era um pouco mais do que uma menina. Isso não o impediu.

• • •

Folha de Chá e Pérola tinham ouvido o garoto gritar para os homens na planície assim como o viram urinar na encosta do penhasco em direção a eles.

— É um garoto selvagem. Precisamos ter cuidado — declarara Folha de Chá.

Esperaram ele e o cão irem embora, depois seguiram até a saliência onde os dois haviam estado. Abaixo delas, os cavaleiros Bowles cavalgavam como um bando desanimado atravessando o rio. O corpo de Hubert, envolto em uma capa, estava amarrado na sela. Pérola disse adeus ao irmão em silêncio. Imaginou a raiva e o luto do pai. Hubert era o filho mais velho, criado para liderar os Bowles em sua expansão. Agora restavam apenas os burros: William e George. Ela se virou.

— Esse garoto deixa uma trilha fácil — afirmou Folha de Chá.

— Estou vendo.

— Sinta o cheiro, Pérola. Ele tem cheiro de ódio.

Pérola tentou abrir a mente, passeando por seus sentidos, e acreditou captar um cheiro parecido com alguma coisa estragando no fundo de uma prateleira.

— Isso — disse Folha de Chá —, vamos seguir esse cheiro.

Elas partiram com cuidado, mas logo Pérola sentiu o aroma enfraquecer, deixando-o para Folha de Chá, e usou os olhos, tentando ver marcas de pegadas no chão.

— Ele está indo rápido. Seguindo em direção às montanhas — anunciou Folha de Chá.

— Não vejo montanhas. É para lá que estamos indo?

— Sim. Mais dois dias.

Elas seguiram, embora o garoto estivesse fora de visão. Quando seu aroma se espalhou, as duas souberam que ele estava descansando. Elas recuaram, encontraram uma sombra e também descansaram. Pérola dormiu, depois elas recomeçaram, seguindo as pistas do garoto. Pérola achou que tinha visto montanhas reluzindo ao longe, mas as perdeu enquanto ela e Folha de Chá caminhavam por canais estreitos. Pela manhã, os picos se erguiam altos e claros, e mais distantes do que ela esperava. Desanimou.

SAL 61

— Precisamos alcançar o garoto?

— Por enquanto, não. Podemos seguir e esperar. Preciso colher alimentos. Estão acabando. E comida para ele também. O garoto não vai saber encontrar alimentos aqui.

Elas se deslocaram para o lado, depois à frente de onde o garoto deveria estar, mantendo-se contra o vento para o cão não farejar as duas. Ao meiodia, Folha de Chá falou:

— Descanse, Pérola. — Apontou para uma faixa de sombra estreita ao pé das rochas. — Pode me chamar, caso precise. Não estarei longe.

— Que alimentos você vai encontrar aqui?

— Você vai ver. Tente dormir.

Pérola se deitou, usando a mochila como travesseiro. Sentia ciúmes porque Folha de Chá parecia mais preocupada com o garoto que estavam seguindo do que com ela. Não dava a impressão de perceber como Pérola estava sofrendo: com a perda do irmão, com a perda da casa. Imagens da vida anterior passaram por sua mente — comida e edredons macios e roupas e diversão —, depois pensou em Tilly, que as abrigara e alimentara, e gradualmente a casa e a cama gasta da jovem grávida se tornaram o local onde Pérola queria estar. Parecia mais quente e mais confortável, com Tilly fazendo a sopa em uma panela enegrecida no fogão...

Depois de alguns instantes, Pérola dormiu sem sonhar, mas logo uma agitação se aproximou por um lado — um redemoinho de lama na água parada de seu sono. Essa coisa cresceu e adquiriu cheiro e forma, e algo duro e afiado saiu dali, virando sua ponta, procurando por ela. Acordou arfando. O garoto estava sobre ela, segurando uma faca com punho negro. Seu rosto estava tomado de ódio; seus olhos queimavam como os do felino selvagem que elas tinham encontrado na planície. Ele foi em direção a ela, para mantê-la parada e poder enterrar a faca.

Pérola disse "Pare", e ele não parou.

Ela mergulhou por debaixo de seu terror, procurando uma palavra, e a encontrou: qualquer palavra, desde que ela falasse ou pensasse nela do jeito certo.

Pare, comandou, sem som.

Quase acertou. Ele inclinou a cabeça para o lado, como se evitasse algo que fora jogado em sua direção. O garoto deu um passo para trás, sacudiu-se, olhou para ela com medo e ponderação. Ele se afastou ainda mais, dando quatro passos, e ergueu a faca para jogar nela.

— Fique parado — comandou Pérola, mais firme agora, encontrando forças com mais facilidade.

Ele engoliu em seco e pareceu lutar contra uma criatura que havia pulado nele e que o estava prendendo; tentou empurrá-la, golpeá-la.

— Não — gritou ele.

Pare, disse Pérola, em silêncio. Era mais fácil em silêncio.

Ele ofegou e caiu; então, lentamente, seus olhos começaram a ficar vidrados do mesmo modo que ela vira no guarda e no Chicote quando Folha de Chá os comandara.

Abaixe sua faca.

Ele se inclinou como se estivesse drogado e a colocou no chão. Atrás dele, o cão começou a uivar.

Fique quieto, comandou Pérola.

Ela se levantou e pegou a mochila. *O que eu faço agora?*, pensou. Não tinha ideia de quanto tempo poderia manter o garoto assim ou se conseguiria pará-lo se ele despertasse.

Vá, disse a ele, *corra o mais rápido que puder. Não volte nunca mais.*

Ele começou a balançar a cabeça e a bater a base da mão contra as têmporas, como se quisesse trazer algo para fora.

Vá embora, comandou ela.

Mas, desta vez, a voz pareceu enfraquecer, não segurar o garoto, e a camada de sono entorpecedor começou a escapar lentamente da superfície dos olhos dele. Ele alcançou a faca.

Não toque nela, disse Pérola. *Deixe-a aí.*

A mão dele diminuiu o ritmo, como se ele a estivesse forçando contra um material viscoso, mas ele a empurrou; ela o ouviu fazer isso com a mente.

Fique parado, disse ela.

Ele respondeu a ela — suas palavras eram como um inseto raspando em um saco de papel: *Você não pode me impedir. Sou mais forte que você.*

Continue parado, retrucou ela.

Vou matar você, disse ele. Depois falou em voz alta:

— Por quanto tempo você acha que consegue me segurar, garota? Em um instante você vai ficar cansada. E aí...

Fique quieto, disse ela, e viu a surpresa dele com a força do comando. Mas o rapaz desviou o olhar para longe dela e forçou uma das mãos para

SAL

baixo, a fim de pegar sua faca. *Deixe isso aí*, mandou ela, mais baixo. *Dê um passo para trás. Vá embora.*

Não, respondeu ele. *Vou esperar. E você vai dar um passo para trás, e eu vou matar você.* E falou em voz alta:

— A Companhia morre. Você me viu matar os cavaleiros. Todos vocês vão morrer.

Ela o golpeou com a mente, visualizando essa imagem — um tapa dez vezes mais forte que na vida real, tirando forças de uma fonte que ela não tinha tempo de entender —, e o garoto cambaleou para trás, quase indo parar sobre o cão. Ele a olhou e deu um terrível sorriso irônico.

— Você não consegue fazer isso de novo. Já esgotou suas forças. — Então, mudou o ataque. Ela o ouviu dar o comando: *Morda ela, cão.*

O animal escapou dela.

Pare, cão. Deite e fique parado, ordenou ela.

Com um gemido de perplexidade, ele obedeceu.

O garoto sorriu com ironia de novo.

— Podemos fazer isso o dia todo. E, no fim, vou vencer. Sou mais forte.

Pérola não acreditava nele; ela era mais forte — mas o rapaz estava certo: ele venceria porque Pérola emitira comandos que a exauriram, e agora mal conseguia ficar acordada.

Pegue sua faca e jogue para longe, ordenou Pérola.

Ele inclinou a cabeça de novo, como se ela o tivesse estapeado, depois obedeceu: pegou a faca. Mas, em vez de jogá-la, virou-se para encará-la.

— A faca do meu pai me deixa forte — afirmou. Ele deu um passo atrás para ter distância e, embora ela gritasse *Pare*, depois berrando isso mais alto, ele equilibrou a faca na mão e ergueu o braço. Em seguida, recuou o ombro para jogá-la.

— Já chega, garoto — disse Folha de Chá.

Ele se virou. Folha de Chá estava de pé ao lado da parede mais distante da rocha, parecendo a Pérola quase tão alta quanto ela. O jovem não sentiu medo.

— Duas para matar — anunciou e tentou jogar a faca outra vez.

Pare, comandou Folha de Chá, e Pérola percebeu a diferença daquela para as suas próprias ordens. Foi um comando sem esforço, e parou o garoto como o sol que estava se pondo. Folha de Chá poderia tê-lo deixado ali para sempre, se quisesse, mantendo-o de pé como uma estátua ao lado das rochas. O cão uivou e correu.

Volte, cão, pediu Folha de Chá. *Ninguém vai machucar você.*

Ela passou pelo garoto, sem prestar atenção nele, e colocou a mão na testa de Pérola.

— Está fria. Você se esgotou.

— Ele ia me matar — sussurrou Pérola.

— Sim, eu senti. Vim o mais rápido que pude.

— Eu o impedi.

— Também senti isso. Você encontrou, Pérola.

— A palavra?

— Não há uma palavra. Há um jeito. Ele também tem. Mas vocês dois são crianças, são como baldes cheios de furos, despejando suas energias para todo lado.

— Não consigo evitar — disse Pérola. Sentiu lágrimas descendo pelo rosto. — Se eu não o tivesse empurrado...

— Sim, você fez bem. E agora está cansada. Precisa dormir.

— Mande ele embora antes.

— Não, nós vamos mantê-lo conosco. Não tenha medo, ele também vai dormir. — E disse para o garoto: *Deite ali na sombra. Durma até que eu mande você acordar.*

Ele se virou com movimentos rígidos, deitou-se e fechou os olhos.

Largue sua faca, disse Folha de Chá.

Ele soltou os dedos e a faca deslizou para o chão. Folha de Chá a pegou.

— Você também, Pérola.

— Não preciso de ordens.

Ela foi para o local mais distante possível do rapaz na área de sombra, ajeitou a mochila, pousou a cabeça ali e dormiu imediatamente. Desta vez, ela sonhou. Era um sonho pacífico no início, com uma paz maior do que qualquer uma que ela jamais conhecera: paisagens de colinas e montanhas, as colinas douradas e as montanhas azuis. Ela flutuava sobre elas e sobre longos flancos de arbustos e canais até o mar, onde os rios escoavam, manchando o azul com verde, e longas ondas baixas quebravam e formavam espuma em praias de areia amarela. Em um momento, Pérola pairava sobre tudo isso; no seguinte, era arrastada para longe, quase até a altura das nuvens. Bem distante, pássaros brancos mergulhavam sobre cardumes, que deslizavam para o lado formando um lampejo prateado quando escapavam. O sol resplandescia. Uma brisa tocava seu rosto. Pérola, disse ela, meu nome é Pérola, e sentiu que o conhecimento de quem ela própria era se abria como uma flor. Sua mente ficou tranquila com o brilho e a harmonia de tudo aquilo: ela era Pérola. Nunca teve tanta certeza disso.

A menina continuou dormindo, o sonho desvaneceu e nada de bom ou de mau a perturbou durante um período que, quando terminou, parecia ter durado a vida inteira. Ela se virou — à sombra da rocha — e sonhou de novo — e agora, de repente, os peixes estavam despedaçados e os pássaros tinham sangue no bico, e ali, de repente também, as pessoas estavam correndo na praia e caindo de joelhos, e cavaleiros com lanças galopavam atrás delas e em cima delas. As pessoas caíam. Mulheres e crianças, inclusive. A areia ficou vermelha. Ela se contorceu de dor, gritando quando uma espada negra caiu sobre ela. Pareceu atingi-la, mas se transformou na mão que repousava em sua testa. Ouviu uma voz murmurar: *Calma, criança* — a voz de Folha de Chá. *Durma sem sonhar.* Ela obedeceu, mas também sentiu, antes de o vazio doce e negro cair sobre si, que estava obedecendo a si mesma.

As estrelas brilhavam quando ela acordou, e foram subindo junto com a lua. Folha de Chá estava sentada perto de uma pequena fogueira, com o cão dormindo a seu lado. Uma caneca de água fervia sobre a brasa. Pérola observou, lembrando-se dos sonhos. Não pensava que Folha de Chá tivesse lhe dado esses sonhos, mas suspeitava que ela soubesse deles.

— Onde conseguiu lenha? — perguntou.

— São galhos da árvore de ferro. Queimam durante horas.

— Você já deve ter estado aqui antes.

— Estive em vários lugares, Pérola. Venha beber um pouco de chá.

— Não sabia que tínhamos trazido chá.

— Não trouxemos. É da árvore de ferro, das folhas. Você vai achar amargo no início, mas doce depois.

Pérola deu um gole e fez uma careta, mas encontrou um leve gosto de mel depois de um tempo.

— Ele também teve sonhos? — perguntou, apontando com a cabeça para o garoto adormecido.

— Piores. Ele já viu coisas piores, Pérola.

— Temos de acordá-lo?

— Em breve. Ele vai sentir fome. O cão estava com fome.

— Ele falou com o cão. E falou comigo.

— É, eu sei.

— É por isso que temos de mantê-lo?

Folha de Chá suspirou.

— Espere um pouco, Pérola. Vou lhe dizer mais tarde. Termine o chá. Vou cozinhar. — Ela puxou a sacola e retirou um punhado de larvas brancas, algumas longas como o seu polegar.

— O que é isso? — resmungou Pérola.

— Larvas de mariposa. Elas crescem nas raízes da árvore de ferro. Temos sorte de ser época delas.

— Não vou comer larvas.

— Então vai ficar com fome. Tirei as cabeças e o veneno. O cão gostou.

Pérola se perguntou se Folha de Chá as matara enquanto ela estava sonhando com os pássaros despedaçando peixes. Observou enquanto as colocava cuidadosamente na brasa, e logo um aroma de carne assada a fez lembra-se do quanto estava faminta.

— Sirva-se, Pérola. Não sou mais sua criada. — Folha de Chá jogou uma larva crua para o cão, que a pegou rapidamente no ar.

Pérola fisgou uma larva das brasas e a pôs para esfriar em um trecho plano da pedra. Provou-a e achou mais doce do que saborosa, e com um prolongado sabor picante.

— Como você sabe essas coisas, Folha de Chá?

— Coma mais. Quero acordar Hari, depois eu conto.

— Quem é Hari? Ah, ele. Você espera que eu esqueça que ele matou o meu irmão?

— Espero que você se lembre de que seu irmão ia matar o garoto. Agora coma e deixe um pouco para ele. E, Pérola...

— Sim?

— Quando eu acordá-lo, lembre-se do seu sonho.

Pérola comeu outra larva.

Que parte do sonho, perguntou-se: a boa ou a ruim?

O sonho de Hari levou-o a locais tão escuros e violentos e sangrentos que até mesmo ele, acostumado à violência e ao sangue, fechou os olhos e gemeu de pavor. Tentou virar-se e correr, mas o sonho estava nas suas costas, saindo com força do chão aos seus pés e precipitando-se do alto — coisas que se arrastavam e matavam, coisas que voavam e matavam, em formas encolhidas e deformadas e cheias de garras, mas com homens dentro. Eram rostos que ele conhecia, e todos tinham uma segunda face escondida por trás. Tentou desviar os olhos, mas em todo lugar as criaturas apareciam, avançando, presas em si mesmas, usando seu rosto contorcido e o rosto dele também. Hari gemeu e choramingou e virou-se e correu, mas viu a si mesmo em toda parte. Ele se acovardou, caiu de joelhos e escondeu os olhos. Um peso veio de cima e o esmagou. Lentamente, sob esse peso, seu pavor diminuiu até que um gritinho de dor foi tudo o que conseguiu emitir. Esse som também se enfraqueceu, e um sussurro fino tomou seu lugar: *Hari, Hari, Hari, ainda há lugares a visitar.* A voz sumiu na escuridão, e ele suspirou e rolou de lado, e nada era a soma de tudo que ele sabia.

Ele dormiu por muito tempo sem sonhar.

Depois, começou um murmúrio: era seu nome de novo, mas desta vez com um som amigável. Isso o trouxe de uma imobilidade tão profunda e tão envolvente que ele sentiu o som fluindo como água, e ele estava andando sobre a grama, entre árvores — uma grama mais verde do que ele jamais vira e árvores tão altas que tocavam o céu. Um riacho fluía ali perto. A areia brilhava prateada no fundo. Peixes pequenos nadavam. Ele se perguntou como era capaz de reconhecer coisas que nunca tinha visto. A voz disse: *Hari, existem muitas coisas para conhecer.* Ele ficou parado. Por horas ficou parado, entre as árvores, perto do riacho, com as mãos pendendo ao lado do corpo e os olhos vendo sem conhecimento nem pensamento, enquanto um espaço se abria dentro dele...

Uma nova voz falou em seu ouvido: *Hari, acorde. É hora de comer.*

Ele acordou e se sentou, olhando para a mulher e a garota perto da fogueira.

— Quem é você? — perguntou para a mulher.

— Meu nome é Folha de Chá — respondeu ela.

— O que você é?

— Outra pessoa, mas de outro lugar e, por essa razão, um pouco diferente de você.

— A garota é da Companhia. É por isso que eu tenho de matá-la.

— Agora não. Nunca. Venha até a fogueira, Hari. Venha comer. — Ela sorriu. — Talvez os seus pesadelos sejam porque você está com fome.

— Tive outro sonho; e não foi ruim.

— Talvez ele também tenha vindo porque você está com fome. — Ela jogou algo para o cão, que pegou no ar e engoliu. — Larvas de mariposa. Sobraram muitas.

— Venha aqui, cão — chamou Hari.

O animal se levantou, gemendo.

— Vá, cão — disse Folha de Chá. — Você está com ele.

A garota disse:

— Você não pode me matar com a sua faca.

— Posso fazer isso com as minhas mãos — afirmou Hari.

— Parem de falar em matar — pediu Folha de Chá. — Venha comer. Depois decidiremos o que fazer.

Hari se levantou e foi até a fogueira. Sentou-se em frente a Folha de Chá.

— Há larvas assando. Sirva-se — ofereceu ela.

Hari pegou um galho e fisgou uma larva das brasas. Queimou a língua e a cuspiu na mão.

— Tenha modos — disse a garota.

— Qual é o nome dela? — indagou Hari.

— Pergunte a ela — respondeu Folha de Chá.

— Não falo com gente da Companhia.

— Não sou de lá — observou a garota. — Meu irmão, sim. Você o matou.

— Era o que estava no cavalo? — Ele colocou a larva na boca e mastigou com alegria.

— O que você disse ao cavalo? — perguntou Folha de Chá.

— Falei para ele tomar cuidado com a naja.

— Então ele se assustou, e Hubert caiu. Onde aprendeu a falar com cavalos?

Hari pegou outra larva das brasas e a jogou de mão em mão para que esfriasse.

— Preciso de água — disse.

Folha de Chá lhe passou uma garrafa de couro.

— É a última. Vou lhe mostrar como encontrar mais.

— Mostre para mim também — pediu a garota.

Hari viu que ela estava com ciúmes. E deu um sorriso malicioso para a garota.

— Seu irmão era um tolo. Os homens da Companhia são fáceis de matar. — Mas, enquanto falava, algo o atingiu, como um espinho espetando sua pele. Não soube definir se vinha da mulher, Folha de Chá, tentando controlá-lo, da expressão de dor nos olhos da garota ou se começou nele mesmo, com o sonho. Bebeu da garrafa, disfarçando sua confusão. — Foi uma luta justa — declarou ele.

— Cavalos — disse Folha de Chá. — E cães. Como aprendeu a falar com eles?

— Fácil — respondeu Hari.

— E pessoas? Você poderia falar comigo, se quisesse. Falou com Pérola.

— Esse é o nome dela? É um nome da Companhia.

— Como?

Hari a encarou. As pupilas verticais em fendas fizeram-no piscar. Ele devolveu a garrafa para a mão com três dedos. Lo dissera-lhe certa vez...

— Você é uma Citadina.

Lo jamais conhecera um deles; nem tinha certeza se existiam, assim como não tinha certeza se os tigres do sal existiam. Nenhum deles tinha sido visto nas tocas. Mas Folha de Chá era real — olhos e mãos, e pele vermelha à luz do fogo —, e Hari sabia que ela poderia obter todo conhecimento que quisesse dele. Tentou se lembrar se havia Citadinos em seu sonho.

— Falaremos de mim mais tarde — disse Folha de Chá. Ela estendeu a mão e alcançou a mochila a seu lado. — Pegue sua faca.

— Não — gritou Pérola.

— Silêncio, Pérola. — Folha de Chá estendeu a faca de punho negro por sobre o fogo. — Ele precisa dela. Você não se sente inteiro sem uma faca, não é, Hari?

— Não — sussurrou Hari, pegando a faca. Não esperava revê-la.

— Especialmente esta. Por que isso, Hari?

— Era do meu pai.

— Você sabia que é uma faca dos Citadinos? Veja os sulcos no punho. São feitos para três dedos. Onde seu pai a conseguiu?

— Ele a encontrou um dia na Toca Sangrenta.

— É muito antiga. Os Citadinos visitaram a cidade quando era chamada de Pertence. Depois disso, a Companhia chegou... — Ela deu de ombros e ficou em silêncio.

Hari passou os dedos pela faca, sentiu seu peso, testou sua lâmina. Um simples empurrão a enviaria por sobre o fogo até a garganta da garota. Mas esse pensamento veio sem energia e se perdeu.

Folha de Chá suspirou. Colocou outro punhado de galhos na fogueira e empurrou mais larvas para baixo deles.

— Comam mais, vocês dois. Depois vamos procurar água.

— Aprendi sozinho, no início — contou Hari. — Depois tive aulas com um velho chamado Lo. Ele era cego. Mas viveu longamente e teve muito tempo para aprender.

— Havia outros?

— Só eu e Lo. Posso falar com cães, felinos e ratos. E cavalos também. Às vezes, meu pai conseguia ouvir e sussurrar de volta. Nunca houve ninguém mais, até ela. Até... Pérola.

— Sou melhor nisso — anunciou Pérola. — Impedi que você me matasse.

— Eu teria conseguido, se ela não tivesse chegado — argumentou Hari, indicando Folha de Chá. — Mas não precisa ter medo, não vou mais fazer isso.

O cão choramingou, e Folha de Chá disse:

— Briguinha infantil. Não quero crianças comigo. Há montanhas para cruzar. Diga para mim, Hari, para onde você está fugindo?

— Não estou fugindo. A Companhia levou Tarl, meu pai. Vou libertá-lo.

— Para onde o levaram?

— Sal Profundo.

— Ah — comentou Folha de Chá. Ela sorriu para Hari. — Você sabe onde fica?

— Lo disse que é ao norte. Então, estou indo para lá.

— Nós também.

— Para o Sal Profundo?

— Naquela direção. Viaje conosco, Hari.

— Ninguém me perguntou nada — reclamou Pérola.

— Acho que precisamos uns dos outros, Pérola — observou Folha de Chá. — Há terrenos perigosos adiante, e perigo depois disso. Além de muito a aprender. A primeira coisa é...?

— Água — respondeu Hari e sorriu quando Pérola, para não ser deixada de lado, repetiu.

Eles comeram as últimas larvas e, no momento que a lua surgiu, jogaram areia sobre a fogueira. Ao partirem, Hari e o cão ficaram por último. Ele viu a garota ficar nervosa com isso, mas queria caminhar atrás para ver como Folha de Chá encontraria o caminho. Seus sonhos ainda o perturbavam. Ele não achava que tinham acontecido por acidente, mas não tinha certeza de que a mulher, a Citadina, colocara os sonhos na cabeça dele.

Talvez ela simplesmente tivesse aberto alguma coisa, destravado uma porta e deixado coisas escondidas saírem. Ou talvez tivesse sido a garota, sua luta com ela. Pérola havia entrado e lhe dado ordens, e isso liberara algo para ele poder combater, então agora existia um enorme local novo para explorar. Devia se unir a essas duas até saber mais coisas. Ele era mais fraco que a mulher, mas tão forte quanto a garota. Queria superar as duas. Assim, saberia como salvar o pai. E descobriria por que a mulher Citadina o queria. Não achava que ela desejasse o seu mal, mas a mulher provavelmente acreditava que o havia capturado. Estava errada. Era ele que a havia capturado.

Soltou um riso abafado, e Pérola questionou:

— O que está divertindo você?

— O jeito como anda. É como um escrivão da Companhia com hemorroida.

— Meus pés estão machucados — argumentou Pérola.

— Talvez você queira que eu a carregue?

Ela girou e o encarou com raiva. Seu rosto estava iluminado pela lua, e ele deu um passo para trás quando ela lhe deu um tapa, não com as mãos, mas com a mente. Ele meio que desviou do golpe. Depois teve um vislumbre.

— Eu já vi você — afirmou Hari, um rosto cintilando à luz de velas. — Comendo com, como se chamam?, garfos e colheres. Homens com as línguas cortadas colocando carne no seu prato.

— Onde? — indagou Pérola.

— Em uma árvore, do lado de fora da sua casa. Quem estava sentado ao seu lado era o homem que eu matei?

— Você nos observou? Você nos espionou?

— Não só vocês. Todas as casas. Eu poderia ter entrado sorrateiramente e matado todos.

— Você fala demais em matar — interferiu Folha de Chá.

— Eu tinha de comer os restos das suas latas de lixo. Mas fiz xixi nas suas fontes.

— Fique quieto, garoto — disse Folha de Chá.

Pérola estava ofegando.

— Não existem homens com as línguas cortadas — sussurrou.

Hari se sacudiu. De onde tinha vindo aquela explosão de raiva? Ela o possuiu, e o deixou atordoado, mas de repente ele se viu livre dela. Olhou para Folha de Chá: será que tinha entrado na mente dele e o libertado?

Não, disse a voz da mulher em sua mente, *você é dono de si mesmo. Não quero olhar aí dentro até que todo esse ódio saia.*

— Isso nunca vai acontecer — disse Hari em voz alta.

— Sinto muito por você — respondeu Folha de Chá.

— Sim — falou Hari. — Mas eu nunca quis estar na casa deles, sentado à mesa. Eu preferia caçar ratos reis.

— Não me sento mais à mesa deles — comentou Pérola. — Era a mim que meu irmão estava caçando, para me levar de volta e me transformar em escrava.

Hari supôs que era verdade. Não sabia como responder e não queria mais argumentar. Dissera que nunca se livraria daquele ódio, e a mulher Citadina completara dizendo que sentia muito por ele. Quis pensar a respeito.

— Estou com sede — anunciou.

— Então vamos procurar água.

E voltaram a caminhar. Depois de um tempo, Hari se aproximou de Pérola:

— A terra é macia aqui. Se tirar os sapatos, seus pés vão melhorar.

— Não — disse Pérola.

— Experimente, Pérola — disse Folha de Chá. — Precisamos ir mais rápido.

A garota sentou-se e desamarrou as botas. Hari não pôde acreditar em como seus pés eram pequenos e brancos. Pareciam-se com as larvas que tinham comido. Mas ela andou com mais facilidade depois disso, e melhor ainda quando o solo ficou arenoso.

Eles deixaram as árvores de ferro para trás, e, depois de um tempo, Folha de Chá perguntou:

— Estão vendo aquela rocha adiante?

— Não é uma rocha — observou Hari.

— Você tem olhos bons. Não, é uma planta. — E parou ao lado dela. Um monte retorcido da altura de um cavalo, espalhando-se como lama seca por onde tocava o chão. Folhas minúsculas como orelhas de ratos pousavam em sua superfície. Folha de Chá agachou e cavou um buraco perto da base.

— Cave com a sua faca, Hari. Pérola, use a sua também. Quando encontrarem uma raiz, raspem um pouco. Vocês vão descobrir uma bolsa no fim.

Hari cavou. Encontrou uma raiz mais fina que seu dedo, seguiu-a pela areia seca e achou uma bolsa de pele áspera do tamanho de seu punho.

SAL

— Corte a raiz, segure-a fechada. A bolsa é cheia de água. Agora esprema na sua boca. Você também, Pérola. Já conseguiu uma?

— É amargo — reclamou Pérola.

— Meu povo chama isso de planta generosa.

— Generosidade amarga — afirmou Pérola.

Hari gostou do sabor. Era melhor do que a água a que ele estava acostumado a beber.

— Coloque um pouco nos pés, Pérola. Vai ajudar com as bolhas — explicou Folha de Chá.

Eles colheram meia dúzia de bolsas e selaram-nas amarrando as raízes.

— É o bastante. Mais do que isso e a planta morrerá.

Eles seguiram em frente, andando com mais facilidade. As montanhas brilhavam com uma luz pálida. Fileiras de arbustos baixos saíam da base das colinas amontoadas. Hari percebeu como era sortudo por ter encontrado a mulher Citadina. Ela conhecia as terras secas e, provavelmente, também sabia os caminhos através das montanhas. Sem ela, jamais poderia encontrar o caminho, assim como nunca teria achado água. Quanto às outras coisas de que ela tinha conhecimento, ele descobriria tudo — desvendaria como falar e comandar. Assim, teria uma arma melhor do que a faca. E esclareceria de onde vinham seus sonhos: quem os enviara, o que significavam. Eles haviam-no amadurecido em um único dia.

O solo ficou mais inclinado e se tornou pedregoso. Pérola sentou-se e calçou as botas. Eles compartilharam uma bolsa de água e caminharam com dificuldade em direção às montanhas.

CINCO

Dormir, pensou Pérola, *por favor, me deixe dormir.*

O sol da tarde atravessava as folhas longas e esguias, e o solo embaixo dela criava uma nova corcunda cada vez que se mexia. Tentou cavar um buraco, mas só encontrou mais pedras. Cobriu os olhos com o lenço, mas a luz queimava através dele.

Folha de Chá dormia. Hari dormia. Eles não tinham dificuldade. Pérola virou-se de lado, o que a deixou quase face a face com o garoto. Como ele era feio, com a pele negra e o rosto cheio de cicatrizes e o cabelo emaranhado. Uma de suas mãos estava estendida ao lado. Também tinha cicatrizes ali, provavelmente de mordidas dos animais que ele matara ou de brigas. Qual era a mão que havia jogado a faca? Ela não acreditava que estivesse deitada a apenas um braço de distância da pessoa que matara seu irmão. Era como um animal, rápido e selvagem; ainda assim, ele fazia o mesmo que ela, usava a mente de maneiras que outras pessoas não conseguiam — exceto Folha de Chá. Não queria ser como ele. Se tivesse de compartilhar isso, queria que fosse com alguém de pele branca; e, se fosse um garoto, que também fosse alto e bonito. Mas Folha de Chá não era branca, e sim da cor de um chá fraco; e a mulher, especialmente, não era como ela — nem como Hari.

Então, perguntou-se Pérola, quem somos nós?

Ela se sentou em silêncio, e o cão levantou a cabeça e olhou para ela.

Quem somos nós, cão?

Ele apoiou o queixo no chão e abanou o rabo.

Pérola ficou de pé e andou até a margem da clareira. O arbusto raquítico se estendia acima de sua cabeça, e ela se sentiu presa. Viu rochas adiante,

SAL

erguendo-se como chaminés, e pensou que, se conseguisse subir um trecho, poderia ver as montanhas. A simples visão da neve a refrescaria e talvez lhe permitisse dormir.

Venha, cão, disse ela, e o animal, depois de uma olhada nervosa para Hari, a seguiu.

As chaminés de rochas se elevavam à sua frente. Eram menos suaves do que pareceram de longe, e ela encontrou apoios para as mãos na mais alta e subiu um ou dois metros acima da mata. Lá estavam as montanhas, tão perto que parecia poder tocá-las, com os campos de neve e as paredes de gelo brilhando ao sol. Ela imediatamente se sentiu fresca e em paz. Mais uma noite e eles estariam na base e logo depois as alcançariam. Línguas de arbustos se estendiam pela planície, sendo que a mais próxima atravessava um canal à margem do caminho de mata onde eles estavam acampados. Talvez houvesse um riacho ali. Ansiava por água corrente para se lavar.

Ela subiu mais. Perguntaria a Folha de Chá se eles poderiam entrar pelos arbustos e viajar por ali em vez de pelo outro caminho, no qual folhas espinhosas golpeavam suas mãos e seu rosto. Olhou para trás, para a rota que tinham percorrido. A cidade sumira, o mar sumira, e apenas uma mancha marrom no horizonte aparecia onde a fumaça das fábricas se espalhava. Fábricas dos Bowles, algumas delas, fábricas de Ottmar. Ela jamais vira uma. Mulheres e garotas não deviam ver essas coisas.

A rocha se encurvava para trás, formando um assento natural. Ela se virou de um jeito estranho e se sentou, segurando-se em protuberâncias para não escorregar. O cão choramingou.

— Estou bem, cão — disse ela. — Deite e descanse.

— Sou eu que digo a ele o que fazer — falou Hari. Ele saiu do mato e franziu a testa para ela. — Se você cair e quebrar suas pernas gordas, não vou carregá-la. — Buscou um jeito de subir, mas os únicos apoios de mão eram os que ela havia usado.

— Por que eu cairia? — perguntou ela. Mas não queria discutir com Hari, queria descobrir mais sobre ele. Algumas perguntas ela não faria: ele tomara banho alguma vez na vida? Conseguia farejá-lo lá de cima. Mas como ele havia adquirido as cicatrizes? Esta pergunta podia ser feita.

Hari também estava curioso sobre Pérola. Queria saber como era o gosto de algumas coisas que ele a vira comendo à mesa de sua casa — coisas que soltavam vapor, coisas de todas as cores —, mas, só de se lembrar disso, seu ódio fervilhou de novo. O cão pulou de lado e se acovardou.

— Não tenho culpa — disse Pérola. — O que provocou essas cicatrizes no seu rosto?

— A epidemia — respondeu ele.

— Que epidemia?

— A que matou minha mãe. — Imediatamente sentiu raiva de ter dito isso. Não era da conta dela; e parecia que estava pedindo para ter pena dele. — Metade do povo nas tocas morreu. Quantos morreram onde você estava?

— Não ouvi falar disso — respondeu Pérola.

— Estava ocupada demais comendo.

— Não. Mas Folha de Chá me contou sobre as tocas.

— Como ela sabe disso?

— Folha de Chá sabe tudo.

— Quem é ela? É uma Citadina. Mas o que ela quer?

Sim, pensou Pérola, *o que Folha de Chá quer? Nós*, pensou, *eu e esse garoto.*

— Por quê? — indagou ele, e Pérola percebeu que o garoto havia captado seu pensamento. Continuou sem falar:

Porque nós conseguimos fazer o que ela faz. Conseguimos ouvir o que as pessoas pensam e conversar um com o outro sem falar em voz alta.

Sou melhor com os animais, afirmou ele.

Não vi muitos animais. Mas conseguimos obrigar as pessoas a fazerem coisas. E a esquecerem coisas. Pelo menos eu consigo, acho. Você consegue?

— Se você consegue, eu consigo — respondeu ele.

— Folha de Chá vai lhe ensinar. Vai ensinar a nós dois.

— Por quê?

Porque, pensou Pérola, *ela quer que a gente faça alguma coisa. Primeiro ela me queria, e conseguiu. Agora ela tem Hari. São dois de nós.*

Ela não me tem, observou Hari. *Há quanto tempo você a conhece?*

Desde que eu tinha oito anos. Tive de escolher uma criada — minha criada pessoal — e a escolhi. Mas só porque ela me disse para fazer isso.

Sentiu culpa, como se tivesse traído Folha de Chá.

— Ela é minha amiga — falou Pérola.

SAL

— Ela é sua criada. Limpa sua bunda, aposto.

— Ela me ensinou tudo o que sei — retrucou Pérola, com raiva.

— Como pintar seu rosto. Como pentear o cabelo.

— Pelo menos, como me lavar. Assim, eu não cheiro mal.

Ele sibilou com raiva, depois retomou o controle.

— Lo me ensinou muito. Prefiro ele a uma Citadina. Ele me deu aulas sobre como a Companhia chegou e matou o meu povo. E fez o resto de nós passar fome e nos transformou em escravos. Você sabe isso tudo?

— Sim. E sei que a Companhia está em toda parte. E não se importa com nada além de si mesma. E também me transforma em escrava; me obriga a casar com quem ela quer.

— Você é uma escrava com comida à vontade — disse Hari. — E uma criada. — Ele virou para o outro lado. — Venha, cão, vamos deixá-la sentada no trono.

— Espere — pediu Pérola. Depois, com urgência: *Espere. Volte.*

O quê?, perguntou ele.

Alguma coisa ao longe, se movendo, nas colinas.

Deixe-me ver.

Ela se levantou da rocha, espiando, e Hari subiu até que sua cabeça estivesse na altura dos joelhos dela. Pérola apontou.

Homens sobre cavalos, disse ela.

Seguindo cães. É a Companhia.

Folha de Chá, gritou Pérola, sem som.

Eles desceram da rocha e correram pela mata, onde encontraram Folha de Chá vindo apressada na direção deles.

Os homens do meu pai estão vindo. Os cães conhecem o nosso cheiro.

— A que distância?

— Meia hora. Talvez menos — respondeu Hari.

— Tem um canal — informou Pérola, mostrando o local. — E arbustos do outro lado. Podemos nos esconder lá.

Eles correram até o lugar onde dormiram e pegaram as mochilas.

— Corra, Pérola. Vou atrás — mandou Folha de Chá.

— O que está fazendo?

— Vá. Rápido.

Pérola e Hari correram.

— Consegue ouvi-la? — indagou Hari. — Ela está deixando pensamentos de felinos selvagens para os cães. Eles vão captar. Vão voltar correndo para casa. — Ele riu, e o cão uivou. — Cale a boca, cão. Você está a salvo.

Eles saíram dali e seguiram em direção ao canal, movendo-se rapidamente pela ladeira estreita. Em pouco tempo, Folha de Chá os alcançou.

— Eles estão perto. Ouvi os sons à margem da mata.

— Eles devem querer desesperadamente pegar você — disse Hari. — Chegaram aqui muito rápido.

— Talvez eles queiram você por ter matado o meu irmão — argumentou Pérola.

— Não falem, apenas corram — aconselhou Folha de Chá.

Em um instante, eles ouviram os gritos agudos dos cães. Um comando rápido de Folha de Chá impediu que o cachorro deles se unisse aos outros.

— Os cavalos vão fugir?

— Os cavaleiros vão controlar os cavalos. Mas não conseguirão fazer os animais seguirem pelo mato. Chega de conversa. Rápido.

O canal era mais largo do que Pérola pensava. Eles chegaram ao fundo e começaram a subir em direção aos arbustos. Um grito fino veio se aproximando deles.

— É alguém na pedra em que subi — gritou Pérola.

Elas viram o homem apontando para baixo, viram-no descer pulando.

Mais rápido, ordenou Folha de Chá. *O mais rápido que vocês conseguirem.*

Os pés deles deslizavam nas pedras soltas. Atrás deles, homens a pé surgiram em meio à vegetação e desceram a ladeira correndo. Dez homens sobre cavalos contornaram a margem inferior. Um deles parou para disparar tiros com sua arma de raios, mas a distância era muito grande.

— Vivos! — gritou alguém. — Quero eles vivos!

Os cavalos galoparam ao longo do leito do canal e seus cavaleiros começaram a forçá-los a subir a ladeira. Hari virou, mas havia muitos para ele comandar — muitos também para Folha de Chá, supôs. Ele correu ao lado das mulheres, deslizando e tropeçando como elas, mas percebeu que chegariam aos arbustos antes que os cavaleiros os alcançassem.

Quem estava comandando os cavaleiros também percebeu isso. Ele os chamou de volta e os reuniu no canal.

SAL

Folha de Chá, Pérola e Hari correram em direção às árvores, onde os troncos os protegeriam. Fizeram uma pausa para respirar.

— O que eles estão fazendo? — perguntou Pérola.

— Quem quer que seja, é esperto — comentou Folha de Chá.

O homem no comando era jovem. Pérola reconheceu a capa vermelha e verde. As lanças de seus cavaleiros eram adornadas com o estandarte de Ottmar.

— É um dos filhos de Ottmar, então é a mim que eles querem — disse Pérola.

— Ottmar é dono das minas de sal — constatou Hari. Ele sacou a faca.

— Guarde isso — mandou Folha de Chá. — Vamos ver o que ele faz.

Os homens a pé começaram a rodear a mata em busca de seus cavalos. Dois grupos de cavaleiros se afastaram, cada um com cinco componentes. Um seguiu em direção ao local onde a língua de arbustos saía de outros mais densos. O outro grupo foi rápido na direção contrária, contornando a ponta da língua.

— Eles estão nos cercando — observou Hari.

— O que eles vão fazer — disse Folha de Chá — é queimar uma barreira com suas armas para que não possamos chegar às colinas. Depois vão nos caçar em campo aberto.

— Quantos são? Posso matá-los — afirmou Hari.

— Cinquenta. Um esquadrão — respondeu Pérola.

Logo eles ouviram as armas de raios disparando, e em seguida uma coluna de fumaça se ergueu no céu.

— Eles nos isolaram — anunciou Folha de Chá, calmamente. — Agora virão descendo pelos arbustos. Estão vendo, mais homens a caminho. Mas a noite vai ter chegado antes que eles nos encontrem.

— Será lua cheia — disse Pérola.

— Sim. Só teremos a escuridão por uma hora. Bem, vamos ver. Preciso observar esse jovem inteligente. Ele não está com pressa.

— Ele está subindo.

O homem incitou o cavalo ladeira acima, mas parou a meio caminho dos arbustos.

— Pérola Radiante do Profundo Mar Azul — gritou.

— Não responda — advertiu Folha de Chá.

— Pode me ouvir, Pérola?

— É o filho mais novo. Dancei com ele no baile — esclareceu Pérola.

— Pérola Radiante. Meu nome é Kyle-Ott da casa de Ottmar. Meu pai me enviou para buscar sua noiva. Ele guardou um lugar para você na cozinha.

Os homens no canal zombaram e riram.

— Você está fugindo com vermes, Pérola. Está se escondendo em fossos quando poderia ter sentado ao lado dele. Você fez sua escolha. Vou carregar você amarrada na minha sela, como seu irmão Hubert. E a mulher Citadina também. Mas vou arrancar o coração do rato das tocas que está fugindo com vocês. Como presente, Pérola, para vingar o seu irmão.

— Ele está escondendo alguma coisa — sussurrou Folha de Chá —, mas está longe demais para eu conseguir ler sua mente.

Pérola, escondida em meio às samambaias, olhou o jovem — a boca sorrindo, o nariz aquilino, os olhos azuis gelados. Era o rosto de Ottmar sem as olheiras, sem a gordura. Tinha chegado a achar que Kyle-Ott era bonito.

— Quando a noite cair, Pérola, vou fazer você sair correndo daí. Enquanto isso, pense no seu destino.

Ele virou a montaria e cavalgou de volta ao leito do canal.

— Tudo bem — declarou Folha de Chá. — Agora nos adiantamos a esses homens saindo dos arbustos. Não quero que eles nos peguem antes de o sol se pôr.

Eles entraram mais fundo na mata, e Folha de Chá ficou para trás e falou com Hari: *Eles não devem pegar você. Mas acho que tem as habilidades necessárias para se esconder. Espere até ficar quase escuro, depois encontre um lugar.*

Vou voltar, disse ele.

Eu sei que vai.

Continuaram se movendo em direção à margem dos arbustos. A tarde se esgotou, o sol afundou no céu enquanto os gritos dos homens que vasculhavam a vegetação ficavam mais próximos.

Agora, Hari, alertou Folha de Chá, e ele fez um sinal com a cabeça.

Fique com elas, cão, disse ele e se esgueirou para longe.

Ele já escolhera um esconderijo: uma floresta com samambaias baixas entre os troncos das árvores; correu até lá rapidamente, ouvindo os gritos dos homens e o estalo das plantas rasteiras enquanto eles se aproximavam. Amarrou a mochila com força nas costas, depois se deitou e rastejou como uma cobra até as samambaias, virando e se contorcendo, sem deixar galhos quebrados nem folhas amassadas. Folhagens densas o cobriam como uma capa. Ele prendeu a respiração, depois sacou a faca, para o caso de precisar dela.

Os homens estavam afastados demais uns dos outros para fazer uma busca atenta. Mantinham as armas de raios brilhando para iluminar a penumbra dos arbustos e gritavam uns para os outros, para todos os lados, impulsionando as presas em vez de procurá-las. O que passou pelo caminho de samambaias não lhe deu atenção. Suas botas esmagaram caules na margem mais externa; ele chutou um ramo podre para longe e seguiu em frente.

Hari esperou até que os sons cessassem. Depois, levantou-se da vegetação e correu, atravessando os arbustos. Ainda não havia saída. Cavaleiros estariam esperando nas margens e no fogo que ainda queimava. Mas ele não pensava em escapar. Queria ficar perto da mulher Citadina e usá-la para encontrar o pai. Então devia espiar o que estava acontecendo e descobrir o que fazer em seguida. Ela não aparentava se preocupar em ser capturada, mas também não pareceu ter um plano para escapar.

Ele se sentou ao lado de uma árvore, comeu um punhado de larvas assadas e bebeu uma bolsa de água. Depois, escolheu uma árvore alta e subiu pelas trepadeiras que estrangulavam o tronco. Escalou os galhos até conseguir ver acima das árvores menores. O sol estava baixo. Ele fez sombra para os olhos com a mão. A tropa de cavaleiros esperava no ponto onde o canal se encontrava com a planície. Não conseguiu ver os batedores nos arbustos, mas eles deviam estar perto da margem inferior — próximos de obrigar Folha de Chá e Pérola a saírem para o campo aberto.

Hari observou, sem fazer planos. Primeiro precisava ver onde todos estavam, depois saberia o que fazer.

Ouviu, ao longe, um comando aos berros: era Kyle-Ott. Os cavaleiros se espalharam. Entretanto, não havia necessidade de perseguição, pois Folha de Chá e Pérola estavam saindo dos arbustos. Hari viu as duas indo em direção ao pôr do sol, observou cavalos as cercarem e Kyle-Ott desmontar. Folha de Chá não parecia preocupada, mesmo quando Kyle-Ott a forçou a ficar de joelhos. O que ele estava fazendo? Amarrando alguma coisa nos olhos dela? Devia saber, de algum jeito, que ela tinha poderes para controlar outras pessoas, e achava que vinha de seus olhos de felino. Ele não vendou Pérola, embora seus homens mantivessem as duas sob as armas de raios.

Hari desceu e usou os últimos minutos de claridade para atravessar os arbustos. Quando a escuridão caiu, de repente, completa, ele chegou à beirada do canal.

Os homens de Kyle-Ott tinham recolhido galhos para fazer uma fogueira e estavam sentados ali perto comendo uma refeição. Kyle-Ott se acomodou perto de uma fogueira menor, com Folha de Chá vendada e Pérola perto dele. A mulher tinha os braços amarrados. A garota estava livre.

Um pouco mais acima do canal, Hari percebeu o som dos cavalos. Deviam estar presos ali, com alguém de guarda. Um homem? Dois? Teria de esperar até a lua aparecer.

E, quando o momento chegasse, precisaria estar bem mais perto do que agora.

Chamou o cão em silêncio.

Os dentes de Kyle-Ott cintilavam à luz da fogueira.

— Não sinto prazer em vê-la arruinada, Pérola. Houve uma época em que pensei que você poderia servir como minha noiva. Pérola Radiante é um nome que lhe cai bem. Mas, infelizmente, meu pai tinha direito de escolher primeiro. — Ele se inclinou para a frente e sorriu. — Pelo menos, você não me desonrou. Devo lhe avisar: ele está zangado. Não será uma fase agradável para você.

— Não estou com medo — disse Pérola, embora estivesse.

Kyle-Ott — que tinha dezessete primaveras, não muito mais velho que Hari — cutucou a fogueira com um galho.

— Ele me deu essa tarefa, de levar você de volta, e pretendo realizá-la. Sou o filho mais novo, Pérola. Perseguir uma noiva fugitiva é adequado para mim. É o que os meus irmãos pensam. Enquanto eles — deu uma estocada com o galho, espalhando chamas — se preocupam com coisas maiores. Mas eles são tolos, Pérola. Meu pai os usa como armas, para apunhalar e retalhar, e me mantém escondido. — A voz diminuiu para um sussurro. — Sou o favorito dele. Quando eu voltar para a cidade... — E completou a frase com um sorriso.

A voz de Folha de Chá soou na cabeça de Pérola: *Pergunte a ele o que está acontecendo na cidade.*

Por quê? Qual a importância disso?, indagou Pérola.

Ele está escondendo algo. Preciso saber o que é. A vaidade vai fazê-lo falar. Demonstre medo, se conseguir. Faça elogios.

Pérola fez uma careta interna. Depois se preparou.

— Não tem um jeito...? — balbuciou.

— O quê, Pérola? — perguntou ele com suavidade. — De salvar você do destino que merece? Você é bonitinha e ficaria bem... — buscou as palavras — charmosa ao meu lado. Mas haverá muitas outras; e você pertence ao meu pai. — Ele deu de ombros de um jeito falso. — É triste.

— Mas seu pai é apenas um homem, e se você pedir à Companhia...?

— Ah, Pérola — ele sorriu —, você ainda não soube. Aconteceram mudanças, grandes mudanças na cidade. Enquanto estamos sentados aqui, estão sendo realizadas esta noite. — Seu rosto, de repente, ficou feio. — E eu estou perseguindo uma garota idiota. Preferiria jogar meus cães de caça contra você como em um rato das tocas. — Ele remoeu um pensamento. — O mundo está de pernas para o ar, e eu sentado aqui.

— Mas seu pai... — sussurrou Pérola.

— Meu pai me mantém em segurança. Sou o braço direito dele. Ou logo serei, quando levar você de volta. Você sabia... — hesitou, depois tomou uma decisão e deu um meio sorriso para ela — que a Companhia caiu? Meu pai foi o único que percebeu que isso ia acontecer; ele entendeu os sinais, enquanto todos os outros tolos, Bowles e Kruger e Sinclair, todos eles, se sentavam cegos, gordos e felizes, e gastavam dinheiro com suas belas filhas e não conseguiam ver o que estava bem debaixo de seus narizes. Mas meu pai... ele tem espiões em toda parte, até mesmo em outras terras no além-mar. Não chegam navios há meses, sabia disso, Pérola? Seu pai notou isso, mas não deu atenção. Nenhum comércio. Nenhuma mensagem. Só Ottmar entendeu. Ele descobriu o motivo bem antes dos outros. O povo se rebelou naquelas grandes terras. Eles derrubaram a Companhia, e, agora, mil governantes de baixo escalão sentam-se em tronos e lutam entre si. Há trevas lá, Pérola. Trevas. Meu pai viu isso surgir no horizonte. Vai durar uns mil anos. Só ele percebeu. E estava preparado. Não há mais Companhia na nossa terra. Há um rei. Um grande rei.

— Quem...? — Pérola conseguiu perguntar.

— Rei Ottmar. E, quando os meus irmãos partirem, e ele vai fazer com que fujam, serei o herdeiro. Kyle-Ott.

— Mas e o meu pai? Minha família? Meus irmãos?

— Ele pode encontrar um uso para eles... embora a Casa Bowles esteja desfavorecida, Pérola, graças a você. Mas quem sabe? Se não, há uma velha tradição de jogar os traidores do alto dos penhascos.

— Você está mentindo. Está inventando tudo isso.

Não, Pérola, disse Folha de Chá, *ele está dizendo a verdade. Os navios não têm aparecido, e agora sabemos o motivo. Ottmar aproveitou a oportunidade. Pergunte a esse garoto tolo o que o novo rei pretende fazer.*

Pérola engoliu em seco. Pensou no pai e na mãe orgulhosos trancados em masmorras. Pensou na irmã, Flor, e nos irmãos, William e George. Eles não se curvariam: estúpidos, mimados, ambiciosos, eles lutariam. Mas pensou principalmente na mulher, Tilly, que abrigara elas duas. O que aconteceria com Tilly, seu marido e o bebê? Com Ottmar sendo rei, eles virariam escravos. Kyle-Ott continuou com sua ostentação, mas Pérola mal ouvia.

— O que o rei Ottmar vai fazer na cidade, nas terras dele? — indagou Folha de Chá.

— Ah, a Citadina tem voz. Mas nada de olhos, Citadina. Meu pai aprendeu o segredo desse truque. Você pode fazer os homens dormirem e fazerem coisas contra a própria vontade. Ele me pediu para levá-la de volta para descobrir como. Meu pai será um grande rei.

— O que ele vai fazer nas terras dele? — repetiu Folha de Chá sem emoção.

— Ele vai reinar. — Kyle-Ott fechou o punho. — Assim. Só há espaço para uma voz. Um homem. Ele vai limpar as terras. Vai vasculhar as tocas, varrer os vermes de lá, construir Ottmar, uma cidade digna do nosso nome, onde ele e eu poderemos reinar e nenhuma outra voz será ouvida. É assim que se faz. Com força. Sem dó. Está satisfeita, Citadina?

— Acredito que vocês vão tentar — respondeu Folha de Chá. — E o meu povo?

— Ah, sim, além das montanhas, nas florestas, onde vocês vivem como ratos do pântano. Ouvimos falar de vocês. A Companhia não encontrou um uso para os Citadinos. Mas Ottmar e Kyle-Ott chegarão. Nossos exércitos chegarão. Vocês se curvarão. Enquanto isso, quando eu levar você de volta, vamos abri-la à força e descobrir seus segredos.

Ele chamou um homem do outro lado da fogueira.

— Amarre a venda dela com mais força. Prenda os braços mais apertado E agora enlace a garota. Vigiem as duas a noite toda. Não deixe que falem.

— Não encontramos o garoto, Lorde — disse o homem.

— Não importa. Ele está entocado em algum buraco. Deixe-o passar fome.

Dois homens ergueram uma tenda pequena, adornada com o brasão de Ottmar. Outros prenderam Folha de Chá com mais força e amarraram os pés e as mãos de Pérola. Eles as empurraram para o chão e jogaram uma coberta sobre as duas.

— Não quero que congelem — disse Kyle-Ott. — Meu pai pede que eu as leve em boas condições. Mas pense, Pérola, que essa cama de pedras é mais confortável do que qualquer uma que terá pelo resto da vida. — Ele virou para o sargento. — Guarde as duas. — E se recolheu para a tenda.

Pérola e Folha de Chá estavam deitadas lado a lado. A lua surgiu e repousou sobre a cavidade das colinas como uma laranja, depois subiu preguiçosa para o céu.

É verdade?, perguntou Pérola. *Tudo o que ele diz?*

O que está acontecendo agora, na cidade, é verdade, sim. E no além-mar. Verdade, suponho. Mas o que ele diz sobre o futuro, veremos.

Rei Ottmar?

Sim, rei Ottmar.

Ele será pior que a Companhia.

Será diferente. Agora espere um pouco, Pérola. Durma, se conseguir. Não fique procurando Hari. Ele vai escolher o momento certo.

O que ele vai fazer?

Não sei. Mas sinto que ele está perto. Vamos aguardar para ver. Nesse momento, durma.

Ela disse isso do jeito que fazia quando Pérola era criança, numa época em que isso a fazia dormir sem sonhar, mas Pérola resistiu. Tentou sentir Hari. Se ele fosse resgatar as duas, queria estar acordada, e não deitada como um pacote a ser desamarrado. O homem que a prendera estava nervoso — afinal, Pérola era filha de uma grande casa, Bowles —, e ela resmungara e se encolhera como se ele a estivesse machucando, por isso as cordas não estavam tão apertadas quanto seria possível.

Pérola virou-se suspirando e fingindo dormir, com as costas voltadas para a fogueira. Os vigias bocejavam e cochilavam, mas um sempre parecia estar acordado. Por que Folha de Chá não o fazia dormir? Pérola não conseguiria fazer isso sozinha, se tentasse. Tinha certeza disso. Então, fez movimentos lentos, esfregando um pulso contra o outro nas duas direções.

Você só vai conseguir apertar mais os nós, Pérola, disse Folha de Chá.

Não vou, não. Se eu conseguir usar os dentes...

Ela rolou para o lado novamente e aproveitou o movimento para levar os pulsos até o rosto.

— Durma, garota — grunhiu um guarda.

— Estou tentando — respondeu.

Ela usou os dentes, ocultando as mordidas com gemidinhos, como se estivesse chorando e secando os olhos.

Folha de Chá, eu consegui. Minhas mãos estão livres.

Não tente fazer isso nos pés. Ele vai ver.

Onde está Hari?

Com os cavalos.

Está falando com ele?

Tente e vai conseguir escutar. Esqueça os nós.

Hari, sussurrou ela.

De bem longe veio a voz dele: *Fique quieta.*

Hari, deixamos o cão nos arbustos.

Eu o chamei. Ele está aqui.

Pérola suspirou, depois sentiu uma dor aguda, uma espetada, como de uma agulha, atrás dos olhos.

Folha de Chá, o que aconteceu?

Nada.

Eu senti. Folha de Chá, ele...?

Ele teve de jogar a faca, Pérola. O homem que guardava os cavalos o avistou.

Ele poderia tê-lo feito dormir.

Ele não tinha certeza se conseguiria. E não tinha tempo.

Sem tempo, ecoou a voz de Hari. *Eu tentei não...*

Hari, disse Folha de Chá, *fique parado por um instante.*

Eu não podia... não havia nada...

Fique parado.

Um instante se passou — nenhuma voz, nenhum som além das cinzas caindo na fogueira.

Ele está bem?, perguntou Pérola.

Isso vai contra um sonho que ele teve. Ele não quer matar.

Elas ficaram deitadas, paradas, e, um instante depois, a voz de Hari falou de novo: *Os cavalos estão com medo de mim. O homem era amigo deles. Estou tentando acalmá-los.*

Depois da fogueira maior, onde os homens do esquadrão estavam deitados dormindo, um cavalo relinchou. Os guardas perto da fogueira menor acordaram do cochilo.

— Felino selvagem? — sussurrou um deles.

— Eles estariam fugindo, se fosse — respondeu o sargento. — Mais provável que seja um cão.

Eles prestaram atenção, e dois ou três novos relinchos vieram através da luz da lua, seguidos de barulhos de cascos contra o chão.

— Alguma coisa está assustando os bichos. Vá ver — ordenou o sargento.

— E se for um felino?

— Use suas armas.

Hari, falou Pérola, *dois homens estão se aproximando.*

Não consigo fazer os cavalos confiarem em mim. Vou ter de mandá-los debandar, respondeu ele.

Faça os cavalos atravessarem o alojamento. Use o cão, sugeriu Folha de Chá.

Estou cortando as amarras. Fiquem atrás da fogueira. Estou pensando em um felino selvagem.

Relinchos e guinchos apavorados ecoaram. Cascos trovejaram. Os homens perto da fogueira maior começaram a pular e se levantar. O som dos cascos aumentou, como uma tempestade caindo do céu. Os guardas próximos da fogueira menor correram para a maior. Kyle-Ott saiu atrapalhado da tenda, lutando para vestir a camisa.

— O que está acontecendo? — gritou, com a voz virando um falsete. Ele correu atrás dos guardas, e os cavalos irromperam como uma onda negra sobre o topo da ladeira iluminada pela lua, galopando em direção à fogueira.

Pérola se dedicava aos pés atados enquanto Folha de Chá rolava para se proteger do fogo. A garota libertou os pés, correu até ela e arrancou sua venda. Começou a desamarrar as mãos da mulher, mas viu que Folha de Chá já estava quase livre.

Os cavalos chegaram pelos dois lados da fogueira grande, espalhando homens, fazendo boliche com eles. Kyle-Ott, com as mãos para o alto, berrava comandos, e alguns homens tentavam agarrar as crinas dos cavalos quando eles passavam como um trovão. Kyle-Ott tentou, mas o cavalo que agarrou o fez cambalear para trás e outro o arremessou de lado sobre a fogueira, onde ele se debateu, gritando, nas brasas.

Os cavalos à frente chegaram à fogueira menor e a contornaram. Atropelaram a tenda de Kyle-Ott, derrubando tudo. Pérola e Folha de Chá se aninharam perto das chamas agonizantes, mas um cavalo, sem encontrar outro caminho, pulou por cima, e seu casco atingiu Folha de Chá na testa. Ela caiu.

— Folha de Chá — gritou Pérola, mas a Citadina não emitiu som.

Os cavalos tinham sumido, distanciando-se como uma tempestade no fim.

— Vão atrás deles. Encontrem os cavalos — gritou Kyle-Ott. Correu atrás dos homens alguns passos, então virou-se; avançou em direção a Pérola, com roupas fumegantes e rosto alucinado.

— Ela fez isso. A Citadina.

Em um surto, ele vasculhou a tenda atropelada, encontrou a espada penetrante, arrancou-a da bainha e correu em direção a Folha de Chá. Pérola se levantou para encará-lo. Ela viu de relance Hari e o cão correndo pelas brasas espalhadas da fogueira maior. Hari estava com a faca na mão, pronto para arremessá-la.

— Não — gritou Pérola, e, mentalmente, de novo: *Não.*

Hari abaixou a faca.

Kyle-Ott estava a três passos de Folha de Chá, com a espada erguida segura nas duas mãos. Pérola deu um passo para a frente da amiga, protegendo-a. Olhou para o rosto queimado de Kyle-Ott, dentro dos olhos dele.

Pare onde está, ordenou a ele. *Fique parado.*

Ele cambaleou como se tivesse atingido uma parede. Ficou de pé balançando, com a boca arreganhada e os olhos desfocados.

Abaixe a espada.

Ele obedeceu.

SAL

Reúna seus homens. Encontrem seus cavalos. Volte para sua cidade. Faça isso agora.

Ele se virou.

Kyle-Ott, disse Pérola.

Ele se virou de novo.

Diga a seu pai que ele nunca será rei.

Não sabia de onde essas palavras haviam surgido, mas repetiu: *Nunca. Diga isso a ele. Agora vá.*

Kyle-Ott saiu tropeçando.

Hari avançou até a fogueira.

— Você devia ter feito ele ir embora a pé.

— Ajude aqui com Folha de Chá.

A Citadina abriu os olhos. Por um instante, suas pupilas de felino estavam quase redondas, depois se estreitaram, retomando o formato normal. Pérola vasculhou a mochila, encontrou uma bolsa de água e ajudou Folha de Chá a beber. Contou a ela o que tinha acontecido, o que tinha feito com Kyle-Ott.

— Mas eles vão voltar para pegar os equipamentos e os feridos. — Hari apontou para uma meia dúzia de homens atropelados. — Vamos sair daqui.

Eles não levaram nada do alojamento de Kyle-Ott além das próprias mochilas. Com Pérola e Hari se revezando para ajudar Folha de Chá, passaram pelo canal e subiram em direção às colinas. A lua atravessou o céu e mergulhou no horizonte. O sol surgiu e derramou sua luz pelas ladeiras da montanha.

Eles entraram nos arbustos, encontraram um local seco e seguro, comeram as últimas larvas, beberam a última água e dormiram.

SEIS

As montanhas eram escuras e frias, as passagens altas, e os caminhos que levavam até elas íngremes. No lado norte, mais quente, os arbustos se adensavam e viravam uma selva. Isso oprimia Pérola. Ela ficava mais feliz ao ar livre, mesmo quando o vento soprava cristais de gelo em seu rosto. Levaram seis dias para subir até a passagem final, interrompidos por noites desconfortáveis. Hari se alegrava com as adversidades, enquanto ela cerrava os dentes e caminhava com dificuldade. De vez em quando, ela pegava o cão no colo e o carregava por uma hora, abraçando-o para compartilhar o calor. O cão sofria, suas patas esfolaram, e Folha de Chá fez botas de tecido para ele, cortadas de sua capa. Frio e fome, esses eram os únicos pensamentos do animal, e Pérola, conversando com ele, formava imagens de lareiras e fogueiras e carnes. Ela também queria carne. A comida que Folha de Chá colhia nos arbustos nas colinas ao sul — frutas, larvas, raízes, folhas comestíveis — era nutritiva, ela podia sentir isso no sangue, pois a fortalecia, mas era necessário mastigar muito e eram muitos gostos amargos para suportar.

Hari comia sem reclamar. Comida era algo que precisava ser conquistado, agarrado e ingerido com pressa. Era um luxo para ele poder enfiar a mão na mochila ao lado, espremer o veneno de uma larva, mordê-la, cuspir sua cabeça e engoli-la inteira. Quando chegaram à neve, ele matou uma lebre, e eles a assaram em uma fogueira de galhos de árvore de ferro que Folha de Chá o fez carregar para esse objetivo. Era a única carne, mas eles só ficaram na neve por dois dias e uma noite.

SAL

91

A primeira visão do norte das montanhas mostrou encostas nuas com pedras soltas, depois colinas secas, seguidas de selvas que se estendiam ao longe. Lagos brilhavam como janelas, enquanto aqui e ali labirintos de rios se curvavam brancos como lâminas de faca nas árvores.

— Onde é o Sal Profundo? — perguntou Hari.

— Está vendo onde as montanhas viram para o oeste? — indagou Folha de Chá.

— Tão longe?

— As minas de sal ficam na extremidade do mar, ao sul de onde estou levando vocês. E o Sal Profundo... — ela fez uma careta — é mais distante.

— Então teremos de atravessar a selva? — perguntou Hari.

— Existem saídas — respondeu Folha de Chá. — Mas, primeiro, vamos descer e sair desse frio.

Mais dois dias levaram-nos até as colinas, e outros dois para dentro da selva. A comida se tornou farta e variada. Pegaram peixes nos rios, nozes nas árvores e sementes das plantas. Folha de Chá hipnotizou abelhas selvagens com um zumbido monótono e baixo enquanto Pérola e Hari roubavam mel. Eles seguiram um rio que se tornava corredeiras e depois corria devagar e preguiçoso através das árvores, cujas folhas, do tamanho de pratos, mergulhavam na água. Mosquitos os atacaram; Folha de Chá fez uma pasta com um fungo venenoso e espalhou em seus rostos e braços para afastar os insetos.

Logo, a vegetação rasteira ficou mais densa.

— Estamos sendo observados. Vocês percebem? — indagou Folha de Chá.

— É como se alguém escovasse o interior da minha cabeça. Ou escovasse o meu cabelo do jeito errado — respondeu Pérola.

— São perigosos? — perguntou Hari.

— Não se pegarmos apenas o necessário. Falei com eles na margem da selva enquanto vocês dormiam.

— Quem são eles? Que aparência têm?

— Eu disse que falei com eles. Não que os vi.

— Poderíamos enviar o cão para encontrá-los — sugeriu Pérola.

— O cão jamais voltaria. Ninguém os vê. Eles não têm nome; portanto, não lhes daremos um. A selva é deles e sempre será.

— É como estar nas tocas. Eles poderiam nos matar — disse Hari. E sentiu-se, ao mesmo tempo, impotente e agressivo.

— Eles não precisariam. Deixariam a selva fazer isso. Mas os Citadinos nunca os feriram, por isso eles nos deixam passar.

— Eu não teria conseguido atravessar sozinho — comentou Hari.

Ele se agachou mais perto da fogueira e jogou outro galho. As novas chamas fizeram o rosto de Folha de Chá brilhar vermelho. Ela começara a ficar estranha desde que eles entraram na selva: as mãos com três dedos, realizando suas tarefas, estavam mais habilidosas — moviam-se tão rapidamente que Hari pensou nas asas cintilantes das abelhas cujo mel eles tinham roubado — e seus olhos tinham se tornado verdes da cor da selva. Ela falava menos com a língua e mais com uma "voz" que penetrava em Hari como uma faca de lâmina fina prateada. Ele se perguntou se Folha de Chá estava deixando-o saber que, de certo modo, ele pertencia a ela. Estava errada a esse respeito, e ele mostraria a ela quando a hora certa chegasse.

— Existem criaturas que caçam à noite. E de dia também. Então, nem pense em fugir — disse Folha de Chá.

— Por que elas não vêm, então? Somos presas fáceis, sentados aqui — questionou ele.

Se você parar de falar com a língua e usar sua "voz", vai entender por que não. A selva não é silenciosa, nunca é. Está ouvindo os gritos de caça, bem distantes?

Hari ouviu; e escutou, ao longe, o grito de um animal morrendo. Mais perto, algo rugiu de raiva por não ter conseguido matar.

É um lugar selvagem, explicou Folha de Chá.

— Por que eles não vêm nos atacar? — sussurrou Pérola.

Quieta, Pérola. Ouça. Ouça, Hari.

A selva continuou com seus gritos de pássaro da noite e a respiração pesada de animais nas árvores, mas, acima de todos esses sons, um mais suave, mais delicado, quase inaudível, lentamente se estabeleceu.

Estão ouvindo?, perguntou Folha de Chá. *Começou quando entramos na selva e não vai parar até irmos embora.*

O que é?, sussurraram eles.

O povo sem nome. Eles teceram um círculo ao nosso redor para nos manter em segurança. Eles conhecem o tom sonoro que mantém cada animal afastado. Eles estão nos protegendo.

Por quê?

É parte do pacto deles com os Citadinos. Perguntei se poderíamos atravessar, e eles concordaram.

Shhh, disse Pérola. Ela escutou a suave nota de abelhas que os cercava. *É como uma música.*

O tigre da árvore não pensa assim. Nem o urso da noite.

Nem o cão. Foi por isso que você amarrou aquele pano na cabeça dele, comentou Hari.

Sim, o cão está infeliz. Mas isso não vai durar muito tempo.

— Você tem segredos demais — disse Hari. — Vou dormir. Se esse povo que não podemos ver parar de cantar, me acorde. Ainda estou com a minha faca.

Ele puxou o cão mais para perto e deitou-se próximo à fogueira.

Pérola se aproximou de Folha de Chá. Sentia saudades da época em que a mulher escovava e trançava seus cabelos e a ajudava a se vestir — e na qual, em particular, elas se sentavam e conversavam, em voz alta e em silêncio, e não eram mais senhora e criada, mas duas pessoas compartilhando no mesmo nível. Sentia falta das aulas, da emoção de aprender coisas que ninguém mais na cidade sabia. Agora Folha de Chá parecia estar se afastando — embora tivesse contado a eles sobre o povo sem nome. Mas isso fora somente para impedir que Hari agisse com estupidez.

A voz de Folha de Chá veio sussurrando em sua mente: *Confie em mim, Pérola.*

Ainda somos amigas?

Mais do que nunca. Mais do que você possa imaginar.

É como ele diz: você tem segredos demais.

Em breve, Pérola, assim que sairmos da selva, e você conhecer o meu povo...

Conhecer outros Citadinos?

Sim. Quando sairmos destas árvores negras para o verde...

Você mora lá?

Eu morava, em uma vila chamada Riacho das Pedras. Tenho tanta coisa para pensar, Pérola, foi por isso que me afastei de você. E preciso vigiar Hari para ele não fazer nada estúpido. Ela sorriu e tocou a mão de Pérola. *Agora durma. Amanhã teremos um trabalho árduo. Vamos viajar pelo rio.*

Eu gosto de trabalho árduo. É melhor do que edredons e perfumes e doces.

Folha de Chá riu, um som claro que competia com os barulhos cruéis da selva. Tocou a mão de Pérola novamente.

Durma.

As palavras pronunciadas eram mais reconfortantes que as silenciosas. Pérola se envolveu na capa e deitou-se perto da fogueira, do lado oposto de Hari. Seu cheiro de sujeira ainda a perturbava, mas imaginava que também estivesse começando a feder como ele. Isso a fez franzir a testa, depois, quase rir. Queria adormecer.

Folha de Chá colocou mais lenha na fogueira, depois dormiu por um tempo, sentada; quando acordou, alimentou o fogo outra vez e esperou; e, após uma hora, no momento mais escuro da noite, seu rosto se alterou; ficou extasiado, como se algo, com uma voz silenciosa, tivesse falado com ela. Se Pérola acordasse, não reconheceria Folha de Chá — mas Pérola não acordou. Estava sonhando. Não com pessoas nem animais nem lugares, e não havia o passado nem o agora. O sonho a levou fundo dentro de si, enquanto não falava outras palavras além de seu nome. O sonho disse a ela seu próprio nome, que Pérola não entendeu, exceto que, de alguma maneira, significava todas as coisas, em toda parte, e contou a ela, sem dizer, que uma porta estava aberta, e ela poderia entrar quando quisesse.

Não acordou no fim do sonho. Dormiu mais profundamente. Não se lembrou nem se esqueceu dele. Ele ficou dentro dela. Quando acordou de manhã, ela estava diferente, mas não sabia a razão, nem sabia por que o primeiro pensamento que teve foi: *Eu sou Pérola.*

Folha de Chá também ficara diferente; estava fortalecida e menos introvertida, como se tivesse sacudido uma doença para longe. Movia-se com mais leveza, e seu rosto, sempre com ossos aparentes e com a bochecha funda, parecia mais cheio. Mas, quando percebeu Pérola encarando a selva, ficou parada e deu um passo para trás como se quisesse estudá-la e, depois de um instante, fez um movimento de abaixar a cabeça e soltou um suspiro de alegria, perguntando a Pérola: *Dormiu bem?*

Tive sonhos, mas não consigo me lembrar o que eram, respondeu Pérola.

Folha de Chá riu e disse:

— Coma umas larvas, então. É bom partirmos logo. — Porém, enquanto preparava a comida, entoou um som que Pérola nunca tinha ouvido.

Enquanto isso, Hari estava pronto para partir. Pensava em poucas coisas além do Sal Profundo e do pai. Os sons do povo sem nome, intermitentemente presentes na selva, fizeram-no franzir a testa. Estava acostumado a lutar as próprias batalhas e não gostava de depender de outras pessoas, especialmente quando não conseguia vê-las.

Eles viajaram pela vegetação rasteira, abrindo caminho, e chegaram a um rio no meio da manhã. Uma canoa rasa e ampla esperava em uma praia pedregosa. Remaram pelo resto do dia, dormiram em uma margem à noite — comendo peixes, fervendo água do rio — e continuaram na manhã seguinte, até que cachoeiras forçaram-nos a abandonar a canoa.

De volta às profundezas da selva à noite, eles se encolheram ao redor da fogueira e ouviram os ruídos dos animais caçando e o zumbido envolvente que os mantinha em segurança. Hari lembrou-se de como, olhando das montanhas, tinha visto a selva se estendendo até outra cadeia montanhosa ao norte, mas essa se prolongava para leste em um vale amplo até se perder em um labirinto. E Folha de Chá dissera que ela se estendia além daquilo, que era quase sem fim. Isso o fez estremecer e ansiar pelo mundo que ele conhecia, de prédios em ruínas e muros cambaleantes, onde o maior perigo era um rato rei ou uma matilha faminta. Ele ouvia uma voz falando nesta selva. Não achou que falava com ele. Talvez fosse a voz que Lo ouvisse quando a cortina se levantava. Mas Lo parecia muito distante, e a selva aparentava enfatizar que ele aprendera muito pouco. E Hari queria saber pouco — não o que Pérola sabia, com seu rosto adulterado e seu ar de espera, nem Folha de Chá, que era diferente por ser uma Citadina; ele só queria aperfeiçoar suas habilidades de se comunicar e, mais importante, de controlar e usá-las para encontrar o pai. A única coisa que precisava saber era o significado do sonho — daquele sonho de violência e paz. O que o instruíra a fazer enquanto dormia depois do primeiro encontro com Pérola? E como o ajudaria na busca pelo pai?

SETE

A vila de Folha de Chá, Riacho das Pedras, decepcionou Pérola. Ela esperava prédios com formas fantásticas, mas tudo era simples e sem enfeites. Pequenas casas com paredes de madeira demarcavam as ruas. Além delas, o mar cintilava. Meia dúzia de barcos, com tamanho suficiente para duas ou três pessoas, encontravam-se numa praia de areia branca entre pontais baixos, com seus remos parecendo pernas de insetos.

— É minúscula — reclamou.

— É do tamanho que precisa ser — respondeu Folha de Chá.

— Este lugar cabe inteiro na Praça do Povo — disse Hari. Mas ele estava desinteressado. Queria comer e, depois, saber onde ficava o Sal Profundo.

— Eles sabem que estamos chegando?

— Estão nos esperando. Vamos à casa do meu irmão. Amanhã você poderá conhecer o nosso conselho e fazer suas perguntas. Você também, Pérola. Todas as suas dúvidas.

— Devemos falar em voz alta?

— Do jeito que vocês se sentirem confortáveis.

Caminharam por ruas de pedras até chegar em um caminho sobre a faixa litorânea. Folha de Chá virou-se ao passar por casas voltadas para o mar, onde lamparinas estavam sendo acesas conforme o sol se deitava. As pessoas abriam portas e janelas e os cumprimentavam. O rosto de Folha de Chá se iluminou de prazer, e Pérola achou que mensagens inaudíveis estavam chegando até ela — de boas-vindas à cidade, de amor, talvez — e algo que nunca pensara de repente lhe ocorreu.

Folha de Chá, sussurrou, *você é casada?*

SAL

Não, Pérola. Escolhi fazer outras coisas.

Como vir me encontrar, disse Pérola, e sentiu-se culpada e triste. Também sentiu tristeza em Folha de Chá, e soube que tinha havido alguém que ela amara e com quem teria se casado se não tivesse escolhido outro caminho. Ou talvez ela não tivesse escolhido; talvez tivesse sido mandada ou ordenada e obedecera.

Não, Pérola, não foi assim, disse Folha de Chá.

Havia alguém?

Sim.

Onde ele está?

Por um instante, parecia que Folha de Chá não iria responder. Depois disse: *Agora ele tem uma esposa e filhos. Está feliz. E eu estou feliz. Portanto, não fique triste por mim.*

Você está triste por si mesma.

— Ah — respondeu Folha de Chá —, é natural. Esta é a casa do meu irmão, e este é o meu irmão, Sartok.

Folha de Chá abraçou o Citadino alto na porta, e Pérola ouviu, Hari também, como um zumbido de abelhas em suas mentes — um som como de flores, pensou Pérola, como de mel —, a profundidade do amor entre irmãos e o prazer do reencontro. As crianças se amontoaram nas pernas de Sartok, e sua esposa, Eentel, entrou por baixo do braço dele para participar do abraço. Os cumprimentos levaram muito tempo. Pérola esperou pacientemente, e Hari impacientemente, enquanto o cão, aos seus calcanhares, farejava o ar morno carregado de aromas vindo pela porta.

Por fim, Folha de Chá disse: *Pérola, Hari*, e os dois ouviram uma saudação, grave e formal, de Sartok e Eentel, e uma vibração de interesse vinda das crianças; logo estavam dentro de um cômodo onde a mesa havia sido posta, e a comida, servida. A conversa, meio falada, meio pensada, formava um redemoinho ao redor deles e os envolvia. Era tão natural e agradável que eles tinham pousado as mochilas e lavado as mãos e os rostos em bacias de água em uma mesa lateral e secado com panos que as crianças lhes deram, e estavam sentados à mesa tomando sopa e comendo pão antes de perceberem o quanto estavam contando sobre sua jornada e suas vidas na Cidade. Pérola ficou impressionada e chocada com a vida de Hari enquanto ele a descrevia — o salão nojento chamado de Dormitório, as brigas entre bandos de vasculhadores de tocas diferentes, a caçada de ratos para se alimentar, a esmola de suprimentos escassos das carroças da Companhia, apenas o suficiente para manter viva a população quase faminta, as invasões dos Chicotes, as correntes e as marcas nas pessoas; e Hari, embora espiasse as janelas das mansões muitas vezes, no início não podia acreditar, mas depois fervilhava de raiva e desprezo pelo luxo e pelo desperdício da vida que Pérola levava. Tudo era novidade para Sartok, Eentel e os filhos (dois meninos e duas meninas), e Pérola percebeu como isso entristecia os adultos. Eles confortavam as crianças com palavras e toques quando a história de Hari os deixava com medo.

A refeição continuou com um prato de carne e vegetais — o cão, ao lado da cadeira de Hari, recebeu sua parte —, seguido de bolinhos doces e frutas e canecas de chá.

Você está cansada, disse Folha de Chá.

Sim, respondeu Pérola, e sentiu todo o peso da fuga da família e da cidade, os dias, as semanas de caminhada, e o medo de ser recapturada, o medo da estranheza, descerem sobre sua mente como a mão que esmaga um balão inflado. Queria colocar a cabeça em cima da mesa e dormir. Mas havia algo escapando por baixo desse peso: algo leve e colorido e quase visível, feito dos sonhos que ela teve durante a jornada e das vozes que ela ouviu na selva, e de uma única voz, quase uma respiração, ainda mais distante, dizendo seu nome, dizendo: *Pérola*. De onde vinha? O que significava? E ela tinha realmente ouvido isso ou apenas imaginado que ouvira?

Estou cansada, pensou. *Folha de Chá está certa.*

Hari, você também precisa dormir, observou Folha de Chá.

— Preciso, sim — disse Hari de má vontade. Ele tinha aproveitado a comida, despedaçando-a e devorando-a no início, depois percebera que os outros eram mais lentos e tinham modos que supôs serem os que Pérola dissera que ele não tinha, então diminuíra o ritmo e observara e aprendera. Não era importante, mas ele precisava dessas pessoas, se é que eram pessoas, para lhe mostrarem o caminho até o Sal Profundo; então, por um tempo, faria as coisas do jeito deles. No entanto, Folha de Chá estava certa: ele estava cansado, tinha de dormir, precisava estar revigorado na manhã seguinte. Também sentiu que, ao descrever sua vida na Toca Sangrenta, ele a tinha reunido, colocado nas mãos, e, quando voltasse à cidade, saberia como mudar tudo. Ficou surpreso. *Será que vou voltar?* Não sabia. Tudo que sabia era que precisava resgatar o pai. Mas, agora...

Vou empurrar a Companhia penhasco abaixo no mar, pensou.

Folha de Chá conduziu Pérola primeiro, depois Hari, através de um quintal, onde eles tiraram as roupas e se lavaram em um fluxo de água morna dentro de uma sala de banho. Hari não sabia o que devia fazer. Nunca tinha se lavado na vida. O garoto mais velho, Antok, lhe mostrou como usar o sabão. A espuma ficou cinzenta com a sujeira do corpo de Hari, e Antok a afastou com baldes de água. Hari se coçava. O cão escapou e se escondeu atrás do galpão, porém entrou para dormir no quentinho quando a lavagem acabou.

Eles encontraram roupas limpas em seus pequenos quartos. Folha de Chá levou as vestimentas antigas, rasgadas e manchadas da selva para serem queimadas.

Pérola dormiu, Hari dormiu, ambos sem sonhar.

De manhã, tomaram um café da manhã com grãos amolecidos no leite e cozidos com frutas secas. Isso foi seguido de ovos e pães. Alimentos novos para Hari. Ele nunca tinha visto um ovo. Alimentos novos para Pérola também, a quem nunca tinham oferecido algo tão simples — exceto larvas de mariposas. Bem alimentados, confortáveis com as roupas novas, eles caminharam pela faixa litorânea com Folha de Chá e Sartok até chegarem a uma casinha ao lado de um riacho que desembocava no mar.

— É aqui que o nosso conselho se reunirá hoje. Às vezes, é em outras casas. Ou em lugar nenhum.

— Quer dizer que vocês se reúnem sem falar, se quiserem?

— Em certas ocasiões. Outras vezes é bom ver rostos.

— O que é o conselho? — indagou Hari.

— Qualquer um que queira falar ou ouvir. Falei com a maioria das pessoas sobre vocês ontem à noite, enquanto estavam dormindo. Quem vocês são. De onde vêm.

— E para onde vamos? Para onde eu vou? — perguntou Hari.

— Sim, Hari. Vamos entrar?

Só havia três pessoas na casa: um velho, uma mulher de meia-idade e um garoto. Eles saudaram Pérola e Hari formalmente, o que deixou o garoto tenso. Era um excesso dessas coisas. Ele estava acostumado à rapidez, a ver rápido, a se afastar rápido. Pérola lidou melhor com a situação, dizendo que se sentia feliz de estar na vila e de ser tão bem-vinda. O velho, Gantok, e a mulher, Teelar, ouviram com educação, mas o menino, observando Hari, parecia impaciente. Seu nome era Danatok. Estava sentado à mesa, que quase tomava o ambiente todo, e disse em silêncio: *Hari, sente-se ao meu lado. Quero saber sobre o seu pai.*

Eles o levaram para o Sal Profundo, respondeu Hari. *Vou buscá-lo.*

Que tipo de homem ele é?

É o melhor caçador da Toca Sangrenta. O melhor lutador. Já matou mais ratos reis do que qualquer outro.

Ratos reis? Eles são grandes? Do tamanho do seu cão?, indagou Danatok.

Alguns são maiores. Mas meu pai consegue matá-los.

Para se alimentar?

Os maiores são duros. Os mais jovens são macios. Boa carne.

Essa faca que você está usando é dele?

Hari a tirou da bainha e colocou sobre a mesa, mas manteve a mão sobre ela, desconfiado.

Uma faca de Citadino, disse o velho, Gantok, espiando. Também falava em silêncio. *Hari, posso pegá-la por um instante?*

Hari levantou a mão, relutante, e Gantok, com um pequeno gesto de agradecimento, pegou a faca.

Ah, está vendo como se ajusta à minha mão? Se seu pai aprendeu a usar isto, ele tem parentesco de alma com os Citadinos.

Eu também aprendi, disse Hari.

É de aço negro, forjada nas vilas do norte. Vê a marca na lâmina, duas pedras redondas friccionadas? A marca de Sunderlok, o grande viajante. Foi feita para ele, muitos anos atrás. Ele passou pela nossa vila na época do meu pai, no caminho para visitar sua cidade, Hari, e descobrir o que estava acontecendo lá. Foi na época do homem chamado Cowl, que se nomeara rei. Sunderlok jamais retornou. A grande guerra começou quando a Companhia retornou. Sunderlok morreu. Mesmo a tanta distância, ouvimos a dor de sua morte. E esta é a faca dele. Ele a pousou sobre a mesa. É sua, Hari.

Meu pai a encontrou na Toca Sangrenta, no canto de uma sala.

Talvez fosse para ele. Posso sentir pelo tremor que ela já matou homens. Ela não foi forjada para isso.

É necessário matar, na minha terra, ou você será assassinado. Não consigo senti-la tremer.

A faca é sua, repetiu Gantok. *Use-a como precisar.*

SAL

Hari embainhou a faca. *Essas pessoas não sabem de nada*, pensou. Mas lembrou-se dos sonhos conflitantes, de paz e matança, e ficou confuso. Queria saber aonde precisava ir para encontrar o pai e o que fazer quando chegasse lá.

Alguém vai me falar do Sal Profundo?, perguntou.

Primeiro, disse Pérola, *quero saber por que Folha de Chá nos trouxe para cá. E por que ela me escolheu. Folha de Chá, você prometeu contar.*

Não, disse Hari, *Sal Profundo primeiro. Depois eu posso ir embora, e você pode ficar aqui ouvindo, se quiser.*

Você não pode ir ainda. Hoje não. Nem amanhã, disse a mulher, Teelar.

Por que não?

Porque seu guia não está pronto.

Não preciso de guia. Diga para mim onde é.

Hari, interrompeu Folha de Chá, *não seja impaciente. Não tem como você chegar ao Sal Profundo sozinho.*

Por quê? É longe?

Não é longe. Uma viagem de dois dias. Mas... existem dificuldades. E só um guia conhece o caminho.

Quem é ele? O guia?

Está sentado ao seu lado.

Meu filho, Danatok, disse Teelar. *E é cedo demais para ele ir.*

Ele?, perguntou Hari com desdém. *É pequeno demais. Ele sabe lutar?*

Não haverá lutas.

Hari, ouça, solicitou Folha de Chá. *Fique parado. E pense um pouco antes de falar.*

A voz dela em sua cabeça o fez voltar a si, deixando para trás os movimentos rápidos do cérebro que o levavam ao medo e à impaciência, e ao desprezo por esses Citadinos, e ao amor pelo pai, de modo que ele pareceu dividido. Acalmou-se.

— Tudo bem — disse em voz alta.

Só existiram dois ou três Citadinos capazes de encontrar o caminho até o Sal Profundo e saírem com vida. Danatok é um, o outro está velho demais e doente, agora. Eles não podem ir longe, apenas o suficiente para ver o limite da luz que ocupa a mina. Eles precisam parar e descobrir o nome de alguém que possa ouvir...

Alguém?

Um dos trabalhadores do Sal Profundo. Existem poucos que conseguem. Porém, quando há um, o guia consegue chamá-lo.

Você consegue falar com seu pai do jeito que falamos?, indagou Danatok.

Não, respondeu Hari. *Não da forma que consigo com os cavalos, Folha de Chá e Pérola. Mas, às vezes, Tarl parecia ouvir e algo retornava, como um tipo de sussurro.*

Pode ser o suficiente.

Por que não podemos ir agora?

Porque Danatok não está bem o bastante depois da última vez, quando trouxe um que morreu. Ele ainda está doente por causa da luz e não deve ir nesse momento, explicou Teelar.

Mãe, disse Danatok, *já está passando. Eu estou sentindo ir embora. Vou ficar bem. E esse homem, Tarl... não está lá há muito tempo, faz apenas alguns dias. Se eu conseguir trazê-lo, ele terá uma chance. Ele pode não morrer.*

Todos eles morrem? Todos os que você salva?, perguntou Hari.

Sim, mais cedo ou mais tarde. A doença da luz em que eles trabalham os consome.

Por que você os salva, então?

Para que eles possam morrer em paz, e não como escravos, respondeu Gantok. *É tudo o que podemos fazer. Mas temos poucos guias. Apenas Danatok, agora.*

Quantos vocês já trouxeram?, perguntou Pérola.

Não muitos. Nove. Dez. Tarl será o décimo primeiro, se eu conseguir achá-lo.

E os outros que foram enviados para trabalhar lá? Ninguém jamais retorna do Sal Profundo, disse Hari.

Eles saem vagando quando a doença fica muito forte. Deitam-se nas cavernas e morrem.

E você também fica doente?

Meu filho se recupera, respondeu Teelar. *Entretanto, ele não deve entrar na luz. Nem ir com muita frequência. Ou cedo demais.*

Quando?, indagou Hari.

Amanhã, não. Depois de amanhã, respondeu Folha de Chá.

Como?

De barco. Mas, agora, prometemos a Pérola uma resposta a suas perguntas.

SAL

Posso ir com Hari para salvar o pai dele?, perguntou Pérola. Estava coberta de vergonha porque seu povo, a Companhia, enviava escravos para trabalhar no Sal Profundo, onde eles morriam. Não queria fazer parte disso, e ajudar Hari com o pai parecia um jeito de mostrar sua posição.

Ao mesmo tempo, ficou aliviada quando Folha de Chá disse: *Não, Pérola. Quanto mais pessoas forem, maior o perigo. E só há espaço no barco para duas pessoas e o resgatado. Hari e Danatok ficarão fora por cinco dias. Você fica aqui comigo. Existem coisas que eu quero lhe ensinar nesse período.*

Então comece agora. Diga por que me trouxe aqui.

É uma história simples, Pérola, mas não é fácil de entender. Primeiro, você precisa saber quem são os Citadinos. Gantok conta melhor essa história. Ouça...

O velho Citadino ajeitou o rosto, de um jeito arrogante, pensou Pérola, como seu pai fazia sempre que tinha algo a dizer. Então, sua voz entrou no silêncio como se estivesse cantando: *A terra é vasta, eles respiram o ar que respiramos. Não existe esta coisa e aquela coisa, Pérola e Hari. Tudo é uma coisa só. Terra, ar, água, vento e céu, plantas que surgem no solo e nas pedras, animais na floresta, peixes no mar, pássaros no ar, e humanos em todas as suas diferentes cores e formas. Isso é tudo que sabemos, uma coisa simples e suficiente, que toda criança entende assim que nasce. Você, Hari, sabia disso, e você também, Pérola, mas se esqueceram. A menos que o conhecimento seja levado com a primeira respiração e bebido depois no leite da mãe...*

— Onde — indagou Hari, com um resmungo —, na Toca Sangrenta? Onde eu veria plantas e peixes e pássaros? E respiraria um ar que não fedesse a xixi e cocô?

— Hari, Hari — disse Folha de Chá.

— Ele não sabe do que está falando. Eu nunca bebi o leite da minha mãe. Ela não tinha, pois sentia fome demais. Meu pai teve de capturar uma cadela que perdera os filhotes. Tomei leite de cães, senão teria morrido. — Ele chutou o cão aos seus pés, fazendo-o latir. — Mas isso não os torna meus irmãos. Eu os mato ou eles me matam.

— Não há culpa, Hari. Gantok não está culpando você.

— É melhor mesmo.

Gantok estava sorrindo. *Sem culpa*, disse ele. *E sem elogios aos Citadinos. Somos do jeito que somos por sorte. A antiga história diz que erramos muitas* vezes, mas ouvimos a voz e aprendemos a conhecer tudo desde a época que começou, quando vivíamos em árvores, e ainda estamos aprendendo, e, sem dúvida, Hari, continuamos errados sobre muitas coisas.

— A Companhia chegou — falou Hari. — É tudo que sei. Foi o que Lo me ensinou.

— Não quero ouvir sobre a Companhia — disse Pérola. — Quero saber por que nos trouxeram para cá.

— Gantok vai lhe dizer — explicou Folha de Chá.

Mas, disse o velho Citadino de um jeito educado, *deixe que eu termine o que estava dizendo antes, senão perco o fio da meada.* Sua voz silenciosa assumiu as notas cantadas, mas de um jeito menos pronunciado, talvez por medo de Hari começar a resmungar outra vez.

A terra é vasta...

— Você já disse isso — implicou Hari.

Quando vocês ficaram sobre as montanhas no caminho até aqui, Folha de Chá — o nome dela é Xantee, vocês sabem, mas vamos deixar isso de lado — mostrou-as a vocês, estendendo-se ao norte e ao leste. Elas se estendem até a costa do Mar Interior, depois novamente até outro grande mar, mas se você tentasse andar por lá, Pérola, através das selvas, sobre as planícies e sobre as cadeias de montanhas, isso levaria tantos anos quanto você tem de vida.

— Se ela não fosse comida por felinos selvagens no caminho — disse Hari.

Além do mar, que nenhum barco que conhecemos jamais atravessou; a voz nos conta que há outra grande terra, e além dessa, outra e depois outro mar, com todas as criaturas, humanos, animais, pássaros e peixes vivendo lá. Ao norte, existem terras congeladas, geleiras e rios, ilhas de gelo flutuando no mar, e criaturas que também vivem lá. Humanos também. Não Citadinos. Não as suas raças, Pérola e Hari. E ao sul, bem ao sul, após muitas terras queimadas pelo sol e outras com selvas e montanhas e desertos, há gelo de novo. Esse é o mundo.

— Você não falou do oeste — comentou Hari. — De onde vem a Companhia.

E em toda parte, continuou Gantok, silencioso e tranquilo como um canto suave, *tudo está em harmonia, e todas as raças sabem o que sabemos, que tudo é uma coisa só: terra, mar, ar...*

— Ratos, cães, escrivães da Companhia — completou Hari.

SAL 105

Gantok ficou em silêncio. Depois de um instante, disse: *Sim, Hari, você está certo. Escrivães da Companhia. E homens com mãos que queimam outros homens. Portanto, vamos voltar nossos olhos para o mar que se estende além da nossa praia até a terra a oeste de onde eles vêm. Mas lembre-se também da sua própria raça, Hari, que construiu uma cidade antes de a Companhia chegar e aprendeu a ter ambição, muito dela, e se lembre de Cowl que seria rei.*

— Lo me contou tudo isso.

Sim, Lo, alguém que sabia falar?

Ele me ensinou.

Você contou a Xantee — Folha de Chá — sobre ele?

Sim, respondeu Xantee. *Um falante. E deve ter havido outros.*

Ele me mostrou como falar com ratos e cavalos. E cães. Sinto muito por ter chutado você, cão.

O cão, encolhido num canto, bateu o rabo na parede.

E Lo sabia a história da Companhia, de Cowl e da volta dessa?

Tudo isso. Mas não sabia nada sobre o lugar de onde eles tinham vindo.

Uma terra grande, uma terra vasta, falou Gantok. (Ele parecia gostar de dizer a palavra "vasta", pensou Pérola.) *E o povo de lá, os humanos, ambiciosos para serem ricos e para governarem. Todas as raças deviam se inclinar e servir. Não havia Citadinos lá, e nenhum Citadino, nem mesmo Sunderlok, jamais viajou por esse mar amplo, mas aprendemos muito sobre esse lugar com Xantee, que viveu quieta na sua cidade, escondida, por muitos anos, Pérola, até encontrar você e se tornar Folha de Chá, sua criada.*

Folha de Chá, você era uma espiã?, indagou Pérola.

Fui enviada para aprender e mandar notícias para cá. Era hora de sabermos, respondeu Folha de Chá.

A Companhia, disse Gantok, *ela nos ensinou sobre a Companhia. E agora sabemos que sua ambição a destruiu, no além-mar. A Companhia caiu; as leis e estruturas desmoronaram e desapareceram, de acordo com esse garoto, Kyle-Ott, que caçou vocês no caminho. Opressão demais. Miséria demais. O povo se ergueu e a destruiu. Séculos se passarão até uma nova ordem ser estabelecida. Mil governantes de baixo escalão, mil crenças, eu diria, todos voltados para uma conquista maior e uma riqueza maior, até que uma nova Companhia ressurja e assim tudo recomece do jeito que suas raças, Hari e Pérola, parecem desejar.*

— Você está nos culpando? — perguntou Hari.

A menos, disse Gantok, ignorando o garoto, *que alguém lá possa aprender e ouça a voz.*

— O quê, terra e mar e ventos e céu? Que voz? — indagou Hari.

Algumas pessoas ouvem o sussurro, Hari. Um ou dois dentre nós. E o povo sem nome, nas selvas, eles ouvem. Porém, embora a Companhia esteja em ruínas no além-mar, o ciclo vai dar outra volta e haverá enormes exércitos, e conquistas e massacres de novo, e frotas no mar com seus canhões, e ricos outra vez, e fome de novo, e fábricas despejando a fumaça que destrói o ar, e rios envenenados, mares envenenados e uma terra morta.

— Teremos isso aqui — disse Hari. — Com Ottmar e seu filho. Ele não vai fechar as fábricas só porque se denomina rei no lugar da Companhia. Ele será pior.

Sabemos disso, Hari, esclareceu Folha de Chá. *As florestas que rodeiam a cidade já desapareceram. A Companhia fez isso. E, ao sul, por centenas de léguas, árvores são derrubadas. Haverá uma pausa agora, enquanto esse Ottmar garante seu governo, mas depois ele vai começar de novo. Como você diz, ele é rei e também faz parte da Companhia.*

Mas há um perigo maior, disse Gantok.

Não quero ouvir, falou Pérola. Ela se sentia miserável. Sentia-se sozinha; toda essa conversa sobre exércitos e destruição parecia uma tempestade rondando uma casa na qual ela estava sentada encolhida num canto, sentindo as janelas balançarem e as paredes oscilarem. Ainda assim, esperavam que ela fizesse alguma coisa em relação a isso, quando tudo o que ela queria era uma resposta para sua pergunta...

Falou em voz alta e foi reconfortada pelo som da própria voz.

— Folha de Chá, como você me encontrou? E o que você quer que eu faça?

Ah, Pérola, nada ainda. Daqui a um tempinho...

— Você foi para a cidade para ver se havia alguém como eu?

Fui para avaliar o perigo mais de perto. Mas também, sim, para ver se havia alguém da sua raça que tivesse dado o passo que os Citadinos tinham dado...

— Como falar? — E repetiu em silêncio: *Como falar?*

Sim, isso. E depois talvez dar um passo à frente. Parecia-nos que, se a semente estivesse lá, mesmo que fosse uma semente minúscula, mesmo que fosse apenas um de vocês, haveria esperança. Sua raça poderia estar pronta para o próximo passo, e poderia ouvir... Bem, Gantok já lhe disse o que você poderia ouvir. Então esperei e ouvi e não escutei nada por muitos anos.

Ela foi escolhida para essa tarefa, disse Gantok, porque, entre os Citadinos, Xantee é a que ouve melhor.

Folha de Chá balançou a cabeça para silenciá-lo. *Eu vivi na cidade, entre os trabalhadores, com pessoas como Tilly, e depois nas mansões como empregada na cozinha.*

Aposto que você não foi à Toca Sangrenta, comentou Hari.

Não, Hari, não fui lá.

Nem ao porto. Você poderia ter ouvido Lo. Ele sabia falar.

Eu gostaria de ter conhecido Lo. Entretanto, em vez disso, trabalhei como varredora de ruas na parte nobre da cidade. Eu estava varrendo a sarjeta um dia, do lado de fora de uma loja de chapéus, quando uma carruagem encostou. O cocheiro me bateu com o chicote para me tirar do caminho. Um lacaio baixou a escadinha e ajudou uma senhora e uma criança a descerem. As duas entraram na loja. Algo na criança me atraiu: o jeito como ela se movimentava, a forma de não deixar a mãe apressá-la. Esperei, acariciando a marca que o chicote do cocheiro fizera no meu rosto. Quando a mulher e a criança saíram, uma menina que pedia esmola estava passando. Mendigos, como você sabe, Pérola, são proibidos nessa parte da Cidade. Ela estava se esgueirando pela parede, mas a criança a viu. Você a viu, Pérola, e pediu à sua mãe para esperar, e vasculhou a bolsa em busca de uma moeda. Sua mãe a repreendeu e lhe disse para seguir, e você argumentou: "Espere, mãe", e ela ficou parada. Ouvi quando falou, e você não percebeu. Você não sabia que não tinha falado em voz alta. Deu uma moeda à pedinte e seguiu sua mãe, entrando na carruagem, onde ela a repreendeu adequadamente quando vocês partiram. Um Chicote veio e queimou a garotinha com suas luvas e, em seguida, veio na minha direção. Mas eu tinha lido o emblema na porta da carruagem: Casa Bowles. Então, Pérola...

Você foi até a nossa casa e me disse para escolher você como minha criada.

Isso.

Você me ensinou. Você me salvou do casamento com Ottmar.

— Se você tivesse se casado com ele, seria rainha, agora — disse Hari. E sorriu ironicamente para ela. — Você seria a chefe.

Fique quieto, ordenou Pérola, fazendo Hari recuar e, depois, tocar a faca. Ela se virou para Folha de Chá: *Agora estou aqui, o que quer que eu faça?*

Não sei. O conselho não sabe. Você está em segurança. E encontrei Hari no caminho...

— Eu encontrei vocês — resmungou Hari.

Portanto, existem dois, um de cada raça da cidade. E havia Lo, como nos disse Hari. Portanto, parece... parece que alguma coisa está começando. Há esperança. Mas o que devemos fazer, não sei.

— Eu sei — disse Hari. — Vou tirar meu pai do Sal Profundo. Danatok, pode me mostrar esse barco em que vamos velejar?

Sim, respondeu Danatok. *É o barco do meu pai. Velejo com ele desde que aprendi a andar. Venha comigo. Vou lhe ensinar.*

Eles saíram da casa e desceram até a boca do riacho e ao longo da praia até onde os barcos estavam parados sobre a areia.

Você sabe nadar?, indagou Danatok.

Melhor que você, respondeu Hari.

Ele ajudou Danatok a puxar o barquinho até o mar, observando e ouvindo enquanto o garoto, movendo-se com agilidade e confiança, ergueu uma pequena vela quadrada e guiou o barco pelas ondas. Eles velejaram para todos os lados entre os pontais, depois para o mar até a vila encolher e virar um aglomerado de cabanas cinza. Danatok ensinou Hari a armar a vela e a manobrar a cana do leme.

Você aprende rápido.

Nas tocas, ou a gente aprende ou morre, comentou Hari. *A Companhia vem até aqui?*

Não. Não é lucrativo para eles. Eles navegam para adiante. Uma vez, um barco de guerra parou e disparou armas e derrubou casas. Plantaram uma bandeira na praia para mostrar que pertencíamos a eles. A bandeira de Ottmar. A mesma que tremula sobre as minas de sal, que ficam ao sul. Mas, um dia, quando tudo estiver envenenado, na época de Ottmar ou de outra pessoa, eles voltarão os olhos para cá.

Danatok estremeceu. Hari também, mas disse a si mesmo que era por causa do vento. Eles guiaram o barco de volta à praia, onde o cão esperava.

Ele pode ir conosco quando partirmos?, indagou Hari.

Por que não? Temos espaço.

Eles desceram do barco na areia.

Velejaremos de novo amanhã e partiremos ao amanhecer do dia seguinte, disse Danatok. *Agora estou esgotado. Preciso descansar.*

Ele se afastou, pequeno e frágil, como as crianças das tocas que nunca cresciam. Hari se perguntou qual era a doença e se já havia contaminado Tarl, e por que Danatok arriscava-se tanto para salvar um homem que ele nunca tinha visto. Questionou-se se estava se arriscando a pegar a doença também.

OITO

Eles velejaram ao amanhecer do terceiro dia de Hari em Riacho das Pedras, com Pérola e Folha de Chá observando da praia, e o cão tremendo na proa. Uma sacola impermeável guardava comida para cinco dias. Amarrada ao mastro estava uma pequena bolsa de água. Eles iriam até a margem e pegariam mais em riachos quando precisassem, dissera Danatok. A mãe dele não foi vê-los partir, mas Hari ouviu o murmúrio silencioso de suas despedidas.

Na primeira noite, dormiram sob árvores na boca de um rio, envoltos em cobertas finas que Danatok puxou de um depósito na proa. Tinham velejado por pontais e penhascos e pela extremidade irregular de uma cadeia de montanhas, mas não avistaram vilas nem pessoas. O segundo dia levou-os a penhascos mais altos e recifes negros. Danatok mantinha-os mais próximos da orla, dizendo que barcaças da Companhia, às vezes, eram levadas a essa região por marés desfavoráveis quando tentavam chegar ao abrigo do Porto do Sal.

— Onde fica a mina? — perguntou Hari.

— Está vendo a montanha grande que parece uma cabeça raspada? É lá em cima, meio dia de jornada por terra. Há uma ferrovia descendo até o porto. Os mineradores levam o sal para fora, e vagões o levam para baixo; os cheios puxam os vazios para cima. Os mineradores moram em cabanas na entrada da mina. Outros trabalhadores carregam os navios no porto. Ficam lá até estarem velhos demais para continuar trabalhando. Não sei o que a Companhia faz com eles depois disso.

SAL

111

— Eles morrem — disse Hari. — Ninguém jamais volta. Onde fica o Sal Profundo?

— Sal Profundo. — Danatok estremeceu. — Não faz parte da mina de sal. É algo diferente.

— Mais distante?

— Não, mais perto. Está vendo onde a montanha toca o mar? São três colinas, duas com árvores e uma no meio, lisa.

— Uma cinza — disse Hari. Era escamosa e com incrustações, e machucou seus olhos quando a luz do sol refletiu nas placas de rocha.

— Ali é o Sal Profundo. A Casa Ottmar explora as minas de sal desde que a Companhia chegou pela primeira vez, mas ninguém nunca chegou perto da colina lisa. Tudo que sabiam sobre ela era que fazia os homens ficarem doentes. Nenhum animal se aproximava. Nenhuma planta crescia ali. Mas Ottmar, esse mesmo que se denomina rei, ficou curioso e mandou escravos minerarem lá. Não importava quantos morressem. Eles fizeram um túnel e encontraram o que encontraram.

— Tigres do sal — completou Hari.

Danatok sorriu.

— Nada de tigres do sal. Eles não existem. E nada de poço profundo até o centro do mundo, sugando as almas dos homens. Eles descobriram o que envenenava a colina. É isso que eles escavam agora.

— O que é?

— Não sei. Nenhum dos escravos que tiramos de lá tem um nome para essa coisa.

— O que faz com eles?

— Torna a pele deles branca. A pele deles se rasga como papel. Eles sangram, um sangue parecido com água... tão fino que, depois que começa, nunca para. Seus ossos atravessam a pele e se quebram como pequenos galhos podres de uma árvore.

— Mas Tarl só está lá há um dia ou dois. Quanto tempo leva para isso acontecer? — indagou Hari.

— Eu trouxe um homem que estava lá havia seis meses. Ele morreu antes de chegarmos à vila. Outro... metade desse tempo. Ele sobreviveu, depois morreu.

— Então Tarl deve estar bem?

— Espero que sim, Hari. Veremos. Agora, puxe essa corda e arrume a vela. Faltam três horas para ficar escuro, e quero estar com tudo amarrado até lá.

— Até o Sal Profundo?

— Perto de lá. Puxe com mais força. O vento está aumentando.

Eles velejaram o mais próximo dos recifes que Danatok ousava, depois viraram em uma entrada na terra, viajando nas sombras enquanto o sol descia. As montanhas formavam ângulos ao leste e ao sul, com árvores achatadas pelo vento se agarrando a faces rochosas, depois recuavam, expondo a colina mais interna do trio. Era redonda e verde, uma colina comum margeada por praias de cascalhos e ondas brancas quebrando. Eles passaram por uma brisa mais suave. O monte do meio encontrava-se com o mar. Parecia, pensou Hari, uma cabeça coberta de verrugas e cascas de feridas, e cicatrizes afundadas que brilhavam prateadas embora nenhuma luz as atingisse, e buracos onde os olhos tinham sido arrancados. Danatok navegava com esforço, encorajando o barco a passar por ali. Chegaram à colina virada para o mar, que parecia exalar ar limpo de suas árvores, e Hari respirou com alívio quando deslizaram para uma pequena baía com uma praia pedregosa. O cão pulou para fora. Hari o seguiu e manteve a proa estável enquanto Danatok baixava a vela. Ele amarrou um laço de corda ao redor de um galho de árvore. Fizeram uma refeição rápida, depois Danatok disse:

— Quero subir a colina e ver o que está acontecendo do outro lado.

Pegou uma tocha de ramos amarrados do depósito, jogou faíscas nela com um estopim e logo ela queimava suavemente, um pequeno punho de luz. Eles partiram através das árvores no fundo da praia e deixaram o cão guardando o barco. Hari, que gostava de liderar ou preferia ficar sozinho, seguiu o garoto Citadino, que sabia tanto quanto ele e tinha habilidades que ele jamais teria. *Mas*, pensou, *espere até precisarmos lutar com alguém.* E sorriu para si mesmo. Subiram através de samambaias emaranhadas e troncos de árvores por uma hora, e, lentamente, um som retumbante cresceu e o céu se iluminou além da colina. Sem perceber, os dois começaram a falar em silêncio.

O porto está funcionando. Estão carregando sal, disse Danatok. *Mas normalmente é mais barulhento do que isso.* Ele afundou o cabo da tocha no chão macio. *Vamos deixar isso aqui. Eles poderiam ver.*

Os dois rastejaram e logo a colina se achatou, depois formou uma inclinação para baixo. Eles se agacharam nas samambaias e olharam para o Porto do Sal. Um longo cais se sobressaía para dentro do mar, com cabanas na base e um amontoado de prédios — casas, algumas lojas e escritórios — mais para o interior. Os trilhos de uma ferrovia dupla percorriam uma planície, depois passavam por uma colina baixa que se elevava na base das montanhas. Subiam quase abruptamente até um platô onde as cabanas dos mineradores se enfileiravam. A entrada da mina se abria ao fundo, resplandecendo com a luz.

Não havia trens na ferrovia, mas, no porto, os homens empurravam vagões ao longo do cais até um navio com a bandeira de Ottmar. As rodas provocavam o barulho que eles tinham ouvido. Um guindaste a vapor levantava os vagões e derrubava o sal branco no porão de carga do navio.

Danatok franziu a testa. *Normalmente são dois ou três navios,* disse. *E a mina não está funcionando. Não há trens descendo.*

Porque, imaginou Hari, *estão lutando na cidade. É provável que Ottmar ainda não tenha se denominado rei adequadamente. E eles não têm para onde enviar o sal, não com a Companhia arruinada no além-mar. Já vi três desses navios de sal saírem do Porto ao mesmo tempo.*

Eu me pergunto se o Sal Profundo está funcionando, comentou Danatok. *Onde fica?*

Em resposta, como se tivesse medo de falar, Danatok apontou para a noite, à esquerda deles, onde a luz das lamparinas ao longo da ferrovia não conseguia chegar, e Hari viu um acúmulo de poeira branca, como uma baforada de fumaça parada e iluminada por trás. Vinha de uma única fonte luminosa em um poste, atrás da ponta baixa e grossa da colina cinza que ele vira do mar. Uma pequena cabana ficava abaixo da iluminação, com um vigia sentado na frente, parecendo dormir.

Aquilo?, perguntou Hari. *Só aquela cabana?*

Olhe para a colina.

Hari forçou os olhos em direção a ela e, em um instante, viu um cinza mais profundo, não muito grande àquela distância, quase do mesmo tamanho da cabana do vigia.

Uma porta?

Uma porta de ferro. Essa é a entrada para o Sal Profundo. É larga o suficiente para um homem, e eles nunca abrem, exceto para os novos trabalhadores entrarem. Nada sai de lá. Nenhum trabalhador, jamais. E nada que eles mineram sai de lá. Deve haver um trilho lá dentro, direto para a colina. Eles abrem uma porta corrediça de ferro e colocam comida e água em um vagonete e empurram para dentro. Depois fecham a porta corrediça. E isso é tudo.

Como vou saber se Tarl está lá dentro?

Vinte dias desde que ele foi levado. Ele estará lá. Mas, se tivermos sorte, não por muito tempo.

Tempo suficiente para a doença?, sussurrou Hari.

Não sei.

Então, vamos. Eu cuido do vigia. Hari soltou a faca da bainha.

Não. Aquela entrada só pode ser aberta por um escrivão do Porto do Sal com duas chaves. Vamos por trás da colina.

E depois?

Você vai ver.

Voltaram até a tocha, que ainda estava queimando suavemente com os ramos entrelaçados, e fizeram o caminho até a praia, onde o cão, ganindo e se torcendo, os recebeu.

Fique aqui, cão. Cuide do barco, disse Danatok. *Pode me seguir, Hari.*

Escalaram as rochas na ponta da praia, sentindo dificuldade aqui e ali, depois subiram parcialmente o penhasco e desceram de novo.

Agora vamos atravessar a nado, disse Danatok. *Espero que seu pai saiba nadar.*

Ele afundou na água e nadou de lado, com um braço segurando a tocha fora da água. Hari o seguiu. Os dois saíram em um buraco no penhasco, com água ressoando baixinho lá dentro.

A entrada dos fundos para o Sal Profundo, disse Danatok. *Há cavernas e fossos por toda parte. Levamos muito tempo para encontrar. Apenas uma passagem leva à mina, onde eles escavam o que quer que seja.*

Quanto tempo leva para chegar lá?

Metade da noite. A outra metade para trazer seu pai para fora. Hari, espere aqui. Não há necessidade de você se aproximar da luz.

Não, eu vou com você. Eu disse a Tarl que iria. Ele é meu pai.

Você pode pegar a doença também.

Então eu pego. Vamos logo.

Estava com mais medo do que demonstrava, mas não deixaria esse garoto assumir o risco todo — e, se Tarl morresse, Hari queria morrer. *Não, não quero*, pensou, *quero matar alguém, quero matar Ottmar.*

SAL

O desejo foi tão forte que Danatok se afastou dele.

Pensei que Xantee tivesse contado um sonho seu sobre não matar, disse. *De qualquer maneira, não há ninguém aqui para que mate. Mas você pode encontrar ratos. Guarde sua faca para eles.*

Segurou a tocha no alto e conduziu Hari para dentro da caverna. Subiram em saliências, nadaram pelas entradas de cavernas estreitas que levavam à escuridão. Danatok era rápido e confiante. O caminho se tornou mais fácil, porém nem sempre seguia a rota mais larga. Quando Hari perguntou aonde as cavernas laterais levavam, Danatok não soube responder, mas disse que havia piscinas em algumas delas com uma profundidade sem fim. Ele observou a tocha com ansiedade e a soprou várias vezes para acender outra no emaranhado de ramos duros como aço no meio da primeira.

O que acontece se ela apagar?, perguntou Hari.

Nós morremos.

Consigo encontrar o caminho de volta. Eu o memorizei.

Os ratos não permitirão.

Sim, consigo sentir os ratos. E ouvi-los... um farfalhar de patas sobre pedra, um deslizar de pelo oleoso ao longo das paredes. Também vira, em determinado momento, um piscar de olhos vermelhos, meia dúzia deles, além da luz da tocha.

A luz os mantém afastados. Eles odeiam a tocha por causa da outra iluminação, dentro da mina, disse Danatok.

Por que eles não morrem como os mineradores?

Funciona diferente com eles. Faz com que cresçam em formas estranhas. Já vi um rato aqui com duas cabeças. E outro com orelhas nas costas. Ah, um esqueleto novo, este chegou longe.

Danatok segurou a tocha sobre os ossos brancos de um homem.

Quando eles morrem da doença, disse, *os outros mineradores carregam seus corpos para os ratos limparem. Outros vagueiam para longe, deitam-se e morrem, como este aqui, e os ratos comem a carne. Em breve, você verá mais esqueletos. Venha, Hari. Estamos quase no centro da colina. Minha tocha está pela metade. Precisamos nos apressar.*

Passaram por mais ossadas, algumas amareladas pela idade. Crânios, cabelos, trapos de roupas estavam espalhados sobre a pedra. *Alguns desses homens*, pensou Hari, *eram da Toca Sangrenta.* Ele poderia tê-los conhecido. Então, a escuridão ficou menos intensa. A luz, levemente esverdeada, formava uma fina diluição das trevas.

Distância suficiente, disse Danatok. *É daqui que eu chamo os que conseguem ouvir.*

Quero ver, disse Hari.

Não pode. Eu nunca vi nada. Essa quantidade de luz faz a minha pele ter a sensação de que formigas caminham sobre ela. Está sentindo?

Hari sentia formigamento e coceira, como se o vento estivesse soprando pedacinhos de vidro contra sua pele.

O local onde eles escavam é a uma caminhada de dez minutos daqui. Preciso ficar parado e ouvir por um tempo antes de conseguir escutar o nome de alguém dentro da própria cabeça. Aí eu o chamo. Às vezes, não tem nenhum. Mas conhecemos Tarl, se ele conseguir ouvir...

Diga o nome dele, pediu Hari.

Segure a tocha.

Ele a estendeu para Hari, fechou os olhos e virou o rosto para o alto, concentrado. Hari ouviu o nome ecoar de um jeito harmônico, sem som, e se mover como um vento na escuridão: *Tarl! Tarl!*

Aguardaram.

Ele não responde, disse Danatok.

Continue tentando.

Danatok se manteve parado e falou de novo. Hari percebeu como toda a força do garoto estava concentrada no grito: *Tarl! Diga seu nome, Tarl.* Então, falou para Hari: *Não, eu não sinto nada. Se ele não conseguir escutar, não vai seguir. Hari, a tocha vai apagar se não começarmos a voltar em breve.*

Vou tentar. Posso fazê-lo ouvir, disse Hari.

Sim, tente. Seja rápido.

Hari entregou a tocha a Danatok. Deu um passinho à frente, afastando-se do garoto, e pensou por um instante: seu pai na Toca Sangrenta, caçando ratos reis nas ruínas, com o filho aos dois anos de idade, pendurado em suas costas, e os dois sentados em uma sala estilhaçada, sob vigas quebradas, assando pernas de ratos nas brasas de uma fogueira, e Tarl retirando a carne macia dos ossos e colocando-a na boca do filho — *minha boca*, pensou Hari, *meu pai*; e fez a memória assumir a forma da faca de lâmina negra do pai e a arremessou na direção da luz verde; e ele seguiu com um grito mais penetrante e mais puro: *Tarl, meu pai, estou aqui. Siga minha voz.*

Nada por um instante. Depois um sussurro, bem distante, na escuridão: *Hari? Meu filho?*

Tarl, eu disse que viria. Siga a minha voz. Venha rápido. Não temos muito tempo.

Continue chamando, Hari, disse Danatok.

Quieto, disse Hari, se concentrando.

Tarl, repetiu, *estou aqui. Este é o seu nome. Siga o seu nome. Feche os olhos. Caminhe sobre o seu nome como se ele fosse uma estrada. Tarl. Tarl.*

Hari manteve o chamado, fazendo-o soar como um sino que guiasse o pai até ele. Isso começou a exauri-lo, mas Danatok colocou a mão no ombro de Hari, doando sua própria energia para alimentá-lo, e logo eles ouviram um arrastar de pés e viram um leve movimento, como uma sombra, na luz.

Hari ergueu a voz num grito:

— Tarl!

— Hari, Hari — veio a resposta sussurrada. Tarl veio mancando, arrastando os pés, em direção à luz da tocha: estava descalço, com os braços estendidos e os olhos selvagens, vestindo apenas um trapo de roupa enrolado no quadril.

Hari correu para a frente e o pegou nos braços, pensando, por um instante, que a doença o encolhera, mas Tarl estava caindo de joelhos. Suas lágrimas encharcaram o gibão de Hari. Gritos sufocados e baixinhos saíam de sua boca.

— Hari, você não pode estar aqui. É impossível. Eu não tinha... nenhuma esperança. Quando vi o lugar... e senti a luz nojenta dentro de mim... rastejando como uma minhoca...

— Tarl, existe uma saída. Danatok me mostrou. Levante-se. Precisamos ir. Há ratos por toda parte ao nosso redor. Se a tocha apagar... — Ele ergueu o pai. — Vamos. Ande.

— Não consigo...

— Você consegue. Tarl, o Caçador. Reúna suas forças. Temos um barco.

— E o mar está esperando — disse Danatok. — Vamos lavar você.

Ele foi na frente, segurando a tocha no alto. Hari levou Tarl, fazendo ele caminhar, arrastando-o quando ele tropeçava, fazendo com que corresse um pouco quando o caminho era tranquilo. A tocha ficou mais fraca. Havia centenas de olhos vermelhos no escuro, e os barulhinhos das vozes dos ratos. *Eles arrancam a nossa carne antes de conseguirmos gritar,* pensou Hari, e gritou para Danatok e Tarl irem mais rápido. Mas o som dos ratos, um som que ele conhecia, pareceu reviver Tarl, e ele se moveu com mais segurança, com mais força.

— Preciso da minha faca.

— Aqui, Tarl. — Hari desembainhou a faca e a pressionou na mão do pai. Os dedos do homem se fecharam no punho da arma, e ele se endireitou. Hari sentiu ele se transformar em Tarl, o Caçador, de novo.

— Qual é o tamanho desses ratos?

— Alguns são grandes como o cão de Hari — respondeu Danatok.

— Ratos reis — disse Tarl. — Parem quando chegarmos a um local estreito.

— Eles vão nos matar.

— Faça o que ele está mandando — recomendou Hari.

Chegaram a uma abertura por onde só passava um de cada vez. Danatok parou e deixou os outros passarem, depois correu atrás deles na luz agonizante.

— Agora deixe meu pai ficar na abertura — falou Hari.

— E leve a luz para longe, mas não muito longe — pediu Tarl. — Apenas o suficiente para eu ver os olhos deles.

Danatok e Hari deram mais uma meia dúzia de passos, e os ratos do outro lado da abertura deslizaram em direção a Tarl em uma onda de pelos pretos e marrons e olhos púrpura e dentes amarelos. Sua faca se moveu rápido demais para Hari ver, e um jato de sangue atingiu seu braço. Os ratos gritaram, mas um deles, gigante, sem pelo e rosado, deslizou até as pernas de Tarl e cravou os dentes no músculo da panturrilha. Hari pulou para a frente e quebrou a espinha dele com um chute do calcanhar.

— Tarl, já basta. Venha.

Danatok empurrou a tocha para dentro do buraco, iluminando o suficiente para os ratos recuarem.

— Sete — disse Tarl — e um para você, Hari. Eles se alimentarão dos corpos e não nos seguirão por um tempo. Qual é a distância?

— Estamos perto. Sinta o cheiro do mar — esclareceu Danatok.

— Só sinto cheiro de sangue e daquela coisa nojenta na mina. Rápido, garoto. Não tenho mais forças.

Hari o apoiou e descobriu que Tarl dissera a verdade: suas forças tinham se esgotado, e apenas a faca, que estava segura em sua mão, lhe dizia quem ele era — *a faca e eu*, pensou Hari, *seu filho*. O conhecimento de que

SAL

eles sairiam do Sal Profundo deixava-o eufórico. Depois pensou: *Em segurança exceto pela doença,* e amparou o pai cheio de ansiedade, sentindo Tarl enfraquecer a cada passo.

A tocha morreu emitindo faíscas, e o arranhar das patas dos ratos e a correria de seus corpos aumentaram de novo. Hari tentou afastá-los com a mente, mas eram muitos. Danatok mergulhou adiante, correndo, nadando nas entradas da caverna, encontrando o caminho de memória e, por fim, Hari viu um ponto de luz na escuridão: uma estrela brilhando no céu, uma estrela no mundo fora do Sal Profundo.

— Tarl, estamos quase lá. Os ratos não vão nos seguir. Estamos fora do Sal Profundo.

Hari meio que jogou e meio que levantou Tarl até o mar, arrastando-o para longe das rochas, com Danatok nadando a seu lado. Os gritos agudos dos ratos diminuíram. O barulho delicado da água e o sussurro de uma brisa tomaram seu lugar. Hari e Danatok nadaram, fazendo Tarl flutuar de costas entre os dois. Eles contornaram a saliência do penhasco e chegaram à praia, onde lavaram Tarl na parte rasa, esfregando-o com pedrinhas e areia. Esfregaram a si mesmos, tentando se livrar da coceira que se instalara na pele desde que ficaram no limite da luz verde. O cão corria de um lado para o outro na praia, choramingando.

— Tarl, me deixe pegar a faca.

— Não. Ela me lembra de quem eu sou. Eu fico com ela.

Sentaram-no com a água batendo na cintura, puxaram o barco para perto, puseram-no ali dentro dele, assim como o cão. A aurora surgia no céu, fazendo as nuvens sangrarem. *Tudo é sangue,* pensou Hari. E se sentiu mal.

— Vamos sair deste lugar.

Velejaram direto para o mar, depois seguiram para o norte. Tarl ficou deitado, tremendo, na proa. Mal conseguia falar.

— Frio. Frio — murmurava.

— Ele está com a doença — disse Danatok.

— Por quanto tempo você ficou no Sal Profundo, Tarl? — indagou Hari.

— Não existe tempo lá. — Virou-se de lado, tentando vomitar, mas nada saiu de sua boca.

Hari puxou as cobertas do depósito. Envolveu-as em Tarl, depois tentou fazê-lo beber e comer, mas o homem não conseguia.

— Frio — sussurrava.

— Venha aqui, cão — chamou Hari. E levantou o animal para colocá-lo sobre Tarl. — Deite aí. Mantenha ele aquecido.

— O cão também vai ficar doente — disse Danatok.

Hari não deu atenção, e o cão se mostrou feliz o suficiente, parecendo encontrar conforto em Tarl.

Velejaram o dia todo, entraram em um riacho ao cair da noite, fizeram uma fogueira, e o tempo todo Tarl dormia e sonhava e acordava e gritava com a voz rouca, abraçando o cão de encontro ao peito. Hari e Danatok passaram a noite ao lado do fogo, dormindo do jeito que podiam sem cobertas. De manhã, prosseguiram. Tarl permanecia igual, e o cão não precisava de ordens para se aninhar nele. Ficava deitado com a cabeça no peito do homem, e Hari pensou: *Tarl é o dono dele agora. Ele é o cão de Tarl.* A faca também era de Tarl, agarrada ao punho dele.

Com o vento vindo por trás, chegaram à vila ao anoitecer; e Hari viu, quando Danatok levou o barco até a praia, que mal restavam forças no garoto. Ele também estava doente, embora não tanto quanto Tarl. Quanto a Hari, estava cansado pela falta de sono e pela navegação difícil. A coceira sumira do corpo. Era como se o vento e o mar a tivessem lavado.

Pérola, Folha de Chá e meia dúzia de Citadinos esperavam na praia. Os homens levantaram Tarl e o colocaram numa maca. O cão ameaçou mordê-los quando tentaram afastá-lo, então eles deixaram o animal ficar. Carregaram a maca pela praia.

— Aonde estão levando meu pai? — perguntou Hari.

— Para o ambulatório. Vão cuidar dele — respondeu Folha de Chá. — Não, Hari, não vá. Você poderá vê-lo daqui a uns dias. Já vimos homens do Sal Profundo piores do que seu pai.

— Danatok? — Ele procurou o garoto, e viu a mãe dele ajudando-o a ir para a vila.

— Ele está bem. Também já o vimos pior.

— Eu não teria encontrado Tarl sem ele.

Danatok, chamou.

O garoto virou-se.

Obrigado.

SAL

Danatok sorriu, levantou a mão, e a mãe dele levou-o para longe.

Hari, disse Pérola, *o que é o Sal Profundo?*

— Não quero falar sobre esse lugar. É doente. Um lugar doente. Vou... — Ele olhou para o rosto dela, viu sua preocupação e, com espanto, percebeu que era por ele. Sentiu como se tivesse dado um passo em falso numa saliência e estivesse caindo. Tarl tinha se preocupado com ele. E Lo. Ninguém mais, nunca.

Eu vou contar a você, disse ele. *Mas agora preciso dormir. Conto amanhã.*

Sim. Amanhã, disse Pérola.

NOVE

As crianças Citadinas estavam ensinando-a a nadar. Ela costumava tomar banhos perfumados em casa, com criadas para ensaboá-la. Era o único toque de água que conhecia. Não era adequado as mulheres da Companhia nadarem. Mas, com crianças nuas saltitando ao seu redor no riacho, Pérola aprendera rápido e logo estava pulando da margem, girando e rodando nas profundezas, e catando pedras coloridas no fundo. Fez montinhos de pedras na grama as achou mais bonitas do que os colares e anéis da caixa de joias que deixara para trás no quarto onde se vestia. E o tempo todo em que nadava ou andava sozinha pela praia, ou ficava deitada na cama esperando para dormir, parecia haver uma voz suave sussurrando em seu ouvido: *Pérola.*

Quem é você?, ela se perguntava. *O que quer que eu faça?*

Perguntou a Folha de Chá, que sorriu e a tocou na testa: *Não há nada a fazer, Pérola, exceto esperar.*

Ouvi dizer meu nome quando estávamos na selva.

Sim, eu sei.

Você ouve?

A voz fala comigo, mas não tão claramente quanto com você. E dizer seu nome pode ser tudo que fará.

Pérola pareceu entender que, de certo modo, aquilo era suficiente, o sussurro do seu nome. Logo se tornou tão natural quanto seu coração batendo, e, embora estivesse sempre lá, ela raramente tinha consciência disso. Perguntava-se se Hari também ouvia — o nome dele — e pensava, um pouco convencida, que ele não ouvia, que ele sempre estaria ocupado demais para ouvir.

Sentiu saudades de Hari quando ele esteve longe. Ficou preocupada com ele. Não que gostasse do garoto; ela não gostava, porque ele era muito bruto e muito feio, com todas aquelas cicatrizes e a pele preto-avermelhada e o cabelo emaranhado descendo pelas costas, mas eles se falavam mentalmente e pareciam se tocar com tanta naturalidade quanto respiravam, mesmo quando ele sentia raiva e ódio por ela — com tanta naturalidade quanto essa nova voz que sussurrava em seu ouvido. Então, no instante em que ele se foi, ela sentiu como se possuísse uma atadura gelada sobre a pele.

Hari, disse ela, sentada sozinha perto do riacho, *venha me contar sobre o Sal Profundo.*

Não houve resposta, e ela supôs que, embora fosse tarde, ele ainda estivesse dormindo devido ao cansaço.

Ela não tinha gostado da aparência de Tarl quando puseram-no na maca: seu rosto tinha ainda mais cicatrizes do que o de Hari, de mordidas de ratos, imaginou, e estava desfigurado pelo número queimado na testa. Segurava a faca de Hari como se tivesse a intenção de jamais soltá-la. Pérola teve uma percepção doentia da vida que eles deviam levar, Tarl e Hari, na cidade em ruínas, na Toca Sangrenta, brigando, matando, comendo o que conseguiam encontrar, enquanto ela... Pérola não queria pensar nisso. Levantou-se, tirou as roupas e mergulhou no riacho. Lá no fundo, catou pedras coloridas. Se sua mãe a visse agora, e sua irmã... Ela quase riu e perdeu metade do fôlego, lutando para chegar à superfície, onde pensou: *Minha mãe e minha irmã foram assassinadas por Ottmar. Toda a minha família está morta.*

Ela se sentou na margem, pensando nas duas. Não havia amor — ninguém jamais dissera a palavra "amor" —, por isso ela não chorou, mas sentiu uma tristeza profunda por elas. Era como se apenas uma parte de seus familiares tivesse vivido: os olhos do pai, críticos e frios; a língua da mãe, repressora; a risada da irmã, sempre desdenhosa ou insatisfeita; seus irmãos... Pensou em Hubert, morto por Hari. A faca que Tarl segurava com tanta força agora entrara na garganta dele. Ficou feliz por Hari não estar mais com a arma.

Ouvi você me chamar, disse a voz de Hari em sua mente.

Estava de pé, bem atrás dela.

Ela agarrou as roupas e se vestiu, enquanto ele observava, dando um meio sorriso.

Você é branquela como aquelas larvas de mariposa, disse ele.

Ela não interpretou como um insulto. Hari estava apenas constatando um fato.

E você é marrom, respondeu Pérola. *A primeira vez que o vi, achei que era sujeira.* E pensou: *Uma parte era mesmo. Mas ele nunca teve criados para lavá-lo. Nem para vesti-lo e lhe servir alimentos. Será que ele sabia, a cada manhã, quando acordava, se comeria alguma coisa naquele dia?* Então, pediu a ele: *Conte sobre o Sal Profundo.*

Surpreendentemente, ele estremeceu, e uma expressão de medo cruzou seu rosto.

Estou tentando esquecer aquele lugar.

Ouvi meus irmãos falarem de lá uma vez. Eles diziam que Ottmar minerava para encontrar joias que explodem ao sol, por isso nunca pode trazê-las para fora, é perigoso demais. Você viu as joias?

Não vi nada. Estava escuro. Então chegamos até a luz e paramos...

Fale mais.

Ela se sentou, convidando o garoto para se acomodar ao seu lado. Em vez disso, ele se agachou e pegou pedrinhas de uma das pilhas e as jogou, uma por uma, no riacho. Ela viu a precisão com que ele jogava: cada pedra seguia a curva da anterior e atingia a água no mesmo lugar. Não teria ficado surpresa se formassem uma nova pilha no fundo.

Conte para mim como você velejou até lá, para começar.

Com Danatok. Eu não teria encontrado meu pai sem ele.

Ele começou a descrever tudo, hesitando no início, depois em uma voz que parecia baixa e apavorada: a navegação pela costa, as três colinas com uma morta no meio, o porto e a mina de sal, a porta de ferro. E as cavernas em seguida, sem fim e negras, com a tocha de Danatok formando uma piscina de luz que diminuía e diminuía. Falou sobre os esqueletos e os ratos.

Depois, minha pele começou a coçar. Daí nós vimos a luz verde, e Danatok disse que não podíamos continuar além dali.

Contou como chamou o pai e como Tarl veio, e eles correram, enquanto os ratos que os seguiram partiram e os deixaram passar, afastados pela luz da tocha, e logo começaram a seguir de novo, chegando mais perto

SAL

conforme a luz começou a enfraquecer, até que estavam mordiscando seus calcanhares.

Ratos gigantes, disse ele. *Um com duas cabeças e outro com rabos saindo das costas, e alguns com longos pelos brancos e outros sem nenhum pelo.*

Pérola viu lágrimas descendo pelo rosto dele.

Os ratos não deviam ser assim, comentou Hari.

Por que eles são assim? O que provoca isso?

Deve ser o que eles mineram no Sal Profundo. A coisa que deixa a gente doente e mata as pessoas. Os ratos conseguem viver com isso se não chegarem muito perto, mas eles sofrem mutações...

E mata os homens? Mas, Hari, você poderia ter parado os ratos. Você consegue fazer isso com cavalos e cães. E com pessoas. Poderia ter dito para eles recuarem.

— Acha que não tentei? — gritou ele, machucando os ouvidos dela. Depois, com mais suavidade e em silêncio: *Eu tentei. Mas estava ajudando Tarl e não conseguia me concentrar; não conseguia falar com mais do que um deles ao mesmo tempo, e eles continuavam vindo. Então, tentei fazer um muro que eles não pudessem atravessar, mas ele ficou cheio de buracos e os ratos vieram se contorcendo... E nós corremos. Eles teriam nos pegado se Tarl não tivesse matado alguns com a minha faca. A faca dele. Eles pararam para se alimentar dos mortos, e depois vieram de novo, e a tocha apagou. Mas chegamos até a entrada e vimos as estrelas, e foi a luz delas que os parou. Eu nunca tinha visto nada tão... Folha de Chá conhece as estrelas? Quero aprender sobre elas. O que são? Como se chamam?*

Folha de Chá sabe tudo. Mas eu posso lhe ensinar, Hari. Ela me ensinou.

Danatok usa as estrelas quando está conduzindo o barco.

Hari secou as lágrimas do rosto. Então, continuou:

Nós lavamos o meu pai. Tentamos expulsar a doença com o banho. Usamos o cão para mantê-lo aquecido. O cão agora é dele. Chama-se Cão. Nós o trouxemos para casa. Você sabe o resto. Ele está no ambulatório. Não me deixam entrar, mas dizem que ele está bem. Dois dias. Três. Depois ele pode sair.

E ele vai nos contar o que eles fazem no Sal Profundo, disse Pérola. *Folha de Chá disse que nenhum dos homens que eles trouxeram antes conseguiu falar. Ficavam calados e depois morriam. Mas Tarl só ficou lá por um dia ou dois, é o que Folha de Chá acha.*

Ele ficou doente, como um cão faminto. Achei que ele estava morrendo. Primeiro ele sentiu frio, depois ficou quente, se tremeu todo e disse que a pele estava soltando do corpo...

Mas ele está bem, assegurou Pérola. *Hari, ele vai viver.*

Sim, ele vai viver. Eu fiz o que prometi. Salvei Tarl.

Sentou-se pensativo na margem e, de repente, deu um pulo, arrancou as roupas e mergulhou no riacho. Ela o viu nadando bem no fundo, ondulando como o animal que tinha se afastado da praia a nado no dia anterior: uma foca. Ela se perguntou se sua voz chegaria até ele debaixo d'água.

Hari, chamou.

Ele veio à tona: *O que foi?*

Só estava testando.

Ele mergulhou até o fundo: *Pérola.*

É, funciona. Hari, você me ensina a conduzir o barco?

Quando?

Agora.

Ele voltou à superfície e se vestiu na margem, virando de costas quando percebeu que ela estava olhando. Pérola nunca tinha visto um homem nu na vida, nem nenhuma pessoa nua, exceto a si mesma em espelhos, até ver as crianças Citadinas no dia anterior. Pensou que Hari não era tão feio sem roupas, e as partes que ela nunca tinha visto, mas às vezes imaginava, eram curiosas e interessantes.

Os dois desceram até a praia e lançaram ao mar o barco que Hari e Danatok tinham usado. Durante dois dias, ele a ensinou a velejar, e também aprendeu a velejar melhor. Na segunda tarde, a brisa morreu. Eles foram levados pela corrente para longe da praia, observando as pessoas caminhando na vila e trabalhando nos jardins mais ao longe, nas ladeiras suaves. As colinas azuis se erguiam além, cadeia a cadeia, e montanhas muito distantes com picos nevados brilhavam ao sol.

Árvores, disse Hari. *Eu nunca vi árvores na Toca Sangrenta. Quando vi uma pela primeira vez, no seu jardim...*

Espionando.

... fiquei com medo. Eu não sabia o que eram nem o que podiam fazer. Se podiam andar. Se podiam me pegar com seus galhos e me rasgar.

Tudo para você se resumia a sangue e morte?

É, tudo. Mas, quando me senti seguro, subi na árvore e notei ela crescer dentro de si. Ela só estava quieta e sendo ela mesma. Então, sentei-me lá, com os braços ao redor da árvore, sentindo ela crescer.

Hari, silêncio.

Por quê?

Fique em silêncio por um instante.

O barco balançou suavemente quando a brisa voltou e inflou a vela.

Está ouvindo alguma coisa?, perguntou ela.

O mastro rangendo.

Não. Algo mais.

O quê?

Ouço alguma coisa dizendo meu nome.

Esperaram e ela ouviu — o que era? Será que era importante? — perguntou-se Pérola, bem no fundo, nos lugares ocultos da mente, e era mais do que um nome, e menos do que uma saudação; era um afastamento para dar lugar a ela, nas colinas, nas árvores, no mar, e um afastamento dentro dela, uma mudança, para dar espaço... e tudo tão natural quanto respirar.

Hari?

Sim.

Ele também sentiu. O nome dele. Seus olhos se afastaram, chegaram até as colinas e escureceram e ficaram profundos quando ele deu espaço.

Não disseram mais nada. Não havia nada a dizer. Velejaram até a praia e caminharam até a casa de Sartok, onde Folha de Chá estava aguardando. Ela não precisava que eles dissessem o que tinha acontecido. Porém, um olhar de profunda satisfação apareceu em seu rosto, tornando-a mais jovem. Ela os conduziu para dentro para a refeição noturna.

Agora você sabe velejar, Pérola?

Sei. Hari me ensinou.

Por que está aprendendo?

Se voltarmos à Cidade, poderemos ir por aquele caminho, mais rápido do que ir pelas montanhas.

Você vai voltar à Cidade?

Não sei.

Eu vou se Tarl quiser, disse Hari.

Tarl vai sair do ambulatório amanhã, disse Folha de Chá. *E vai nos dizer o que quer fazer.*

E o que ele viu no Sal Profundo, afirmou Pérola.

Sim, o que ele viu lá.

Comeram a refeição. Pérola e Hari estavam quietos. O Sal Profundo ainda os assustava, mas estavam com menos medo do que antes.

DEZ

Tarl saiu andando do ambulatório por conta própria. Usava calça nova, uma camisa e um gibão, e carregava a faca de lâmina negra em uma correia na cintura. O Cão estava ao seu lado, tão perto que roçava o joelho de Tarl a cada passo.

Hari encontrou o pai na porta da casa perto do riacho. Apertaram as mãos formalmente, depois se abraçaram.

— Tarl.

— Hari, você foi me buscar. Eu não tinha esperança...

— Meus amigos me ajudaram.

O Cão rosnou com ciúme da proximidade dos dois.

— Essas pessoas, Hari? Esses Citadinos, o que eles querem?

— Nada, Tarl. Eles o salvaram porque você podia ser salvo. Eles me salvaram.

— E agora eles querem saber sobre o Sal Profundo. — Uma expressão de medo, um tremor, passou pelo rosto dele quando disse o nome.

— Você está bem agora — respondeu Hari, mas não tinha certeza. A pele de Tarl parecia mais solta, o cabelo estava listrado de amarelo e cinza, e as profundezas negras de seus olhos tinham movimentos assombrados, como criaturas se escondendo muito bem nas árvores da selva.

— O conselho está esperando, Tarl. Entre.

Folha de Chá e o velho, Gantok, estavam sentados à mesa, com Pérola em um banquinho baixo perto da janela.

— Seja bem-vindo, Tarl — disse Gantok. — Estamos felizes de ver você bem.

— Este é o seu conselho? Apenas duas pessoas?

— Nossas vozes chegam a todos que conseguem ouvir.

— Então é verdade. Os Citadinos conseguem se comunicar sem falar. Ouvi sobre isso, mas não acreditei.

— É uma habilidade que nós temos — anunciou Gantok, satisfeito. — Xantee está comigo. Foi ela que trouxe seu filho da cidade.

Os olhos de Tarl se fixaram intensamente em Folha de Chá. As mulheres ocupavam uma posição muito baixa nas tocas.

— Quem é essa? — perguntou, olhando para Pérola.

— Ela é Pérola. Também veio da cidade.

A mão de Tarl foi em direção à faca.

— Ela é da Companhia.

O cão rosnou.

Quieto, Cão, ordenou Pérola, e ele se afundou nos pés de Tarl com um olhar enigmático.

— Hari — falou Tarl —, ela é da Companhia. A Companhia morre. — E sacou a faca.

Hari se colocou na frente dele.

— Não, Tarl. Ela é minha amiga.

— Olhe para a pele branca. Veja seus olhos. A Companhia tem olhos azuis. Ela morre. — E ergueu a faca.

Tarl, disse Folha de Chá, suavemente.

Ele não sabia de onde tinha vindo seu nome. Isso o fez ficar parado.

A faca é Citadina. Ela estremece na sua mão. Abaixe-a.

— Você, mulher? É você que está me dizendo o que fazer?

— Pérola se afastou da Companhia. Abaixe sua faca. Diga ao seu cão para não ranger os dentes. Nós cuidamos de você. Danatok, que carregou a tocha, ainda está doente. Afaste sua própria doença. Afaste seu desejo de sangue.

Pérola viu Tarl se esforçar em busca de palavras e percebeu que sua raiva irromperia de novo. Não tinha medo. Ela poderia pará-lo com facilidade. Mas não queria ameaçar nem controlar ninguém. Sua mente naquele momento era como uma roupa balançando ao vento. A de Hari estava igual, ela percebia, embora ele ainda estivesse preocupado com o pai.

Ela o chamou:

— Tarl.

SAL

— A garota fala. Nenhuma garota deve falar sem ser mandada.

— Tarl — repetiu —, é verdade, eu era da Companhia. Mas não sou mais. Eu era da Casa Bowles. Não mais. Eu me afastei deles e vim para cá com Hari, e agora sou Pérola, apenas isso.

— Ouvi falar, no navio, de uma garota da Casa Bowles que tinha sido escolhida para ser esposa de Ottmar.

— Eu fugi.

— Ottmar do Sal Profundo. — A mão dele apertou a faca.

— E Ottmar agora é rei. As famílias estão mortas. Minha família também. Ottmar me caçou para ser sua escrava. Sendo assim, não me odeie. Os métodos antigos se foram. Há novas coisas para combater.

— Pérola está dizendo a verdade — disse Gantok. — Abaixe sua faca.

Lentamente, depois de uma luta interna, Tarl obedeceu. O número queimado em sua testa desbotou de vermelho para branco.

— Sente-se conosco à mesa. Conte-nos o que descobriu no Sal Profundo.

Tarl se sentou.

— Não — respondeu, hesitante. — Não quero...

— O lugar é horrível, nós sabemos.

— Primeiro... vocês precisam me contar o que está acontecendo na cidade. Há lutas lá, e Ottmar se denomina rei. Mas o que está acontecendo nas tocas?

— Os Citadinos estão observando. Eles se deslocam nas sombras e ninguém vê. Xantee ouve tudo o que lhe dizem.

— E o que eles dizem?

— É verdade: Ottmar se denomina rei, embora seja o único da Companhia que tem um novo nome. Ele é cruel, gosta de matar e mata todos que ficam no seu caminho. As famílias estão mortas. A Casa Bowles está morta. Porém, é mais difícil do que ele pensa. As cidades ao sul e ao leste estão se rebelando, e há homens lá que também se denominam reis. E, na cidade em si, os escrivães se uniram e formaram um exército, depois os trabalhadores se rebelaram e todos lutam contra todos; o exército de Ottmar não consegue derrubar todos eles. Alguns Chicotes também se rebelaram. Sendo assim, Ottmar tem longas batalhas pela frente.

— Mas, e as tocas? — indagou Tarl.

— Sim, as tocas. Eles lutam. Há um homem chamado Keech...

— Da Toca de Keech. É o melhor caçador deles.

— E outro chamado Keg...

— Da Toca de Keg.

— Cada um lidera um bando de caçadores que faz incursões na cidade. Os Chicotes não ousam mais entrar nas tocas. Também há bandos de mulheres, que matam com facas.

— Do Bordel — contou Tarl. — Quem lidera na Toca Sangrenta?

— Não sabemos. Serão necessários muitos anos até Ottmar poder se tornar o rei que ele se intitula. Mas é o mais forte e vai vencer. E dizem que tem um filho, Kyle-Ott, um garoto queimado, que é ainda mais cruel do que ele. A cidade tem dias ruins pela frente.

— Ninguém lidera na Toca Sangrenta. Ninguém consegue — disse Tarl. — Keech vai tentar. Ele já tentou antes. Preciso voltar para lá.

— Não, Tarl — falou Hari.

— Hari, eu preciso ir. Há algo... — ele virou para Gantok — algo que você precisa saber. Keech não é o único perigo. Preciso tirar as pessoas da Toca Sangrenta.

— O perigo vem do Sal Profundo — afirmou Folha de Chá.

— Sim. Do Sal Profundo.

— Então conte para nós, Tarl.

O rosto dele pareceu desmoronar. Era como se a pele não estivesse grudada à carne ou a carne não estivesse bem presa aos ossos. O Cão rastejou sob a mesa e deitou-se sobre seus pés.

— Não consigo encontrar as palavras — anunciou Tarl.

— Então, não use palavras. Lembre-se, se conseguir, e eu puxo as coisas da sua mente.

Estremecendo um pouco, ele obedeceu. Colocou as mãos trêmulas sobre a mesa e fixou os olhos nelas, como se ver através da própria carne pudesse ajudá-lo a se manter firme; dolorosa e lentamente, revelou suas memórias para Folha de Chá vê-las.

Ela falou em silêncio com os outros, na voz de Tarl, com seu som das tocas:

Eles me levaram, Tarl, o Caçador, na Praça do Povo, amarrado a uma carroça. Fui arrastado por ruelas até o alojamento nos muros da cidade. Deram roupas para os outros, mas não para mim. Deram comida a eles, comida de verdade, e uma crosta de pão para mim, porque um Chicote

SAL 133

estava morto e um escrivão, ferido. Disseram que eu era um selvagem
e precisava ser acorrentado, e me prenderam a outro igual a mim, um cama-
rada magrelo, deformado, que cuspia e urrava. Também tinha sido escolhido
para o Sal Profundo. Eles nos mantiveram em uma cela por quatro dias, depois
nos fizeram marchar até o Porto e nos colocaram num navio: um dos que per-
tencem a Ottmar. Outros estavam lá, indo para as minas de sal, mas só eu e
Krog — ele se chamava assim; não era um homem das tocas, mas da cidade,
pego por assassinato — íamos para o Sal Profundo. Krog cuspia e urrava, mas
urrava de medo, porque, na primeira noite, na cela onde nos mantiveram
isolados dos outros, ele fez um laço na corrente e se enforcou em uma estaca
presa à parede. Preferia a morte ao Sal Profundo. Eu poderia tê-lo impedido,
mas não o fiz. Se um homem decide morrer, a escolha é dele.

Hari tinha uma respiração rasa e os olhos fixos no pai. Pérola estava
sentada encolhida, com as mãos escondendo os olhos.

De manhã, quando o encontraram, continuou a voz de Tarl, não sua-
vizada por Folha de Chá, *eles carregaram o homem para fora e o jogaram*
no mar. Achei que também iam me jogar, mas soltaram minhas correntes e
me amarraram ao corrimão, me chicotearam e me deixaram lá, sangrando.
Fiquei lá o dia todo, sem água, e com o sol me abatendo. Mas eu sou Tarl e
não imploraria nem morreria. Em vez disso, ouvi os marinheiros conversando
e descobri o que estava acontecendo na cidade. Ottmar tinha se nomeado rei.
A Companhia, a Grande Companhia, no além-mar, tinha caído, e não che-
gavam mais navios; Ottmar soube disso antes de todos e agiu durante a noite.
Seus Chicotes pegaram os que ele considerava inimigos enquanto dormiam,
todas as Famílias, todas as Casas, os homens, as mulheres e as crianças
também, e não lhes deu um julgamento nem uma chance, mas os jogou
penhasco abaixo ao amanhecer. Todos eles, enquanto Ottmar observava.
Os marinheiros disseram que as pessoas caíam gritando como gaivotas e
pesadas como sacos de trigo no porão de um navio, e seus corpos ficavam
deitados, quebrados nas rochas, até que a maré os levasse. A Casa Chandler,
a Casa Kruger, a Casa Bowles, a Casa Sinclair e todas as outras. Os mari-
nheiros riam da situação. Ninguém gostava das Casas, e eles ficaram felizes
de vê-las terminar. Só uma, ouvi os marinheiros contarem, foi salva, era da
Casa Bowles: uma garota chamada Pérola, que era a mais bonita e seria a
nova rainha de Ottmar.

Tarl olhou para Pérola:

— Eles não sabiam que você tinha fugido. Ottmar deve ter escondido esse fato. Ninguém escapa de se casar com um rei.

Pérola afundou o rosto ainda mais nas mãos. A mãe morta, gritando como uma gaivota; a irmã, que só pensava nos prazeres da vida e chorava e dava tapas na criada se uma bainha estivesse amassada, gritando também, com seu vestido formando uma asa atrás dela; e o pai, um homem orgulhoso que nunca suplicaria, caindo como um saco pesado e se arrebentando nas rochas. Pensou em Hubert, com a faca de Hari brilhando em sua direção. De certo modo, seu irmão tinha sido poupado.

Sentiu o olhar de Hari e ergueu as mãos. Ele tentou sorrir. Ouviu a voz dele tentando confortá-la, mas não havia conforto.

Eles me soltaram ao cair da noite, continuou Tarl. *Jogaram água salgada nas minhas costas e me acorrentaram na minha cela, com uma caneca de água e uma ponta de pão; então, saímos navegando, não sei por quanto tempo — houve outras paradas no caminho e esperávamos lá. Depois chegamos a um porto onde vagões rugiam e homens gritavam e soldados marchavam no embarcadouro. Eles estavam deixando a cidade em outro navio para fortalecer o exército de Ottmar. Os Chicotes nos descarregaram, comprimindo os trabalhadores das minas de sal em vagões de gado e os rebocaram com uma locomotiva a vapor até as montanhas, onde a mina parecia uma boca aberta. Eles me colocaram em outra cela, onde mais três aguardavam; todos iam para o Sal Profundo. Passamos quatro dias lá, talvez cinco. Era escuro, não dava para ter certeza. Colocavam comida através de um buraco na porta, e nós brigávamos por ela.*

Tarl olhou para Folha de Chá: *Mas eu sou Tarl e conseguia a minha parte. Tudo em que eu pensava era me manter forte. Eu ainda achava que conseguiria escapar. Depois, nos levaram para a luz do sol. Nos puseram correntes e nos fizeram marchar ao longo de uma trilha ao lado da ferrovia, e eu pensei: o Sal Profundo é lá em cima, na mina. Mas estava errado. Viramos para o outro lado, seguindo uma ferrovia mais estreita, em direção a uma colina cinza entre colinas verdes, e chegamos, à noite, em uma cabana ao lado de uma lamparina a óleo presa a um poste. Uma sentinela estava de pé ali, guardando uma porta de ferro na base da colina. Ali, então, era o Sal Profundo. Isso não era nada. Uma sentinela. Eu iria fugir dali. Escondi uma pedra na mão para quebrar as correntes, mas a sentinela viu e apenas sorriu.*

SAL

Esperamos a noite toda. Pela manhã, uma nova sentinela substituiu a anterior. Era meio-dia quando um carrinho operado por dois prisioneiros chegou pelo trilho até a porta de ferro, puxando um vagão no qual dois fantasmas estavam sentados. Fantasmas, foi o que pensei.

Tarl estremeceu. Suas mãos se mexiam convulsivamente. *Minha mente não era minha, disse, ainda falando através de Folha de Chá. A fome e o sol queimando tinham me enfraquecido. Quando olhei de novo, vi que havia homens vestidos com um metal que eu nunca tinha visto, como ferro, porém mais macio, e cinza como as feridas que deixam cicatrizes em um homem que está morrendo da doença dos esgotos. Usavam isso como roupas; as mãos eram cobertas, e nas cabeças eles usavam placas de vidro sobre os olhos. Movimentavam-se como se estivessem doentes, ou velhos e cansados, com o peso que carregavam em seus corpos. Havia um escrivão com eles, um escrivão de Ottmar com o emblema dele. O homem esperou na porta os fantasmas chegarem. Um destes fantasmas cinzentos segurava uma caixinha feita do mesmo metal. O outro tinha uma arma de raios totalmente carregada.*

O escrivão pegou uma chave no cinto e outra com a sentinela e abriu a porta de ferro. Uma baforada escapou de dentro como gás de um túmulo, e ele gritou para os Chicotes serem rápidos. Eles entraram, no escuro, e sobre os trilhos que se afastavam, puxaram um vagão. Colocaram nele água num barril e comida num saco e deixaram espaço suficiente para os fantasmas se sentarem. Depois, eles nos acorrentaram atrás, nós quatro, empurraram o vagão para dentro do túnel e fecharam a porta. Houve um som como... Hari (ele olhou para o filho), *era como a grande tampa que cai quando trancam escravos no porão de um navio de ferro. Ainda assim, eu pensei: Esperem. Esperem e verão. Vou fugir daqui.*

O vagão começou a se mover. Estava em uma roldana. Uma corda corria atrás e na frente. Em algum lugar da colina, havia homens nos puxando em direção a eles. Não havia luz. Mas eu era o primeiro da fila; subi e fui levado pelo vagão sem os fantasmas perceberem, e fiquei ouvindo. As vozes ressoavam dentro dos potes de metal em suas cabeças e ecoavam na minha. Foi assim que descobri o que Ottmar planejava fazer.

O fantasma com a caixa disse: "Precisamos ser rápidos. Não confio nessas roupas, não confio nas luvas, e o vidro não o mantém afastado. Vou pegar um punhado. Só um punhado. E colocar na caixa e sair daqui." *O outro, com a arma de raios, disse:* "O que o rei Ottmar vai fazer com isso?"

"*Aprender. Estudar*", respondeu o primeiro. "*E, quando ele souber, vamos levar a caixa para as tocas, abri-la e a luz vai sair e queimar os vermes em seus esconderijos. Eles vão ficar doentes, e nossa cidade ficará limpa. Depois, Ottmar vai até as planícies para usar isso para matar os rebeldes. E para as selvas para arrancar os selvagens que vivem lá. E, um dia, quando ele conhecê-lo melhor e souber quais armas poderá fabricar, vamos navegar pelos mares, conquistar as terras antigas e governar lá. Temos um futuro glorioso. Mas...*"

O outro esperou.

"*Precisamos entrar e sair daqui em um piscar de olhos. Serei rápido e você tem de ficar vigilante. Atire em qualquer homem que se aproximar.*"

Então, eu sabia, disse Tarl, *o que Ottmar estava planejando. Mas não tinha descoberto o que era essa coisa que eles iam esconder na caixa. Andei no vagão e esperei. Eu pegaria a arma de raios depois de ver o que era. Iria matar os fantasmas. Tiraria os escravos do Sal Profundo e mataria a sentinela e o escrivão; roubaria um navio e navegaria até a cidade; armaria as tocas e usaria essa arma, qualquer que fosse, contra Ottmar. Esse era o meu plano. Criei em um instante.*

Tarl fez uma pausa. Ele parecia ter crescido. Mas, agora, havia encolhido de novo. A cabeça mergulhou para mais perto da mesa, e sua voz afundou para um sussurro, com Folha de Chá mantendo os tons e o sotaque:

E um instante depois tinha desaparecido.

Ele ergueu o olhar. Os olhos estavam sem vida.

A escuridão diminuiu, disse. *A luz aumentou no túnel à nossa frente, uma luz verde, da cor de algo podre, e tocou minha pele do jeito que uma mosca pousa na noite, com um toque que você não sente, e solta os ovos sob a nossa pele. Senti o formigamento da luz, mas só quando terminou, e senti os ovos chocarem, notei a luz serpenteando para dentro de mim; foi aí que percebi que o Sal Profundo estava além de qualquer coisa que eu tivesse imaginado. E disse para mim mesmo: estou morto.*

Ele virou para Hari.

Hari, meu filho, eu disse essas palavras. Estou morto.

Folha de Chá parou. Gantok não disse nada. Pérola continuava sentada sem se mexer no banquinho, com o rosto mais branco do que a neve das montanhas. Tarl deitou a cabeça sobre a mesa e chorou. Ninguém se moveu até que Hari, estendendo as mãos como um pai para um filho doente, deu um passo à frente, colocando o braço nas costas de Tarl e a cabeça ao lado da dele na mesa; então, esperou até os soluços pararem.

— Nós fomos até você, Tarl. Você está vivo.

— É, vocês foram — disse Tarl em uma voz abafada. — Mas não sou mais Tarl. Sou Tarl que foi queimado. Sou Tarl que morreu.

Você é Tarl que viu o mal, disse Folha de Chá. E também o sentiu na pele. Mas você não morreu como os outros no Sal Profundo. Você viu o horror que anda em zigue-zague, como minhocas, e faz o mesmo nas mentes dos homens, e você voltou e nos contou o que vai fazer: entrar nas tocas e conduzir seu povo para longe do que quer que seja que esses fantasmas carregam na caixa. Mas, Tarl, você ainda não nos disse o que viu no Sal Profundo quando chegou ao local da fonte da luz. Conte isso. Termine sua história e nos deixe decidir o que poderemos fazer.

Tarl levantou a cabeça e olhou para ela. Enxugou o rosto molhado na manga.

— Um pouco de água — pediu, rouco.

Hari se levantou e serviu um copo de água de uma jarra que estava numa mesa lateral. Tarl bebeu, depois colocou o último restinho na palma da mão e jogou sobre a testa e as bochechas.

— Minha pele ainda mantém a imundície. Eu nunca serei livre.

— Você é livre, Tarl. Mais livre do que era antes — disse Folha de Chá.

— Mulher, você não sabe. Entretanto, vou continuar, e com a minha voz. Mais água, Hari. — E bebeu de novo. — Agarrei-me ao vagão conforme a luz ficava mais forte. Chegamos a uma caverna iluminada como se o sol brilhasse ali dentro, mas era verde, e era um sol que brilhava de todos os lugares. Eu mal conseguia ver. Meus olhos queimavam. Porém, consegui distinguir homens, um grupo deles, dez ou quinze, com as peles queimadas de branco, esperando no local onde o trilho terminava. Alguns deles puxavam uma corda que se duplicava entre as linhas. Eles pararam o vagão, e os fantasmas saltaram; o que estava com a arma de raios manteve os homens afastados até que ambos estivessem de pé e livres. Os homens, os infelizes atrofiados, os mortos, Hari, os mortos, porque eles eram isso e deviam saber, se aglomeraram ao redor do vagão e tiraram o saco e o barril, e um gritou: "Não tem suficiente." O fantasma com a arma gritou com eles: "O vagão vai voltar com outra carga quando sairmos daqui." Ele contou os homens e percebeu que faltavam três: três que foram para as grutas que se abriam nas laterais da caverna, em direção aos ratos que viviam ali. "Trouxemos quatro novos trabalhadores", disse. "Deem a parte deles." E riu... um som que ecoou no teto e nas paredes. Ele soltou nossas correntes.

— O que o outro fantasma estava fazendo? — perguntou Gantok.

— Vou chegar lá. No outro lado da caverna, havia um monte de terra, como a lama que sai dos esgotos depois de uma tempestade e é seca ao sol; era ali que os homens deviam escavar, pois havia pás e ancinhos de madeira no chão. Um filão amplo, quase metade da caverna, penetrava a colina. Era amarela, essa terra, mas havia verde dentro dela.

— Era feita de quê? — indagou Gantok.

— Sal, velho homem. Sal profundo.

— E o que é isso?

— Não sei. Mas sei que os homens morrem disso.

— Então, o que o outro fantasma estava fazendo?

— Ele levantou um alçapão no piso da caverna e uma luz verde saiu de lá, e eu vi todos os ossos do corpo dele como uma árvore. Ele colocou a mão no buraco, bem no fundo, e tirou a mão, pingando fogo; fogo verde. Derramou o que pegou dentro da caixa e fechou a tampa, depois fechou o alçapão. A luz, a pior parte dela, escapou.

— O que havia no buraco?

— Eu nunca vi. Por quanto tempo fiquei lá?

— Dois dias, talvez. Não mais do que isso, senão você não teria conseguido lutar contra a doença — explicou Folha de Chá.

— Dois dias. E não vi um grão do sal verde ser encontrado. Ele é raro assim, embora faça a terra amarela brilhar com sua luz. Os trabalhadores chamam de Coisa Ruim, só isso. Quando encontram um grão, menor que um pedaço arrancado da sua unha, eles correm para o buraco no chão, jogam lá dentro, fecham a tampa e tentam esquecer. Só isso. Mas, quando eles conseguem mostrar aos fantasmas que levam comida que há uma nova marca de queimadura na pá, eles ganham mais comida. É assim que funciona. Isso é o Sal Profundo.

Tarl formou uma concha com a mão.

— O fantasma levou essa quantidade e fechou a caixa. Ele e seu guarda-costas subiram no vagão e disseram aos homens, os escravos, os mortos, para puxarem a corda com força ou não receberiam mais comida naquele dia, então eles obedeceram e o vagão rolou para longe e sumiu. Eu fiquei no Sal Profundo e estava morto. Eu sabia, Hari.

SAL

— Até ouvir minha voz — disse Hari.

— Sim. Veio como um pensamento. Como um sussurro. Veio como o vento, Hari, soprando no meu rosto. E dizia "me siga", e eu segui, e você sabe o resto. Um homem morto saiu andando das cavernas.

— Você não está morto. Você lutou contra os ratos. Sem você, não teríamos saído.

— E agora... — Tarl parou, e Folha de Chá estendeu a mão, encostando na parte posterior dos dedos dele, que os afastou. — Não preciso mais de ajuda — disse. — Só preciso do meu filho.

— Para quê, Tarl?

— Para voltar à cidade. Para incitar as tocas. Para liderar o povo, contar a eles do perigo do sal, e encontrá-lo e destruí-lo. Para lutar contra Ottmar.

— O sal não pode ser destruído — afirmou Folha de Chá.

— Você não sabe.

— Ele deve ser roubado. E carregado de volta para a colina onde foi encontrado e colocado lá, no seu lugar, e depois a colina deve ser trancada para sempre.

Ninguém falou por um instante. Entrar na colina de novo. Hari sentiu-se mal.

Tarl gritou:

— Quem vai fazer isso?

Mais uma vez, ninguém se pronunciou. Não falaram em voz alta. Mas Pérola, sem se mover no seu banquinho, sem nem mover os olhos, disse a Hari numa voz que nem Folha de Chá ouviu: *Eu vou, Hari. Vou roubá-lo e levar de volta. Você vem comigo?*

Hari respondeu: *Vou, sim.*

ONZE

O barquinho estava bem carregado. Tarl sentou-se na proa, olhando adiante, com o Cão encostado em sua coxa. Ele meditava, observava e nunca falava. Pérola e Hari estavam sentados na popa com a cana do leme entre eles, Pérola pronta para pular e preparar a vela ou equilibrar os sacos de comida e as bolsas de água se o vento mudasse. Mantinha um olhar ansioso no horizonte, buscando tempestades. Um vento forte poderia inundar o barquinho.

Folha de Chá sabia os planos deles, não puderam escondê-los.

Também vou, dissera ela.

Não, Folha de Chá, respondeu Pérola. *Somos muitos. Hari conhece as tocas e eu conheço a Cidade. Podemos ir escondidos. Ninguém vai nos achar. E sabemos tudo que você nos ensinou... agora sabemos. Como fazer os homens não verem. Como fazer os homens esquecerem.*

Tarl também sabe o que vocês planejam fazer?

Hari contou a ele. Tarl acredita que não conseguiremos encontrar a caixa. Ele acha que nós... acha que Hari vai morrer. Mas sabe que temos de tentar ou as tocas serão envenenadas. Vai até lá, até a Toca Sangrenta, para contar ao povo dele.

E salvá-los desse tal Keech, afirmou Folha de Chá. *Deixá-los prontos para lutar.*

Lutar contra Ottmar. É o que ele diz. Porém, não sei o que se passa em sua cabeça. Ele acha que vai perder o filho.

Pararam em uma praia ao meio-dia, comeram e descansaram, depois continuaram velejando. A mesma coisa no dia seguinte, e Tarl continuava sentado na proa e nunca falava. Foram bem longe no mar, passaram pelas três colinas e pelo Porto do Sal. Tarl desviou o olhar dali e apertou o pelo do Cão até ele latir.

— Tarl — disse Hari. — Já passamos. Ficou para trás.

Velejaram mais quatro dias, dormindo em enseadas escondidas à noite; e viram as mansões da cidade no alto dos penhascos, com as janelas cintilando à luz da alvorada, no quinto dia. Ficaram parados bem longe no mar o dia todo, esperando o anoitecer. Os penhascos marrons e as casas brancas entraram nas sombras. Bem além do Porto, a mancha escura das tocas se prolongava, subindo pela terra em ruínas. Cortinas de fumaça subiam, inclinando-se com o vento.

As tocas estão queimando, disse Hari.

A cidade está queimando, retrucou Pérola. Ela pensou na mulher, Tilly, e desejou que ela e o bebê, talvez já nascido, estivessem em segurança na casa perto dos muros da cidade.

Devíamos ter pintado nossa vela de preto, comentou Hari.

No período escuro antes de a lua surgir, viajaram passando por navios vazios atracados, sem fazer barulho, e entre dois embarcadouros desertos. Pérola baixou a vela e, juntos, ela e Hari desarmaram o mastro e o deitaram. Puxaram o barco para o cais mais próximo, até as estacas, e o amarraram ali.

— Tarl — chamou Hari, e finalmente o pai se mexeu.

— Hari, quando você estiver com a caixa, traga para mim. Nunca vou abrir, prometo. Mas vou usar para negociar com Ottmar. Será a minha arma. Não leve de volta para a colina. Traga-a para mim. — Falava apenas com metade de si mesmo, e Hari percebeu que o pai não acreditava que Pérola e ele teriam sucesso. Os dois estavam caminhando para a morte.

E pensou: *Morto ou não, eu perdi meu pai. Nunca vou permitir que ele fique com a caixa. Ninguém vai ficar com ela. Vamos colocar esse veneno de volta na colina, onde deve ficar.*

Uma profunda tristeza pelo pai tomou conta dele; também lamentava por si mesmo. Inclinou a cabeça para Tarl e mentiu:

— Sim, Tarl. Farei o que você está pedindo.

Pegaram suprimentos de água e comida e subiram pelas estacas, com o Cão nadando abaixo. Escondidos nas sombras dos prédios na base do embarcadouro, fizeram uma pausa e ouviram. Nenhum movimento.

Nenhum som, exceto, bem longe, na cidade, um estrondo oco vindo de uma arma de raios.

— Aonde você vai, Tarl?

— Para a Toca Sangrenta. — Tocou o ombro de Hari. — Encontre-se comigo lá.

— Encontro. — E falava sério. Quando a caixa estivesse em segurança nas cavernas, ele voltaria para encontrar o pai. — Tenha cuidado, Tarl. Keech é perspicaz. Ele é rápido.

— Vou fazer um pacto com ele. Vamos lutar juntos até a morte de Ottmar.

E depois?, pensou Hari.

Tarl não disse uma palavra a Pérola.

— Venha comigo, Cão. — E se afastou, contornando a lateral do prédio. O animal o seguiu correndo, sem olhar para trás.

O único caminho que Tarl conhece é a luta, comentou Hari.

Ele me odeia porque sou da Companhia, afirmou Pérola.

Não somos nada, agora. Você não é da Companhia e eu não sou da Toca Sangrenta.

Colocaram as sacolas de comida e água nas costas e percorreram discretamente ruas silenciosas a caminho do Porto. Tinha havido saques e varreduras. Também houvera assassinatos. Passaram por corpos que as matilhas e os ratos ainda não tinham encontrado. Devia ter comida o bastante para os animais em outros lugares, cadáveres suficientes. Hari guiava com cuidado. Ele não conhecia o Porto, exceto pelos acessos aquáticos sob o embarcadouro. Fora perigoso demais arriscar roubar nas ruas — havia Chicotes demais nas patrulhas. Agora eles tinham sumido, mas o silêncio e a quietude, as passagens escuras, os degraus descendentes e as janelas vazias pareciam ainda mais ameaçadores.

Aonde estamos indo?, indagou Pérola.

Para uma rua onde eu possa me orientar. Quando chegar lá, vou saber para onde seguir.

Chegaram ao local onde o Porto se unia à Toca do Bordel, no qual as mulheres se vendiam para marinheiros nos muros da fronteira, e os dois entraram na terra sem lei naquele intervalo. Hari encontrou um beco que conhecia e, em um instante, estava na porta do quartinho de Lo.

Lo morava aqui. Ele me ensinou a falar com os ratos e os cães.

SAL

E os cavalos, complementou Pérola, lembrando de Hubert sendo jogado de sua montaria.

Aprendi sozinho a falar com os cavalos. Lo me contou sobre a Companhia e as guerras.

Ele puxou a cortina. Um raio de luar atravessou a janela do quarto. O esqueleto do velho cintilou estupidamente no chão — um crânio esmagado, ossos cruzados, isso era tudo. Os cães foram eficientes.

Eles estavam famintos, pensou Hari. *Lo não teria se importado. E é melhor os cães do que os ratos.*

Deixou a cortina cair. Lo parecia estar longe dali. Lo tinha ido embora.

Fique perto de mim, Pérola. E sinta com a sua mente. Não deixe ninguém nos seguir. Vou sentir o caminho à frente.

Ela o deixou conduzir. Era ele quem conhecia a rota. A vez dela chegaria se tivessem de passar pela cidade.

Andaram pela Toca de Keg. Não havia vida nem nas ruas nem nas ruínas, no entanto havia sinais de luta por toda parte.

Keech e Keg lutaram aqui. As mulheres do Bordel também. Veja aquele corpo. Ainda está segurando a faca, apontou Hari.

Mas é apenas uma criança.

A gente amadurece rápido nas tocas. Keech ganhou essa luta. Keg deve estar morto. Além das mulheres que lideraram o Bordel. As que sobreviveram provavelmente estão no exército de Keech agora.

Onde ele estará?

Na Toca de Keech. Mas deve haver batedores. Precisamos ter cuidado.

Ouviram gritos agudos vindos de longe e de perto, escutaram gemidos atrás das passagens e, em um momento, descendo uma rua comprida, viram uma fogueira vermelha com figuras negras dançando em frente a ela.

Onde é a Toca Sangrenta?

Bem distante de Keech. Tarl vai tentar unir os dois lados. Mas terá de fazer isso rápido.

Passaram por cima de pilhas de escombros e engatinharam sob arcos, deslizando por esgotos debaixo de locais abertos que tinham sido ruas largas.

Agora estamos na Toca Sangrenta, esclareceu Hari.

Ouço cães.

Eles estão na Praça do Povo.

Hari deslizou por uma parede quebrada e entrou num prédio, escalou uma viga arrebentada até cômodos mais altos e correu em direção ao som distante. Logo chegou ao salão com piso de mosaico onde se escondeu por segurança no dia em que Tarl fora levado. Pérola vinha ofegando atrás dele.

Não estamos nos afastando da cidade?, perguntou.

Quero ver o que está acontecendo com Tarl.

Ele correu pelo salão e escalou pisos inclinados e móveis esmagados, passou pelo buraco no piso do Portão Leste, contornando a praça até chegar à janela de onde, naquele dia que já parecia tão distante, ele tinha ficado deitado e observado os Chicotes acorrentarem seu pai a uma carroça e arrastá-lo para longe.

Ficou deitado e espiou pelo buraco, depois retirou uma madeira podre para Pérola quando ela se deitou ao lado dele.

Não havia som de cães agora, mas o fedor de uma matilha sobressaía no ar. Hari não viu no início — em vez disso, olhou para o pântano, com Cowl, o Libertador, erguendo a cabeça verde da água e segurando a espada no alto. Depois avistou os cães abaixo de si e viu Tarl.

Era a matilha da qual Hari tinha roubado o cachorro preto e caramelo — agora chamado de Cão. A matilha estava mais forte agora, com o dobro de animais, mas o velho cão de caça com focinho cinza ainda liderava. E Hari viu de imediato que o Cão o desafiara. Os dois estavam de pé em um espaço amplo, o líder na frente da matilha e o Cão do outro lado, com Tarl uns dez passos atrás. Tarl não interferiria, não abertamente. Era uma luta de líderes.

Eles circulavam um ao outro, rosnando, e Hari pensou: *O Cão vai perder. Depois vão matar Tarl.*

O líder da matilha era alto, de corpo robusto, cabeça forte, mandíbula longa e cheio de cicatrizes após tantas brigas. Ainda assim, demonstrou incerteza quando o cão menor o circundou com os dentes à mostra. O Cão não era o animal doente que Hari ordenara a segui-lo. Não mancava mais. O repouso na vila, a comida de qualidade e a fartura de alimentos tinham-no fortalecido. Estava com o peito grande, a cabeça larga e achatada parecia mais ossuda, e a boca tinha dentes afiados inclinados para trás e outros grossos mais no fundo do maxilar. Ele tremia com a força e a energia reprimidas.

SAL

O momento do ataque foi rápido demais para ver. Foi o Cão que se moveu, indo não em direção ao pescoço do líder, como Hari esperava, mas a uma de suas pernas dianteiras, quebrando-a com uma única mordida...

Hari disse: *Tarl o está ajudando. Ouvi a voz dele.*

Pérola se afastou da janela. Fechou os olhos e colocou os dedos nos ouvidos. Hari não a culpava. Queria fazer o mesmo.

Agora a garganta, disse a voz de Tarl, e o Cão obedeceu, e quase tão veloz quanto tinha começado, a luta acabou.

O Cão apertou a mordida, sacudiu o oponente, rasgou sua pele e depois se afastou, uivando pelo triunfo. Tarl estava de pé sem se mexer. A matilha correu adiante e dilacerou o corpo do líder até só haver restos de pelo e ossos quebrados.

Acabou, Pérola.

Podemos ir?

Há pessoas se aproximando.

Eles rastejaram por buracos e passagens, contornando a Praça do Povo.

Tarl esperou. Mais uma vez, Hari ouviu a voz dele falando com o Cão. *Traga os cães que estão atrás de você. Diga que teremos comida. Diga a eles que sou seu amigo.*

O Cão deu três latidos curtos, e os animais passaram por ele e se amontoaram num canto. Ele se empertigou de um lado para o outro na frente deles. Hari não conseguiu ouvir o que ele disse.

As pessoas se aproximaram furtivamente. Carregavam facas e lanças e estacas de madeira quebrada e clavas feitas de ferro e pedra.

Tarl atravessou a matilha e parou ao lado do Cão. Enfrentou a multidão que aumentava e impediu seu progresso levantando a mão.

— Sou Tarl — anunciou. — Voltei do Sal Profundo.

Um assobio percorreu a aglomeração de pessoas, um sussurro que se aprofundou, nem de crença nem de descrença, até a voz de uma mulher no fundo gritar:

— Ninguém volta do Sal Profundo.

— Sou Tarl. Tarl volta. Olhem para mim. Este é meu braço direito. Esta é minha arma. — Ele afastou o cabelo da testa. — E esta é a queimadura que a Companhia fez em mim quando fui levado.

— Ninguém volta de lá. Você roubou a forma dele.

— Você o devorou.

— Você comeu a alma dele.

— Você não é Tarl.

Eles vão matá-lo, sussurrou Pérola.

Não. Meu pai mudou.

Tarl avistou um homem, um sujeito atarracado com rosto saliente, e disse:

— Trabert, estou ouvindo sua voz. Você se nomeou líder da Toca Sangrenta? Gostaria de lutar comigo do mesmo jeito que os cães?

— Ninguém lidera. E ninguém luta com um fantasma.

Tarl sorriu. Levantou a faca e passou a ponta pelo maxilar. O sangue pingou em seu peito.

— Fantasmas sangram?

Mais uma vez a multidão sibilou, enquanto os cães ganiram com o cheiro de sangue.

Uma mulher gritou:

— Se você é Tarl e não está morto, seu filho Hari também está vivo?

— Ele se afogou — gritou outro. — Nós vimos ele se afogar no pântano. Perto do muro.

— Não — respondeu Tarl. — Ele nadou. Encontrou um buraco no muro e saiu do outro lado. Hari está vivo. Hari consegue se mover nas sombras. Hari pode passar sem ser visto. Ele foi roubar a arma que Ottmar encontrou no Sal Profundo. Uma arma que queima os homens e os transforma em pó. Ele vai trazê-la, e nós vamos lutar contra Ottmar e transformá-lo em pó.

Ele falou em silêncio com o Cão: *Faça sua matilha uivar.*

O Cão levantou o focinho e deu um uivo, e a matilha toda o imitou — um som que fez Pérola e Hari se encolherem na janela. Quando terminaram, Tarl gritou:

— Os cães sabem. Eles vão me seguir. Vocês também vão me seguir?

— Homens não andam com cães — disse Trabert, embora seus olhos se movimentassem rapidamente, temerosos.

— Os tempos mudaram. E os homens... os homens da Toca Sangrenta... devem mudar também. A Companhia se foi, mas não se foi. A Companhia agora se chama Ottmar, e ele é pior. Planeja matar todos nós com essa arma. Devemos nos unir a Keech e esperar. Você, Trabert, você, Wonk, agiram com sabedoria. Deixaram Ottmar e o exército de escrivães lutarem, e os trabalhadores também. Eles lutam uns contra os outros. Mas não devemos

SAL

147

copiá-los e lutar contra Keech. Devemos nos unir a ele, aguardar e ficar de prontidão. Quando eles exaurirem uns aos outros, aí nós atacaremos. As tocas atacarão. Lutaremos do nosso jeito: nas passagens, nos buracos no chão. Atacaremos e fugiremos. Seremos sombras. Sombras com facas, rápidas demais para suas armas de raios. Eles nunca irão nos ver. E também teremos a arma de Ottmar, quando Hari a trouxer. Quando terminar, a cidade voltará a ser nossa, e seu nome será Pertence, como era antes de a Companhia chegar.

— E quem vai governar? A Toca Sangrenta ou Keech? — indagou Trabert.

— Isso é assunto para outro dia. Vou ver com Keech. Mas, agora, neste momento, vocês vão me seguir?

Vão, disse Hari. *Eles vão segui-lo.*

E se afastou da janela.

Venha, Pérola. Ele se levantou e pegou-a pela mão, ajudando a garota a ficar de pé. *Vamos encontrar a caixa de Ottmar e devolvê-la à colina morta antes que alguém a abra e mate a cidade e o mundo.*

DOZE

Eles passaram a noite e o dia seguinte no quarto onde Tarl mantinha suas armas e alimentos, sabendo que ele estaria ocupado demais na Praça do Povo para ir tão longe.

Quando começou a escurecer, os dois caminharam ao longo dos muros da cidade. Um bueiro com água da chuva corria e desembocava em um canal que dava no mar. Na época da Companhia, havia guardas para impedir que os homens das tocas rastejassem ali para dentro. Agora estava desprotegido, um buraco negro nos blocos de pedra encaixados.

Eu jamais conseguiria entrar aí, mas saí desse buraco uma vez, vindo do Complexo, para saber o caminho no caso de eu precisar fugir, disse Hari.

Onde sairemos?

Ao lado da casa com a bandeira que tem uma chama amarela.

Casa Sinclair.

Os ratos são pequenos. Eles não atrapalham.

Não tenho medo de ratos, Hari. Não tenho medo de nada agora.

Vamos entrar na escuridão antes que a lua apareça.

O bueiro era alto o suficiente para os dois andarem de pé. Não tinha mais do que dois centímetros de água. Pequenas entradas apareciam nas laterais e havia várias no teto, que pingavam. Seguiram o dreno principal até ficarem sob a cidade. Hari parou em um dreno lateral.

Agora rastejemos — e esperemos que não chova, ou seremos levados pela água. Ele apagou a tocha que tinha acendido na entrada. *Subimos usando o tato.*

As laterais eram escorregadias. Eles tiveram de usar os joelhos e os cotovelos para subir. Nos locais mais íngremes, usaram apoios de ferro fixados na parede. Os dois subiram com facilidade, fortalecidos pela longa caminhada através das montanhas e da selva e pela navegação no barco. Mas Hari sentia um incômodo crescente na mente de Pérola conforme eles escalavam em direção ao local onde ela havia morado. A determinação dela, no entanto, era equivalente à dele. Hari tinha visto a luz verde, os ratos com formas alteradas, e queria levar o sal envenenado que os criara de volta à escuridão onde pertencia. Pérola queria tirá-lo do homem que assassinara sua família e impedir que ele matasse mais alguém.

Uma luz vazou do alto para dentro do bueiro.

Estamos quase na rua. A lua já apareceu. Não há uma saída do bueiro, apenas uma abertura no meio-fio. Temos de tirar as mochilas para passar.

Ele espiou para fora e fez uma checagem mental.

Ninguém está vigiando aqui. As casas parecem vazias.

Estarão cheias na outra ponta, disse Pérola. *Nas Casas Ottmar, Kruger e Bowles.*

Só tem uma sentinela nos muros. Ele deve ter convocado todos os homens sobressalentes para seu exército.

Hari tirou a mochila e a empurrou para a rua. Deslizou pela abertura no meio-fio. Pérola o seguiu.

Há cães uivando lá embaixo, disse ela. *Vem das tocas?*

É a matilha de Tarl. Ele deve estar se reunindo com Keech.

A sentinela estava ouvindo o barulho, com as costas para a rua. Pérola e Hari passaram correndo; e, agora, no local onde ela havia morado por toda a vida, Pérola conduzia — *embora*, pensou Hari, *eu conheça este lugar tão bem quanto ela. Já espionei todos os esconderijos dos penhascos.*

Eles escalaram a grade da Casa Sinclair, onde a grama alta, sem corte, se emaranhava em seus pés, e os arbustos aparados tinham crescido no alto. O lixo estava espalhado pelos caminhos e canteiros de flores. A casa devia ter sido usada como alojamento antes de Ottmar enviar suas tropas à cidade para lutar.

Pérola e Hari contornaram a casa furtivamente até os fundos. Fizeram checagens mentais em busca de vigias escondidos. Nenhum. A Casa Parlane e a Casa Bassett ficavam mais adiante, com amplos parques que seguiam até a beira dos penhascos.

Há soldados ali.

É outro alojamento.

Homens exaustos estavam deitados, dormindo na grama, ou descansando encostados nas paredes com as cabeças pendendo.

Eles estiveram numa batalha, disse Pérola. *A casa deve estar cheia. Fico feliz por não ter de entrar.*

Há um caminho ao longo do penhasco. Vamos por lá.

Correram pelos jardins da Casa Bassett, agachando-se nas partes baixas do muro que a separava da Casa Bowles. Subiram pela parte mais distante e ficaram escondidos das mansões por cercas vivas que cresciam de modo irregular e árvores ornamentais que estavam perdendo a forma. Uma cerca de ferro moldado separava o caminho da beira do penhasco. Pérola parou em um banquinho para apreciar a vista do mar e da costa.

Quero me sentar um pouco, Hari.

Tinha estado ali com Folha de Chá em noites elegantes e também nas noites em que a Casa Bowles dormia e a mulher lhe ensinara os nomes das estrelas e contara como a lua controlava as marés e por que os ventos sopravam e muitas outras coisas. Tinham observado o porto movimentado, com ruas marcadas por lamparinas a gás, e os navios atracados no embarcadouro, carregando grãos e carvão e chá e madeira — e sal, lembrou-se com um tremor. Agora o porto estava escuro, não havia nenhuma luz a ser vista, exceto pelo brilho enfraquecido de um depósito queimado por saqueadores.

Na outra direção, o penhasco avançava com protuberâncias para o mar. Ela não olhara nessa direção, e Folha de Chá não lhe contara suas histórias, mas ela as ouvira de qualquer maneira, nas conversas das crianças, e sabia que, no local onde o parque entre a Casa Bowles e a Casa Ottmar descia para o penhasco, apertado como um punho sobre o recife negro bem abaixo, as Famílias tinham sido assassinadas nos velhos tempos, antes de a Companhia fazer sua grande conquista na Guerra. No fim, Folha de Chá lhe contara essa parte. Isso explicava o monumento erguido ali: a mão de mármore branco, a mão da Companhia, sobre uma base, com os dedos encurvados de agonia ou vingança.

Pérola sentou-se no banquinho. Hari sentou-se ao seu lado e esperou. Ela olhou para o outro lado do parque em que a mão estava (enquanto Hari se lembrava de que sempre cuspia quando passava por ali) e viu a rocha que sobressaía adiante. Ottmar estava usando a rocha para matar pessoas de novo. Ela se lembrou da própria família, encontrou boas memórias, e lágrimas começaram a descer pelo seu rosto.

Flor, pensou ela. *Flor costumava me fazer usar seus vestidos velhos quando eu era pequena. Ela penteava meu cabelo e o amarrava com fitas. Flor realmente deveria ter sido uma criada. Isso a faria feliz. E Hubert amava os cavalos mais do que as pessoas. Hubert deveria ter sido um cavalariço.* Não conseguia pensar em nada que o pai deveria ter sido, nem a mãe nem William nem George, mas chorou por todos eles da mesma forma. Depois de um tempo, secou os olhos e se levantou.

Terminei.

É um jeito rápido de morrer, disse Hari.

Fique quieto, Hari.

Eles atravessaram o parque, deixando o penhasco para trás. O muro que separava a Casa Ottmar era mais alto que o que separava a Casa Bowles e o parque. Pérola subiu nos ombros de Hari e deu impulso para se alavancar.

Não há ninguém aqui, mas a casa está iluminada.

Ela estendeu a mão, Hari pulou para segurá-la e foi até o topo.

Não há som de luta na cidade. Ottmar deve ter voltado. Provavelmente há guardas na casa.

Entretanto nenhum nos jardins. Eles acham que não há perigo aqui fora.

A mansão estava iluminada apenas no térreo. Pérola e Hari desceram pulando e correram, depois pararam e começaram a rastejar, tentando perceber qualquer um que pudesse estar escondido nas cercas vivas ou nas árvores que floresciam. Esperaram enquanto uma nova sentinela assumia o lugar de outra na porta dos fundos. O soldado que deixou o serviço caminhou até uma fonte no gramado, onde respingou água no rosto e bebeu dela com as mãos em forma de concha.

São soldados, e não Chicotes, afirmou Pérola.

Armas de raios, e não luvas, completou Hari.

Eu pego o que está na porta. Você pega o que está no canto.

Ele deu de ombros, depois sorriu. Tinha crescido com mulheres que ficavam caladas até que lhes pedissem para falar. Tudo estava mudando. Percebeu que não se importava.

Pérola engatinhou até a fonte, onde a luz das janelas já alcançava. Viu Hari de relance atrás da cerca viva no canto da casa; sentiu a mente dele se expandir e imobilizar a sentinela. Ela se levantou e caminhou em direção ao homem na porta. Ele se endireitou, deu uma espécie de grito — ela havia aparecido como um fantasma —, depois desceu o rifle de raios do ombro. Mas ela estava perto o suficiente: *Fique parado*, disse Pérola, do mesmo modo que ouvira Folha de Chá falar na noite em que as duas escaparam.

Com a boca aberta, o rifle apontando acima da cabeça de Pérola, ele obedeceu, embora ela tivesse sentido uma guinada de rebeldia nele antes de conseguir controlá-lo. Precisava melhorar nisso. Andou até o homem, pisando macio na grama.

Coloque o rifle no ombro. Fique no seu lugar.

Ele obedeceu.

Hari?, chamou.

Sim, já o controlei. Fácil.

Ela duvidava disso.

Então venha, antes que apareça mais alguém.

Ele correu de volta na escuridão, evitando as janelas iluminadas, depois atravessou o gramado por trás da fonte.

Pérola disse à sentinela: *Ninguém esteve aqui. Você não viu ninguém.* Forçou toda a mente para o comando e viu os olhos dele se anestesiarem.

Pergunte a ele, começou Hari.

Quieto, Hari. Ela sabia o que dizer: *Onde está Ottmar?*

— Na sala de guerra com seus comandantes — respondeu o homem, sem expressão.

Onde está Kyle-Ott?

— Com eles.

Há guardas na casa?

— Do lado de fora da sala de guerra. E na porta da frente e no portão.

Onde Ottmar guarda o sal?

Ela quase o perdeu. Ele saiu brevemente do transe, seus olhos aparentaram um brilho de consciência, e Hari, atrás dela, disse: *Fique parado.*

É um caminho estreito, sussurrou ele para Pérola. *Precisamos segurá-los ali e não deixá-los escapar.*

Sim. Ela reforçou o comando de Hari: *Fique parado.* Depois falou: *Ottmar tem uma nova arma. Onde ela é guardada?*

A sentinela pareceu pensar, e ela sentiu memórias circulando como um peixe lento na mente do homem. Então, ele disse:

— Alguns homens vieram com uma caixa.

Há quanto tempo?

— Seis dias.

Para onde a levaram?

— Para o porão, onde os criados dormem.

Em que parte? Na dos homens ou na das mulheres?

— Na das mulheres.

Ainda estão lá?

— Elas não saíram.

Então fique no seu posto. Esqueça que nos viu. Quando sairmos, nós nunca estivemos aqui.

Eles esgueiraram-se pela porta aberta até o saguão de entrada dos fundos. Pérola havia frequentado banquetes e bailes naquela mansão, onde, apenas recentemente, percebera o olhar de Ottmar, e também o de Kyle-Ott, mas nunca tinha estado naquela parte da casa. Os grandes salões ficavam mais adiante — a sala de recepção, a sala de jantar, o salão de baile, as galerias, enquanto as salas de estar e os quartos ficavam no andar de cima —, mas, naquela entrada dos fundos, só havia cozinhas e copas. A sala de guerra, imaginou Pérola, era o antigo salão de baile. Ottmar escolheria o espaço maior para fazer seus planos.

Escadas para o porão desciam pelos dois lados. Pérola não sabia qual das duas levava ao dormitório das mulheres, mas sentiu um cheiro feminino, um suor feminino à esquerda e virou-se para esse lado. Os dois desceram cuidadosamente por degraus sem iluminação, tateando o caminho. Na parte inferior, encontraram o cômodo onde as criadas se alimentavam. Mesas e cadeiras estavam afastadas para perto da parede, dando espaço para camas de madeira, jogadas como se fossem formar uma fogueira. O dormitório provavelmente fora esvaziado para abrir caminho para os homens que trabalhavam com o sal.

Eles vasculharam o cômodo, abriram uma porta em silêncio na extremidade oposta e espiaram por um corredor iluminado com uma lamparina no fim. Um guarda estava de pé no meio do caminho, com a cabeça nas sombras e os pés em uma tira de luz que passava por baixo de uma porta.

Há outro corredor para o lado de fora, observou Hari, *então deve haver uma entrada pelos fundos.*

Ele se esgueirou para sair do quarto e foi engolido por uma caverna escura. Pérola o seguiu.

Foram parar em um corredor mais estreito. No fim, uma luz fraca se espalhava por baixo de outra porta. Andando suavemente, preocupados com as tábuas rangerem, deslocaram-se até a porta e procuraram por pessoas do lado contrário.

Dois homens. Na parte mais distante, disse Pérola.

Estão com medo. Sinta o medo deles. O sal está aqui.

Como você sabe?

Já estive perto dele. Mas não há luz. Devem estar mantendo a caixa fechada.

Ele girou a maçaneta da porta, segurando-a com força para não ranger.

Pare um instante, Hari, pediu Pérola. *Vou fazer os dois olharem para o outro lado.*

Como?

Folha de Chá me ensinou enquanto você estava com Danatok, procurando por Tarl.

Ela enviou comandos suaves, como sopros de brisa através de um gramado, curvando os caules e fazendo as sementes oscilarem: *Vejam para onde o vento sopra. Vejam para onde ele vai.*

Agora eles estão olhando para o outro lado, disse Pérola.

Observando a grama. Você vai ter que me ensinar isso qualquer dia, disse Hari.

Abra a porta. Faça isso silenciosamente.

Eles se esgueiraram para dentro, e Hari fechou a porta.

O cômodo era maior do que a sala de refeições. Ao longo de uma parede na parte mais distante havia uma mesa comprida com baldes de água em cima para a lavagem. Cubículos de latrinas com portas abertas se alinhavam na parede oposta. Mais além, outras camas de madeira estavam amontoadas, escondendo a parte mais distante do local, onde duas lamparinas a gás brilhavam no teto.

Eles ouviram o som de botas pesadas sobre o piso de madeira. Depois vieram vozes, ressoando como se estivessem em um lugar oco.

— Quantos são?

— Cem.

— Precisamos enchê-los devagar. Só três ou quatro por noite. É muito perigoso.

— Ele quer tudo agora.

— Vamos falar com ele...

SAL
155

A outra voz interrompeu:

— Falar o quê? Você vai contar a Ottmar? Eu vou?

— Mas, Slade, a radiação está escapando. Está atravessando o chumbo e os trajes. Nós dois estamos doentes. Isso está nos matando.

— Ottmar está nos matando.

— Precisamos sair daqui. — O homem começou a chorar, com a voz fraca, como uma criança adoentada.

— Cale a boca, Coney — disse o outro.

Agachados e movendo-se com cuidado, Pérola e Hari se esconderam atrás da pilha de camas e olharam por uma treliça formada por pernas de mobília quebradas e tortas. Dois homens usando trajes de metal cinza — o chumbo do qual eles falavam, supôs Hari — estavam de pé sob as lamparinas. Na frente deles, em cima de uma mesa, havia uma pequena caixa achatada feita do mesmo metal.

É aquilo?, perguntou Pérola.

Deve ser.

É menor que a minha caixa de joias. E se eles abrirem a tampa?

Eles não vão abrir, é selada. De qualquer maneira, eles estão com medo. Pérola, precisamos tirar essa caixa daqui rápido e colocar de volta no Sal Profundo. Você os ouviu, eles estão doentes por causa disso, mesmo dentro dos trajes que estão usando.

Eu pego o mais distante, você o mais próximo. Seguramos os dois com força. Mas o que fazemos depois?

Pegamos a caixa e corremos.

Só isso?

Consegue pensar em algo melhor? Se conseguirmos entrar no esgoto, estaremos em segurança. Está pronta?

Espere. Espere.

Ela colocou a mão no braço dele, mantendo-o parado, e ouviu de novo o som que a alertou antes.

Passos, disse Hari.

Alguém está vindo.

Se usarem a porta atrás de nós, seremos capturados.

Os passos se aproximaram, e Hari suspirou.

Eles passaram pelo corredor pequeno, observou Pérola. *Estão parando perto do guarda.*

Ouviram um deles andar batendo os pés, chamando atenção. A porta foi aberta com um empurrão, e um homem com uniforme de Chicote de Ottmar entrou subitamente, brandindo um rifle de raios para cobrir a sala.

— Seguro — gritou ele.

Outro homem, mais velho, entrou e o empurrou para o lado.

— Rei Ottmar. Lorde Kyle-Ott — gritou.

Os homens à mesa se viraram, lentos e pesados em seus trajes de metal. Tentaram ficar atentos. Mais passos soaram no corredor.

Ottmar passou pela porta, e Pérola quase deu um grito ao vê-lo. Era um homem grande, por pouco não ocupava todo o vão da porta. Ela não se lembrava de ele ser tão largo e tão gordo, mas talvez a nova importância o tivesse inchado: Rei Ottmar. Ele havia jantado na sala de guerra, e seu rosto brilhava, vermelho, por causa da comida e do vinho — como ela o vira do outro lado da mesa apenas alguns meses antes, em um jantar na Casa Bowles, arranjado por seu pai para fazer a corte de Ottmar ficar ainda pior. Ele não parecia ter percebido a garota, estava mais interessado na carne, em estalar os dedos para encherem sua taça de vinho, mas, de vez em quando, ela sentia os olhos dele pousarem sobre seu rosto e percebera que aquele homem a usaria por um tempo, para aumentar sua importância e para seu prazer, e depois a descartaria. Pérola tinha sentido quando ele tomara um gole do medo dela como se fosse vinho, o vira beber do copo e bochechar o líquido na boca, e ouvira o som da ganância nele quando, por fim, engolira. Se não fosse por Folha de Chá, perto da parede com as criadas pessoais, dizendo-lhe para ficar calma, ela teria pulado e fugido da mesa.

Agora ele estava de novo na mesma sala que ela, a menos de dez passos de distância. A cabeça raspada brilhava com um branco amarelado. O peso parecia ter deslizado da cabeça para as bochechas e a papada, deixando o crânio frágil, mas rolos de gordura derretiam-se uns sobre os outros no pescoço. O uniforme que usava, de veludo e seda, enfeitado com brocado e medalhas recém-cunhadas, brilhava com cores do arco-íris, azul e amarelo e vermelho. Um odor de suor avançou com ele até o dormitório, não sendo encoberto pelos perfumes que usava; o cheiro, pensou Pérola, era da cobiça pelo poder, da cobiça por esmagar tudo e recriar tudo à sua imagem.

Kyle-Ott seguia-o e parou um passo atrás. Mas tinha a mesma cobiça. Estava em seus olhos, inquieta, empurrando tudo para trás e deixando tudo menor. Pérola viu como o fogo o marcara: tinha uma cicatriz pálida, curvada como uma lâmina de faca, na bochecha.

Hari?

Nem respire.

Ele sentiu a ameaça de Ottmar — sentiu que o homem percebia que algo estava errado no ambiente; identificava o cheiro de alguma coisa, talvez. Seus olhos — pequenos, fundos, assumindo a intensidade da escuridão que os escondia — vasculharam cada canto e pareceram atravessar o emaranhado de camas até o rosto de Hari. O garoto fechou os olhos devagar, de modo que nenhum brilho ou movimento captasse a atenção de Ottmar.

O homem virou-se para o outro lado.

— Esta sala precisa ser esvaziada. Façam isso de manhã.

— Sim, senhor — falou o Chicote-chefe.

— E coloque dois guardas na porta, não um. Agora — virou-se para Slade e Coney —, estão prontos?

— Prontos, meu Lorde — respondeu um dos homens em trajes de chumbo.

— Mostre-me. — E foi até a mesa. — O sal está aí? — Indicou a caixa.

— Sim, senhor. Trancado aí dentro.

— Há suficiente?

— Suficiente para mil balas se precisar, com um grão de sal embutido em cada uma. Mas, Lorde Ottmar, Majestade...

— Onde estão as balas?

O homem caminhou, ponderadamente, até a mesa.

— Aqui, senhor.

Os objetos, enfileirados sobre a superfície, pareciam ratos. Hari e Pérola não conseguiram ver o que eram.

— Quantos? — indagou Ottmar.

— Cem.

— O bastante. Carregue-os pela manhã.

— Senhor...

— Pela manhã. Se não estiverem prontos, arrancarei seus trajes para ver se isso faz vocês trabalharem mais rápido.

— Pai — disse Kyle-Ott —, é preciso guardar uma bala. Quando eu encontrar a garota, Pérola Radiante, vou trancá-la num quarto escuro e obrigá-la a abrir. Assim, ela vai queimar do mesmo jeito que me queimou.

Pérola sentiu o ódio do jovem. A fúria dele a encontrou através das pernas de cama quebradas. Ela mergulhou fundo em si mesma, onde ele não conseguisse alcançá-la; e, segura ali, viu que o ódio o transformava em uma criatura trancada em si mesma, sem saída. Viu que aquilo o deixava sem forças e sentiu pena dele.

— Pode fazer o que quiser com a garota — respondeu Ottmar. — Mas fique atrás de mim, lembre-se do seu lugar. — E virou-se para Slade e Coney. — Ao amanhecer.

Os Chicotes deram espaço, e Ottmar saiu da sala a passos largos. Kyle-Ott apressou-se atrás dele. A porta bateu com força e ambos marcharam de volta pelo corredor.

— Somos homens mortos — sussurrou Coney.

— Amanhã ele vai nos pagar. Aí vou comer e beber e comprar uma mulher para mim. Faça o mesmo — recomendou Slade.

— Estamos mortos.

— Os mortos vão brincar. Agora, Coney, trabalhe. — Ele levantou a caixa.

— Não — gritou Coney —, deixe o lacre. Abra as balas.

Pérola colocou a mão no braço de Hari: *Agora,* disse.

Pegue-os com força, Pérola. Esses trajes de metal podem nos isolar do mesmo jeito que isolam o sal.

Eles se levantaram e andaram em silêncio até os homens, que estavam de costas na ponta mais distante da mesa.

Slade, chamou Pérola, fazendo Hari parar. Ele tinha pensado em pegá-lo também.

Coney, pronunciou ele, mentalmente, usando toda a sua força, empurrando-a como uma lança através do capacete de chumbo até o fundo da cabeça do homem.

Vire-se e olhe para mim, Slade, ordenou Pérola.

Vire-se, Coney, repetiu Hari.

Os homens viraram-se devagar. Seus olhos fitavam a distância com estupidez através das placas de vidro de seus capacetes.

Diga, pediu Hari, *o que são essas coisas sobre a mesa?*

— Balas — afirmou Coney em uma voz grossa.

Como serão usadas?, indagou Pérola.

— Para atirar na cidade e matar o exército rebelde — assegurou Slade.

SAL

159

Explique como, determinou Hari, mantendo Coney parado e unindo-se a Pérola na mente de Slade. O guarda pegou um dos objetos da mesa. Não tinha formato de bala, mas era feito do metal cinza: chumbo.

— É articulada em um dos lados. Ela abre — explicou Slade.

Hari entendeu. *E dentro há um buraco para colocar um grão de Sal Profundo? Um grão?*

— Um é suficiente.

Como Ottmar vai dispará-las?, perguntou Pérola.

— Ele construiu um canhão nos muros da cidade. Vai atirar as balas como se fossem sementes. Todas são lacradas, mas vão se abrir quando atingirem algo, e o grão de sal vai voar para fora. Depois...

A luz ficará livre na cidade e todos vão morrer.

— Esse é o plano de Ottmar. Depois vamos descer com nossos trajes de chumbo e encontrar cada grão seguindo a luz que ele emite, e vamos colocá-los na caixa de novo.

E ele vai matar as tocas do mesmo jeito?, indagou Hari.

— Sim, as tocas. Depois os exércitos rebeldes do sul.

E a si mesmo.

— Não contamos isso a ele. Ottmar não acreditaria em nós. Ele só acredita em Ottmar, o Rei.

Hari, pegue a caixa e vá, disse Pérola.

Espere, pediu ele. *Slade, você vai fazer o seguinte. As balas estão vazias?*

— Sim, vazias.

Lacre todas elas. Quando Ottmar enviar seus homens de manhã, diga que há um grão de sal dentro de cada uma. Eles não vão verificar, pois terão medo. Vão levá-las até Ottmar. Quando é que o canhão vai atirá-las na cidade?

— À noite, para que Ottmar possa ficar sobre a colina e observar as luzes de sal surgirem.

Ele sabe que vai matar todas as coisas vivas?

— Ele sabe, ou não. Ottmar não é como os outros homens. Ele ordenou que encontrássemos um jeito de tornar o sal seguro apenas para ele.

Ninguém pode fazer isso.

— Ninguém.

O homem pareceu falar com satisfação. Ele e Coney eram mais fáceis de controlar do que Hari tinha esperado. Talvez fosse porque eles estavam com medo; o medo os enfraquecera e os deixara abertos. Mas, ainda assim, Slade mantinha o suficiente de si mesmo para sentir prazer pela morte de todos, quase saboreando cada um que morria e sorrindo da cena. Hari afastou-se, horrorizado. Depois, impulsionou sua mente de volta para ele, reduzindo-o a algo mais insignificante do que um rato.

Eu poderia matá-lo, pensou; e sentiu algo se contorcer dentro dele como a doença na caverna, quando chegou próximo da luz verde.

Não, Hari, gritou Pérola. *Não é para isso que somos capazes de entrar neles.*

Não consigo impedir.

Consegue, sim. Ouça o seu nome. E sussurrou para ele: *Hari, Hari.* Ele o reconheceu, segurou-o com força, colocou-o bem no fundo da mente e recuou de pouco em pouco do local negro onde havia estado. A doença saiu gradualmente dele. Respirou fundo, afastando-se de Slade.

Você está bem?

Pérola, há uma outra voz. Eu a ouvi. Quase fui até ela.

É a que Ottmar ouve, Hari. E Kyle-Ott. Mas nós escutamos outra voz, uma que eles não ouvem. Agora venha, precisamos ir.

Sim, vamos embora daqui. Faça esses homens esquecerem. Não quero mais falar com eles.

Ele andou ao lado da mesa e pegou a caixa de chumbo, o peso quase o fez deixá-la cair. Era quente, como o corpo de um rato que acabou de morrer. Abriu a mochila e enfiou a caixa dentro, ansioso por tirá-la das mãos.

Pérola falou com Coney. O medo o enfraquecera tanto que ele estava deitado como uma criança num berço. Trouxe Slade de volta do estado em que Hari o deixara. Disse a ele que ninguém, além de Ottmar e seu filho, estivera ali. O tempo tinha parado quando eles saíram e começaria de novo quando o relógio na parede marcasse meia-noite. Ele e Coney fechariam e lacrariam as balas e as dariam aos soldados que chegassem pela manhã. Diriam que a caixa do sal tinha sido guardada de volta no cofre de chumbo. Só isso. Exceto — Pérola hesitou — exceto que os aconselhou: *Saiam daqui, se puderem, vão para o mais longe possível, antes que Ottmar descubra que as balas estão vazias.*

Os homens ficaram parados como estátuas de gesso, sem sequer mexer os olhos.

Venha, Hari.

SAL

161

Foram até a porta além das camas quebradas e saíram sem fazer barulho. Os dois se esgueiraram pela sala de refeições das mulheres e subiram as escadas. A sentinela estava de pé em seu posto do lado de fora. Pérola roubou sua consciência, depois fez a outra sentinela que estava em um canto observar a brisa que fazia ondular o gramado distante. Correram até a fonte e em direção à escuridão.

A jornada pela beira do penhasco, escalando os muros, atravessando os jardins, levou mais tempo. Hari estava pesado por causa da caixa. Ele gemia enquanto corria, e não entendia por que lágrimas escorriam pelo seu rosto e por que elas pareciam vir do sal, e não de si mesmo.

Pérola fez a sentinela do muro olhar para as tocas enquanto ela e Hari atravessavam a rua e se comprimiam para entrar no bueiro. O relógio de Ottmar marcou meia-noite — um som agonizante — enquanto eles desciam pelos estreitos caminhos molhados. Hari usava a mochila na frente quando eles deslizavam de costas nas inclinações. No esgoto maior, Pérola conseguiu acender a tocha e liderar em um ritmo constante e rápido. Ela desacelerou na entrada, e Hari assumiu a liderança, mantendo os dois no bueiro que escoava no mar. Em alguns lugares, havia demarcações com pedras, mas a maior parte dos muros tinha desmoronado. Hari não conseguiria pensar numa forma tão perfeita de emboscada, mas ouvia, bem ao longe, o uivo dos cães, acentuado como se alguém o controlasse. Supôs que a reunião ainda estivesse acontecendo, e talvez uma aliança fosse concretizada, na Toca Sangrenta ou em Keech. Todas as tocas estariam lá.

Tarl, mentalizou ele, *tenha cuidado*, mas não teve forças para mais do que isso, porque a caixa, mantendo o calor e o peso contra seu corpo, parecia consumi-lo de outra maneira.

Chegaram ao local onde o canal desembocava no mar.

Vamos por aqui, agora, até o embarcadouro.

Becos escuros, passagens ocultas que ele não conhecia. Chamou Pérola para seu lado e a deixou perscrutar se havia homens escondidos, mulheres também. Estava quase amanhecendo quando chegaram ao cais que escondia seu barco. Nadaram pelas estacas e subiram na embarcação, onde Hari tirou a mochila imediatamente. Ela quase o afundara.

Não posso deixar isso perto de mim, disse.

Pérola levantou-a e sentiu o seu peso e calor.

Hari, amarre uma corda nela e faça-a afundar. A água pode impedir que ela nos cause mal.

Pode piorar.

Mas amarrou um pedaço de corda nas alças, depois subiu o mais longe possível pelas estacas e mergulhou a mochila na água. O peso da caixa afundou-a. Ele prendeu a corda a uma estaca reforçada. Nadando e escalando de volta sentiu-se mais limpo.

Comeram, depois dormiram, exaustos o suficiente para não se importarem de estarem molhados. Os raios de sol inclinados entre as tábuas do embarcadouro indicavam que eles acordaram no meio da tarde.

Não podemos partir antes de escurecer, observou Hari.

Por que não? Não há barcos para nos perseguir. E, afinal, por que nos perseguir? Todos estarão olhando para a cidade, esperando o que o canhão de Ottmar vai fazer.

Ela estava certa. Continuou:

E estaremos bem longe, no mar, antes que eles percebam que o canhão não fez nada. Slade e Coney não vão contar nada. Terão ido embora.

Hari ficou feliz por ela ser capaz de pensar. Ele parecia não conseguir mais resolver as coisas.

Esperaram um pouco, ouvindo os barulhos. Hari passou pelas estacas e trouxe a mochila de volta, arrastando-a debaixo d'água pelo caminho todo.

Amarre-a na parte de trás do barco, recomendou Pérola. *Podemos pegá-la quando chegarmos ao Sal Profundo.*

Vai gerar resistência. Vai nos atrasar.

Mas ficaremos mais seguros. Não importa quanto tempo vamos levar.

Ele prendeu a mochila e deixou-a submergir. Os dois guiaram o barco pelas estacas até passarem do embarcadouro, então ergueram o mastro e a vela e, lentamente, numa brisa quase fraca demais para ser percebida, velejaram para longe do Porto e em direção ao mar.

O pôr do sol estava dourado, e as mansões nos penhascos brilhavam em branco, amarelo e azul. As janelas cintilavam, mas nem Pérola nem Hari, estreitando os olhos, conseguiam ver movimento de pessoas. Abaixo dos muros da cidade, as tocas estavam tranquilas, com cortinas de fumaça aqui e ali.

O vento ficou mais fresco e forte, empurrando-os para longe da terra, mas o barquinho se movia muito devagar, com a mochila e a caixa pesada

SAL

163

agindo como uma âncora. Hari cuidava da vela, querendo mais velocidade. Ottmar começaria seu espetáculo de luzes antes de a lua aparecer. E, quando fracassasse, Hari sentia que ele saberia quem havia roubado seu sal e para onde estava indo. Ottmar também tinha uma voz que falava com ele.

Uma vermelhidão mantinha a luz no céu a oeste. Depois, sumiu como se alguém tivesse jogado um punhado de terra sobre uma fogueira. A noite chegou rapidamente, cintilando de estrelas. Ottmar não ia gostar das estrelas. Ele ia querer uma escuridão tão profunda quanto possível.

Poucas luzes se acenderam nas mansões, mas o Porto e as tocas continuavam escuros. Ouviu-se um estrondo, rolando na água como uma roda de ferro num piso de madeira.

Ele começou, disse Pérola.

E agora ele sabe, anunciou Hari.

Houve uma pausa. E outro estrondo.

Ele vai continuar. Não pode ter certeza até terminar de atirar todas as balas, afirmou Pérola.

E o bombardeio prosseguiu.

Pérola contou. *Foram cinquenta.*

E nenhuma luz no céu, comentou Hari.

O que ele vai fazer?

Matar as pessoas. Torturá-las.

Hari, não tem como ele saber de nós.

Ela estava certa; mas, ainda assim, ele ouvia o sussurro de outra voz.

Um jorro de chamas surgiu entre duas mansões e, um instante depois, o som de uma explosão chegou até eles.

O exército da cidade está atirando em resposta. Os escrivães devem ter canhões de raios, ponderou Hari.

Outra chama se ergueu, outra detonação foi ouvida.

Eles atingiram uma das casas. A Casa Kruger, declarou Pérola.

Ottmar parou seu canhão.

Ele vai ter de usar seus canhões de raios também, disse Hari.

Eles vão se matar, disse Pérola. *Os dois lados.*

Ela guiava o barco enquanto Hari cuidava da vela, mas não conseguia manter os olhos afastados dos incêndios que se iniciavam no penhasco. O som dos canhões ribombava continuamente, e um brilho se ergueu da cidade — não o verde do sal, mas o laranja das chamas que atingiam os prédios.

A Casa Kruger queimou. E então...

Hari, eles atingiram minha casa. Atingiram a Casa Bowles.

Vão atingir todas elas. Deviam estar se preparando para isso.

Ele pensou em Tarl observando tudo das tocas — e sabia que ele iria esperar. Quando os dois exércitos tivessem lutado até a exaustão, Tarl atacaria.

As tocas vão vencer, pensou Hari. Era tudo o que ele quisera a vida toda, era seu sonho. Agora isso só o entristecia. E o assustava. Tarl ou Keech ou outra pessoa iria governar, mas tudo permaneceria igual.

A Casa Kruger caiu em uma grande explosão de fogo e fumaça. A outra pequena, que ficava ao lado, Casa Roebuck, desabou. A Casa Bowles ainda queimava. Pérola observava sem conseguir conter as lembranças e descobrir o que sua casa tinha significado para ela. Parecia que havia passado a vida toda crescendo fora dela, crescendo para longe — todo aquele tempo desde que Folha de Chá chegara e transformara seu lar em nada. Ainda assim, a casa a guardara, mantivera-a aquecida e alimentada — enquanto Hari passava fome na Toca Sangrenta.

O andar de cima da mansão veio abaixo de repente, e as paredes inferiores se abriram como uma flor de pétalas vermelhas. Uma espiral de fumaça subia e dissipava-se na escuridão.

Acabou. Está acabado, pensou Pérola. *Não sou mais uma Bowles.*

Você está bem?, perguntou Hari.

Estou, sim.

Eles vão queimar todas elas.

Vamos embora daqui, disse Pérola.

TREZE

Os dois velejaram pela noite, depois se abrigaram dos ventos mais fortes em uma pequena baía. Uma fonte de água doce depois da praia abasteceu-os. Hari capturou peixes em uma lagoa rasa enquanto Pérola procurava uma árvore que tivesse frutas comestíveis.

O vento estava mais tranquilo no dia seguinte e soprou-os adiante. Eles se mantiveram mais próximos da costa, procurando locais onde pudessem acampar e encontrar mais comida. Depois de quatro dias, as colinas, duas verdes e uma cinza, mostraram suas corcovas no litoral. Hari fez uma grande volta no mar, para que ninguém no Porto do Sal notasse a vela, e aportou ao norte das colinas, no local onde ele e Danatok tinham parado depois de resgatar Tarl.

Pérola, não preciso de você. Vou entrar sozinho.

Hari, retrucou ela, *não preciso de você. Vou entrar sozinha.*

Ele deu um meio sorriso devagar, depois riu.

Ela franziu a testa em resposta. *Nunca mais diga algo assim.*

Sinto muito. E sentia mesmo. A ruga na testa dela era uma marca feita por ele. Para reforçar o pedido de desculpas, ele tornou a se desculpar, em voz alta.

Devemos ir agora, observou ela. *Vamos levar o sal para dentro e, depois, ir para o mais longe possível.*

Empurraram o barco para mar aberto e velejaram ao longo da costa da colina verde mais próxima. A maré estava mais alta do que quando Danatok e Hari tinham ido resgatar Tarl. O mar do lado norte da colina cinza estava calmo.

Vamos ancorar aqui na porta da caverna. Não consigo nadar com a caixa, ela vai me afundar.

Penhascos estendiam-se sobre eles, brilhando como carvão. Pérola conduziu o barco e suspendeu as amuras da vela, Hari pulou para fora e fez um laço com uma corda em volta do chifre de uma rocha, deixando folga suficiente para a maré baixa. Se o vento virasse e surgissem ondas, o barco seria jogado contra as pedras; era um risco que eles precisavam assumir. Ela baixou a vela enquanto ele puxava a mochila e deixava a água sair dela. Hari colocou a mão ali dentro para sentir a caixa.

Ainda está quente. Parecia que tinha tocado algo vivo.

Pérola pegou no depósito a tocha queimada pela metade e acendeu-a com a caixa de estopim. Enfiou no cinto uma tocha não usada. Os dois subiram ao redor da base da rocha que escondia a caverna, escalaram blocos de pedra e entraram na abertura irregular. Imediatamente, sentiram o toque do ar envenenado, a sensação de formigamento, mas ainda suave.

Foi por isso que ele não queria que eu viesse, pensou Pérola.

Vamos rápido.

Hari seguiu na frente, segurando a tocha, encontrando o caminho em um mapa que se desenrolava como um pergaminho na sua mente. Não tinham ido muito longe quando ouviram um grunhido e um som agudo, como de portas enferrujadas. Olhos parecidos com brasas vermelhas brilhavam em direção a eles; focinhos cinzentos molhados avançaram até o limite da luz.

Vamos fazer uma parede na nossa frente e empurrá-los.

Os ratos mutantes se irritavam e se agitavam. Pérola e Hari os afastaram, como se fossem sujeira na frente de uma vassoura.

Eles estão com fome. Estão morrendo de fome. Vão começar a comer uns aos outros em breve, disse Hari.

Logo, o garoto começou a andar mais devagar e a ajudá-la menos com os ratos. Ela aumentou a pressão sobre eles, embora olhar para os animais a enchesse de repulsa. Mas eles não teriam crescido assim — pelados, ou com pelo longo, ou com três rabos — sem o veneno do sal. Eram deformados por dentro — e Ottmar queria essa deformação para seus inimigos. Ela sentia uma repulsa mais forte pelo homem do que pelos ratos.

Hari?

Estou bem. Essa coisa parece pesar cada vez mais.

Não precisamos ir até o fim.

Há uma caverna lateral perto da luz, mas não tanto quanto eu fui da última vez. Danatok disse que há uma piscina de água nos fundos. E é muito funda. Ele tentou descer uma pedra amarrada a uma corda e nunca chegou ao final. Vou afundar a caixa lá.

Eles continuaram. Os ratos recuaram, dando cambalhotas, grunhindo. Hari ficava mais fraco. A caixa de chumbo parecia inchar nas suas costas e emitir um som de assobio entre suas omoplatas. Parecia quase sussurrar seu nome.

Silêncio, sussurrou ele em resposta.

Falta muito?, perguntou Pérola.

Não muito.

O mapa em sua mente estava se rasgando ao meio, mas ele sentia, como um cômodo escondido, a caverna lateral próxima. Em um instante, ela se abriu à luz da tocha. Um rato que tinha entrado ali saiu correndo guinchando. Hari chutou-o para longe, depois não teve mais forças. Encostou-se na parede e deixou a tocha cair.

Pérola pegou-a. Afastou os ratos com um grito de raiva.

Hari, gritou, *me dê a caixa. Tire-a da mochila.*

Ele levantou a cabeça. *Pérola*, respondeu, *Pérola.*

O quê?

Se eu guardar a caixa, posso usá-la para assustar Ottmar.

Ele deslizou pela parede e sentou-se no chão.

Posso usar contra os dois lados e fazer os dois pararem de lutar.

Não, Hari.

Posso...

Não.

Eu quero, Pérola.

Ela viu ratos esgueirando-se para perto e jogou-os para longe. Pegou a tocha de reserva no cinto e acendeu-a usando a de Hari.

Depois ordenou: *Levante-se, Hari.*

Não...

Levante-se.

Ela usou toda a sua força e viu os olhos dele brilhando à luz da tocha. Hari levantou-se devagar, escorregando pela parede do mesmo jeito que tinha deslizado para sentar-se. A mochila se soltou, e uma das alças saiu do ombro.

Tire-a. Dê para mim.

Pérola. A voz dele vinha de muito longe, passando por obstáculos, arrastando um peso que lutava para contê-la.

Hari, não vou obrigar você a fazer isso. Pode me dar por conta própria.

Pérola?, sussurrou de novo. Parecia uma pergunta. Devagar, como um velho, ele se virou de lado em direção a ela. Tirou a segunda alça do ombro e colocou a mochila no chão.

— Ah — ofegou —, ah — como se tivesse terminado uma corrida.

Obrigada, Hari. Agora segure a tocha.

Ela a colocou nas mãos dele, depois pegou a que estava fraca e pingando, a que ele havia deixado cair. Pegou as duas alças da mochila e a levantou.

Mantenha os ratos afastados.

Ela entrou na caverna lateral. Virou à esquerda, depois à direita, e terminou em uma parede preta inclinada. Uma piscina de água mais ou menos do tamanho da banheira aromatizada, onde suas criadas a ensaboavam, cintilava como óleo à luz da tocha. Pérola se aproximou, meio carregando, meio arrastando a mochila, e sentiu uma coisa que formigava e rastejava dentro dela, em sua espinha, forçando caminho para cima com um assobio que começava longe, no limite do som, depois chegava aos seus ouvidos e dizia: *Fique comigo, Pérola.*

Ficou enfurecida.

Saia daqui, gritou e levantou a mochila com uma das mãos, jogando-a com um chute lateral dentro da piscina. Essa ficou na superfície, expelindo o ar por um instante, depois afundou, e Pérola a viu descendo e descendo, entre criaturas deformadas, peixes de duas cabeças, e assentando no fundo, onde Ottmar nunca a encontraria, nem Tarl, nem Hari. Nem ela mesma.

A coisa que havia sussurrado seu nome tinha ido embora. *Estava em mim, era eu*, pensou. E correu de volta pela caverna.

Foi embora, Hari, gritou.

Ela o ouviu soluçar. A boca estava aberta, como se sofresse. Mas ele estava de pé, mantendo a tocha no alto. Os ratos corriam de um lado para o outro e se mordiam nos pontos em que a luz ficava fraca.

Agora vamos sair daqui, disse ela.

Não posso, respondeu Hari.

Hari. Ela o puxou.

SAL

Não posso. Preciso descobrir se alguém está vivo.

Ela não tinha pensado nisso.

Não estarão.

Não sabemos. Se estiverem, precisamos levá-los. Não podemos deixá-los aqui.

O pensamento de ir em frente apavorou Pérola. Olhou para os ratos, que pareciam erguer-se e alargar os focinhos, e duvidou de sua força para mantê-los distantes por muito tempo.

As tochas não vão durar, disse ela.

Pérola, ajude-me a chamá-los.

Não sabemos seus nomes. E, se eles responderem, não poderão chegar até nós no escuro. Os ratos vão pegá-los.

Quero chamá-los, Pérola.

O que devemos dizer?

Apenas: tem alguém aí?

Então os dois tentaram, unindo suas vozes e enviando um grito silencioso na escuridão.

Ninguém respondeu.

Estou tentando senti-los, disse Hari. Deixou a mente voar como um morcego, mas ela oscilou e circulou em uma caverna iluminada de verde que ele só conseguia imaginar, e nada se movia ali, nada respirava.

Ajude, Pérola.

Ela tentou.

Hari, estão todos mortos, afirmou.

Precisamos voltar e abrir a porta, para que eles possam sair.

Foi Tarl que ele imaginou: Tarl perturbado, arrasado, sujo, doente, sentindo o caminho através da luz venenosa.

Tudo bem, concordou Pérola. *A porta de ferro. Abriremos a porta. Mas, Hari, venha logo. Se ficarmos nesta caverna por mais tempo, vamos morrer.*

Eles começaram a retornar. Os ratos os seguiram. Por duas vezes, Pérola teve de virar-se e afastá-los como uma onda sugada pelo mar na praia, mas suas garras arranhavam, seus olhos avançavam, seus ruídos de fome aumentavam.

Pérola, chegamos. Veja, uma estrela.

Eles balançaram as tochas em direção aos ratos e saíram rapidamente da caverna, finalmente respirando ar puro. Desceram pulando das rochas e mergulharam na água, afundando, lavando-se, enquanto o ar da caverna saía borbulhando de suas roupas. Hari desamarrou o barco. Eles levantaram a vela e seguiram para o mar, o mais longe possível da colina cinza.

Tudo o que eu quero é dormir, confessou Hari.

Eu também.

Depois de um tempo, baixaram a vela e deixaram o barco à deriva. Ficaram deitados molhados e tremendo, enrolados juntos para se aquecerem, mas dormiram, mesmo assim, até o amanhecer.

Levaram a maior parte do dia para velejar ao redor da colina voltada para o mar e avistar o Porto do Sal novamente.

Parece deserto, comentou Pérola.

Ottmar levou todos os homens para lutar na sua guerra.

Não, disse ela, *há alguém. Está saindo daquele escritório no cais.*

O homem era um Chicote. Apontou uma arma de raios para eles e disparou, mas a distância era grande e o raio sibilou no mar.

Vamos contornar aquele pontal, depois andamos de volta.

Velejaram para o sul e, depois de um tempo, o Chicote virou-se e entrou no escritório.

Ainda parece deserto, observou Pérola. *Ele pode ser o único.*

Esconderam o barco no manguezal acima de um riacho lamacento, depois seguiram em direção às colinas até acharem um riacho de água doce. Beberam e se lavaram de novo. Ainda sentiam o veneno do sal.

Em breve, vamos precisar de mais comida, disse Pérola.

Talvez a gente encontre no Porto do Sal.

Eles se mantiveram perto da costa, embora, em terra, as casas de fazenda não dessem sinais de pessoas. As redondezas da cidade também estavam vazias: casas vazias, lojas vazias, uma escola vazia. Nada se movia na rua principal. Hari e Pérola avançaram com cuidado, sentindo o caminho, mas não encontraram vida no Porto do Sal até chegarem ao embarcadouro. Dois homens estavam sentados em um banco, compartilhando uma garrafa de vinho. Embora usassem uniformes de Chicote, eram cadetes, pouco mais do que garotos.

Hari e Pérola esgueiraram-se até o outro lado do prédio e seguiram pela parede até o cais onde ficava o escritório do Chicote. A porta estava aberta e o homem, sentado lá dentro, segurava um osso de carneiro e rasgava pedaços de carne com os dentes. Soltou-o quando viu Hari no vão da porta.

Fique parado, mandou Hari.

O homem congelou a meio caminho de sair da cadeira.

Quem é você?, indagou Hari.

— Cabo Tuck — respondeu o homem.

Quem está no comando aqui?

— Eu.

Hari abriu a mente do homem como se levantasse uma tampa: *Quantos homens você tem?*

— Dois.

Só isso?

— Tínhamos dois pelotões, mas chegou um navio e levou-os para o exército de Ottmar.

Por que a cidade está vazia?

— Todos fugiram. Os homens pegaram suas famílias e escaparam durante a noite. Foram para o sul, para as colinas. Acharam que Ottmar iria voltar e levá-los para lutar. Os fazendeiros também partiram. Levaram as ovelhas e o gado. Não há mais ninguém aqui.

Onde estão os trabalhadores da mina de sal?

— Não havia ninguém para vigiar esses homens. Eles correram para as montanhas.

Hari assentiu. A maioria dos trabalhadores das minas de sal eram homens das tocas. Esperava que eles conseguissem encontrar o caminho de volta para a cidade.

Quantos homens saíram do Sal Profundo?

— Sal Profundo? — Hari percebeu uma agitação de prazer no cabo Tuck.

Quantos escaparam de lá?

— Ninguém escapou. Ainda estão lá dentro.

Você deixou a porta fechada?

— Essa foi a ordem. Não abrir a porta.

Então você ainda manda comida e água para eles?

O cabo Tuck piscou, com os olhos pesados, apenas meio vivos.

— Nada de água. Nada de comida.

Você os deixou morrer?

— Recebi ordens — explicou o cabo Tuck. — São apenas escravos. Há muitos outros nas tocas.

Hari, disse Pérola, aproximando-se dele.

Mate-o, disse uma voz dentro de Hari. Era a voz dele próprio.

Não, respondeu ele. E arrancou o pensamento da cabeça como se fosse um verme, amassando-o com o pé.

Quanto tempo desde que a última comida foi levada a eles?

O cabo balançou a cabeça.

— Muito tempo. Desde o dia em que os homens com trajes de chumbo vieram e levaram o sal.

Muito tempo, pensou Hari. *Então, eles estão mortos.*

— Mandei Fat e Candy darem uma olhada. Disseram que ouviram vozes chamando do outro lado da porta. Quando voltaram, uns três ou quatro dias depois, não havia mais nada. Eles bateram na porta, falaram que tinham levado carne assada e um barril de cerveja. Estavam se divertindo. Mas ninguém respondeu. Não importa. Eram escravos. E o escrivão de Ottmar levou as chaves, de qualquer maneira.

Pérola colocou a mão no braço de Hari.

Não vou machucá-lo, afirmou ele. *Mas não quero mais falar com esse homem. Faça o restante.*

Ele liberou o homem. Imediatamente, a mão de Tuck foi até a arma de raios.

Fique parado, Tuck, comandou Pérola.

Pergunte a ele por que ainda está aqui. Não há necessidade de guardas em uma cidade vazia, disse Hari.

Pérola perguntou.

— Para vigiar o canhão — respondeu Tuck. — Era grande demais para o porão, então eles o deixaram aqui. Vão mandar um navio maior quando Ottmar precisar dele.

Hari deu um passo à frente.

— Mostre para mim.

Conduziram Tuck até o cais.

Agora jogue fora sua arma, exigiu Pérola.

Tuck a tirou do coldre.

Jogue-a no mar, ordenou Pérola.

SAL

Ele a jogou, embora tivesse emitido um som de sofrimento.

Agora, mostre-nos o canhão.

Estava em uma cabana: um canhão de raios, sobre um vagão-plataforma, com as baterias atrás, em uma caixa preta da altura de um homem.

— Você consegue atirar? — perguntou Hari, em voz alta. Não queria entrar na mente do homem.

— Sim — respondeu Tuck.

— Então chame seus homens.

— Fat, Candy, tragam seus traseiros até aqui — berrou Tuck.

Passos martelaram no caminho de tábuas do lado de fora do prédio. Os cadetes derraparam ao fazer a curva e pararam, olhando para Tuck. As mãos, hesitantes, foram até as armas de raios.

Deem as armas a mim, mandou Pérola, usando apenas metade de sua força.

Ela levou as armas para a beira do cais e jogou-as na água. Depois, ao voltar, olhou de esguelha para Hari e percebeu o que ele queria fazer. Ela o deixou instruindo Tuck e foi buscar comida; encontrou um estoque de queijo e pão duro no armário do escritório. Levou um pouco para Hari e obrigou-o a comer enquanto os três homens davam partida numa locomotiva a vapor e a levavam até o abrigo, onde a acoplaram ao vagão-plataforma.

Saíram do Porto do Sal no meio da tarde, seguindo o trilho que levava à mina. O ramal da ferrovia ficava a meia hora de distância. O cadete chamado Candy trocou os pontos, e a locomotiva puxou o canhão em direção à porta de ferro. Eles pararam a centenas de metros de distância, com os penhascos da colina cinza erguendo-se como um muro.

Hari, não quebre a porta, falou Pérola.

Não, é o túmulo deles.

Ele sentia que também era o túmulo de Tarl: o mesmo que o carregara nos ombros e lhe ensinara a sobreviver nas tocas. Olhou para o penhasco cinza, procurando um ponto fraco.

— Arme o canhão, Tuck. Quantos raios ele dispara?

— Vinte dos bons — disse Tuck. — Depois, alguns mais fracos até recarregarmos as baterias.

— Acerte no penhasco, onde há uma rachadura debaixo do ressalto.

Tuck fez Fat e Candy girarem as rodas. Sentou atrás do canhão enquanto o bocal subia, depois analisou o alcance em um instrumento na lateral.

— Está bem, atire — ordenou Hari.

O canhão fez um estrondo profundo na culatra; uma luz brilhou no bocal, e um raio sibilante, com ponta arredondada e longo como uma cobra, elevou-se quase com preguiça em direção ao penhasco. Na metade do caminho, começou a cair, aumentando de tamanho no meio como se tivesse sido alimentado. Atingiu abaixo do ressalto em uma explosão de luz. Rochas do tamanho de fardos de lã voaram para longe. O penhasco pareceu estremecer, mas o ressalto se manteve firme.

— De novo — falou Hari.

Desta vez, o ressalto caiu com um rugido e enterrou o arco que levava até a porta na base do penhasco. Pedras quebradas se espalharam. Elas rolaram e pararam quietas.

— De novo.

Ele fez Tuck continuar a atirar, mais baixo no penhasco no início, depois mais alto, e o monte de pedras aumentou até que derrubou o poste de luz e esmagou a cabine da sentinela. A porta de ferro ficou enterrada sob toneladas de pedra que ninguém jamais tiraria dali.

Os cadetes ficaram esperando as ordens. Tuck se levantou, com o rosto vermelho devido ao calor do canhão. E prestou continência.

Hari achou que devia mandá-los começar a caminhar para onde bem entendessem e nunca voltar. Em vez disso, pediu: *Pérola, me ajude. Quero dar um jeito para eles nunca falarem do Sal Profundo.*

Eles trabalharam juntos, no fundo da mente dos homens, evitando as coisas horríveis que havia ali, dizendo a eles que o Sal Profundo não existia, nunca havia existido... nada de porta de ferro, nada de morrer no escuro. E eles nunca tinham visto Hari e Pérola.

Quando formos embora, disse Hari, *estas são as suas ordens, Tuck. Leve o canhão de volta para o cais e jogue-o no mar. Afunde-o. Depois voltem aqui, vocês três, e comecem a trabalhar. Destruam a ramificação da ferrovia que leva à colina. Arranquem os trilhos, arranquem os dormentes. Façam parecer que nunca houve uma ferrovia aqui. Não importa o tempo necessário, é isso que vocês vão fazer. Depois, vocês irão embora e nunca se lembrarão disso, e podem andar para sempre, se quiserem, mas nunca voltarão ao Porto do Sal.*

Tuck, Candy e Fat pareciam estátuas.

Esperem até não poderem mais nos ver.

SAL 175

Ele foi até o vagão-plataforma e colocou nos ombros a sacola que Pérola havia enchido de comida. Voltaram as costas para os homens, para o enorme monte de pedras, para a colina cinza, e caminharam. Seguiram a ramificação da ferrovia, atravessaram a linha principal e andaram sobre trilhos de vagões, passando por fazendas desertas e campos vazios. Era meia-noite quando chegaram ao riacho do manguezal.

Vamos dormir aqui, Hari.

Sim, vamos dormir.

E amanhã poderemos seguir para o Riacho das Pedras.

Hari fez que não com a cabeça. *Não, Pérola.*

Ela o fitou, em choque.

Há mais uma coisa que eu preciso fazer.

CATORZE

Mais uma vez, velejaram em direção ao sul. Para Pérola, era como se eles estivessem caindo em um fosso. As colinas costeiras estavam repletas de arbustos, e o céu do oeste, cinzento. Ela sentia uma pressão vindo dos dois lados, espremendo o barco para o interior de um buraco. Não queria mais ver a cidade, com o porto inativo e as tocas em ruínas e os penhascos onde sua família tinha morrido. Não queria mais ficar em qualquer lugar perto de Ottmar, que estava conectado, em sua mente, aos ratos deformados do Sal Profundo; e, admitiu, nunca mais queria ver Tarl. Havia algo nele que não tinha cura, e uma deformação que aumentaria ainda mais e nunca recuaria. Ainda assim, ela sabia por que Hari precisava vê-lo mais uma vez.

As nuvens cresciam no horizonte como cabeças espiando por sobre um muro. Durante três dias, elas se encheram de escuridão, depois começaram a se deslocar para a costa com um vento constante. Tanto Pérola quanto Hari estavam acostumados com as tempestades de verão que atingiam a cidade, mas nunca tinham enfrentado uma no mar. A chuva caía sobre eles como pregos de aço enquanto velejavam para além das colinas, permitindo-lhes ver nada mais do que relances de árvores escurecidas nos parques e casas caídas formando montes negros com esqueletos sobre elas. Também viram, como um fantasma, a Casa Ottmar de pé, sem danificações, com a bandeira no telhado esticada ao vento. Não parecia ser a bandeira de Ottmar.

Seguiram em direção ao Porto, com ondas pesadas jogando e arrastando o barco. Nenhum dos dois tinha habilidade para esse tipo de navegação. O quebra-mar no lado norte arrancou a cana do leme das mãos de Pérola quando eles passaram. O barco arrastou-se nas rochas, depois se

SAL

liberou, deslizando na água parada e tremulando a vela. Eles encontraram uma rampa vazia entre os cais e arrastaram o barco até a metade; tiraram a água de dentro dele e puxaram-no para ficar acima da marca de maré alta. O Porto ainda parecia deserto, e durante a tempestade havia poucas chances de alguém roubar o barco. Correram até o prédio mais próximo com a sacola de alimentos e fizeram uma fogueira em uma lareira de pedra. Eles se aqueceram e se secaram, depois comeram e beberam.

Para onde vamos?, perguntou Pérola.

Para as tocas, se Tarl estiver lá. Se não estiver, não sei. Para o local onde eu possa encontrá-lo. Pérola, você não precisa ir.

Eu vou, disse ela.

Os dois dormiram por uma hora no chão duro, depois saíram pelas ruas do Porto. Não havia pessoas, nem fogueiras, nem gritos, nem gemidos. Os únicos sons eram da chuva atingindo as paredes e da água entrando nos bueiros. Passaram pelo Bordel, por Keg e por Keech. Ninguém. A Toca Sangrenta estava silenciosa como a morte.

Hari escalou uma ruína até o alto, mas a chuva estava forte demais para ver muito longe. Ainda assim, talvez houvesse pitadas de luz nos muros da cidade; e, mais adiante, quase invisíveis atrás do véu cinzento, brilhos amarelos e pálidos que podiam ser fogueiras.

Eles viram pessoas pela primeira vez quando se aproximaram dos muros: um homem, uma mulher e uma criança andando com as cabeças baixas na chuva. Hari fez Pérola esperar no vão de uma porta. Ele parou o homem e o conteve com suavidade:

— Onde estão todos? — perguntou.

— Na cidade. Nos penhascos. Hoje é o dia da assinatura.

— Que assinatura?

— Rapaz, por onde você andou? Todo mundo sabe.

— Andei caçando no campo. Que assinatura? — indagou Hari.

— Os escrivães, conosco. Com as tocas. É um tratado.

— E Ottmar?

O homem riu, com um prazer ganancioso. Seus olhos brilhavam, e Hari deixou-o romper o que o segurava.

— Ottmar está em uma jaula, onde deve permanecer.

— Capturado?

— Tarl o pegou, com seus cães. Houve uma batalha na cidade. Os escrivães derrotaram o exército de Ottmar, assassinaram uma grande parte do grupo dele, mas, quando tentaram subir os penhascos, encontraram-nos lá com os canhões de Ottmar apontando para seus rostos e, como já estavam cansados de lutar, perderam muitos homens. Tiveram de se render e ser educados por nós. Sim, por nós, os homens das tocas.

Ele riu de novo.

— Como foi que Tarl capturou Ottmar?

— Apenas passou por um portão com seus cães quando os exércitos estavam lutando. Nós, da Toca Sangrenta, fomos atrás de Ottmar com nossas facas. Subimos os caminhos deles como ratos das tocas, agarramos os oficiais e fizemos o saque. — Ele golpeou com a mão, cortando uma garganta. — Mas Tarl segurou Ottmar com seus cães, não deixou que nós o matássemos. Ele o trancou numa jaula; o melhor lugar para o vagabundo. Ele e o filho.

— Kyle-Ott?

— Kyle-Ott. Vamos tirar os dois de lá hoje à noite para nos divertirmos. Foi por isso que eu voltei, para pegar o meu garoto. Quero que ele veja tudo. Quero que veja a assinatura também. Tarl e Keech sentados com os escrivães e fazendo eles se arrependerem.

— Keech está lá?

— Ele surgiu atrás de nós com o grupo dele, e o grupo de Keg também. E as garotas do Bordel. Ele tem mais homens do que a Toca Sangrenta, mas nós temos Ottmar. Temos Tarl. É melhor você subir lá, se quiser ver.

— Eu vou.

O homem, a esposa e o filho saíram para a chuva, com o garoto choramingando até que o pai o colocasse sobre os ombros.

Pérola, disse Hari, *preciso ir lá em cima. E, desta vez, você não pode ir.*

Por que não?

Porque você tem a pele branca. Você é da Companhia. Eles a matarão se a virem.

Não sou da Companhia.

Eu sei, Pérola. Eu sei. Mas pele branca e cabelo amarelo. Pérola, isso é morte na certa. Você nem vai ter chance de argumentar.

Posso me manter com o capuz, explicou Pérola.

Não é suficiente.

Eu amarro a fita com força. E, olhe... Ela pegou um pouco de lama e passou no rosto. *Posso ficar marrom igual a você. É só passar nas mãos e nos braços também.*

A chuva vai tirar tudo.

Hummm, fuligem. Há muita fuligem. Posso passar em mim. Hari...

Seus olhos. Olhos azuis.

Posso mantê-los abaixados. Olho para o chão. As mulheres da Companhia são boas nisso.

Ele a fitou, olhou em seus olhos, de um azul mais claro agora que a lama escurecera seu rosto.

Hari, você pode precisar de mim.

Eu me preocupo mais com ela do que com Tarl, pensou ele. Mas precisava ver o pai, dizer a ele que a caixa de sal estava enterrada na mina, onde nunca seria encontrada, e que o Sal Profundo estava fechado para sempre. E queria, se conseguisse, para deixar Tarl feliz, fazê-lo esquecer tudo.

Pérola usou a água que escorria de um telhado para lavar o rosto. Hari procurou fuligem e encontrou um pouco na parte de baixo de uma folha de alumínio usada para proteger um fogo de cozinha. Ela esfregou aquilo nas mãos e nos braços, depois no rosto, deixando tudo mais preto do que marrom. Hari a fez fechar os olhos e espalhou fuligem em suas pálpebras.

Mantenha os olhos fechados. Posso guiá-la. Vamos fingir que você é cega.

Vou tentar.

A chuva diminuiu enquanto eles subiam em direção aos muros da cidade. Parou totalmente quando atravessaram o portão, mas o vento soprava com força, açoitando as capas contra suas pernas, embora a Colina das Mansões estivesse entre eles e o mar. Subiram o caminho por onde Pérola e Folha de Chá tinham fugido.

Pessoas, disse Pérola.

Das tocas, explicou Hari.

As pessoas formavam um grupo compacto na ampla rua de mansões queimadas: homens, mulheres, crianças, velhos e jovens, deficientes e doentes, todos tinham vindo — e de todas as tocas: Sangrenta, Keg, Keech, Vale e Bordel. O cheiro das tocas, de corpos, roupas sujas, alimentação ruim, fome e doença provocou lágrimas nos olhos de Hari, mas também lhe deram um toque de euforia: *Nós ganhamos.* Então, lembrou-se da matança, do homem fazendo o gesto de um corte na garganta, de como um tratado deveria ser feito com os escrivães, e percebeu que não tinha vencedores; ninguém tinha ganhado. *Mas, certamente,* pensou, *as coisas vão melhorar. As tocas não precisam mais passar fome.*

Ele abriu caminho, escoltando Pérola, e quando os homens se opunham, ele dizia:

— Sou filho de Tarl, Hari. Tenho uma mensagem para ele.

Então, as pessoas deixavam-no passar. Os guardas, posicionados casualmente na mansão de Ottmar, conheciam-no e o saudavam-no, empurrando-o através do portão.

As pessoas nos gramados eram, principalmente, homens que lutavam, de todas as tocas, sendo que aqui e ali havia um grupo coeso de mulheres do Bordel portando facas. Alguns tinham arrancado tábuas queimadas das mansões arruinadas e estavam mantendo fogueiras acesas com a madeira molhada, cozinhando alimentos que os escrivães tinham enviado a eles como um gesto de boa vontade. Outros descansavam em sofás e cadeiras arrastados da mansão de Ottmar, sem se importarem se estavam ensopados de chuva. Além dessa multidão, perto do penhasco, o muro entre o parque de Ottmar e a rocha de onde Cowl, o Libertador, tinha jogado as Famílias — e onde, cem anos depois, Ottmar também havia jogado suas vítimas — havia sido derrubado. A mão de mármore ainda estava de pé, embora os dedos tivessem sido arrancados pelo tiro de um canhão de raios. Só o polegar permanecia, apontando, torto, para o mar. Um toldo erguido por postes atrás da mão abrigava uma mesa e quatro cadeiras. Grupos de homens estavam de pé ali perto: homens da Toca Sangrenta, homens de Keech, com mulheres do Bordel mais distantes, discretas.

De um lado, alguns gritavam e dançavam ao redor de uma jaula de ferro, jogando ossos roídos e punhados de lama através das barras.

São Ottmar e Kyle-Ott, observou Pérola.

Ottmar estava deitado encolhido no meio da jaula, com suas roupas refinadas rasgadas. Ele estremeceu e choramingou, depois balbuciou alguma coisa para si mesmo — alguma ladainha de sua glória anterior — e abriu os olhos e olhou ao redor, fechando-os depois novamente para se afastar da realidade. Kyle-Ott estava de pé, agarrando as barras. Fitava em torno de si de um jeito desafiador; e também berrava, gritos de raiva e desprezo, mas tremia, como o pai. O pânico e a descrença eram iguais.

SAL

Pérola e Hari viraram-se para o outro lado. Ottmar havia tratado seus inimigos com mais crueldade do que isso, mas vê-lo sofrer transformava-o em vítima também, alguém que eles deveriam tentar ajudar. Isso os confundia.

Não quero ver o que vai acontecer com eles, sussurrou Pérola.

Não. Vou encontrar Tarl. Depois vamos embora.

Prosseguiram até a frente do toldo. Keech estava lá — um homem baixinho, com as pernas arqueadas quase formando um círculo, e um olho cego, mais branco que leite, com um dos lados do rosto escorrendo até o pescoço por causa de uma doença infantil. O olho bom era como um besouro-saltador, pulando para todo lado, encontrando tudo.

Tarl estava perto de um grupo menor, envolvido por eles, mas parecendo sozinho. Adiante, na escuridão crescente, o Cão e sua matilha estavam deitados no gramado, roendo ossos.

— Mais luz. Precisamos de fogo. Tragam madeira — gritou Keech.

Os homens correram com portas queimadas e tábuas lascadas e as empilharam em frente ao toldo, onde outros com ferros de marcar as acendiam. Uma fogueira, duas, e logo meia dúzia delas queimavam entre o toldo e a mão de mármore.

Hari e Pérola recuaram. Ele queria falar com Tarl sem ser visto. Contornaram por trás do toldo outra vez, passando pela jaula onde um homem empurrava Kyle-Ott para longe das barras com um fluxo de urina, e se aproximaram da matilha no escuro.

Espere aqui, Pérola.

Hari foi em direção à matilha com cuidado.

Cão, chamou.

O Cão se sacudiu como se alguém o tivesse chutado, depois se levantou rosnando.

Cão, venha cá.

O animal o viu e os pelos de seu pescoço se eriçaram, mas Hari disse: *Calma, Cão, sou seu amigo. Venha cá.*

O Cão se aproximou com cuidado e parou a um metro de distância, ignorando a mão estendida de Hari.

Tudo bem, Cão. Eu sei que você é o líder. Mas preciso falar com Tarl. Vá chamá-lo.

O Cão rosnou.

Sou filho dele, Cão. Ele quer me ver.

O cachorro pareceu pensar por um instante. E os pelos do pescoço meio eriçados abaixaram. Ele se virou e trotou para longe. Os homens perto de Tarl saíram e deixaram-no passar. Hari sorriu ao ver a deferência deles. Os cães e os homens das tocas já tinham se alimentado uns dos outros.

O Cão cutucou a mão de Tarl com o focinho e virou-se para encarar Hari, que não conseguia entender a mensagem trocada entre os dois, mas sentiu a alegria de Tarl. O pai afastou-se do grupo e correu em direção a ele.

— Hari.

— Tarl.

Os dois se abraçaram.

— Hari, por onde andou? Achei que tinha sido morto. Disse a eles que você voltaria e traria uma nova arma. Você conseguiu, Hari?

— Não, Tarl. Agora ouça. Não há arma. Nenhuma arma que você nem mais ninguém jamais possa usar. O sal é venenoso. Ele mata todas as pessoas. E todas as coisas. Animais, plantas. Ele mata o mundo se ficar solto. Você não pode usá-lo.

— Hari...

— Ouça. Eu roubei o sal de Ottmar e levei-o de volta para o Sal Profundo. Nós o roubamos: Pérola e eu. Nós o levamos para a mina e o deixamos lá. Depois fechamos a mina. Ninguém jamais o encontrará.

— Mas, Hari, eu preciso do sal. Eu disse a eles que uma nova arma está chegando. Os escrivães são fortes demais para nós. Eu disse a Keech...

Hari fechou os olhos. Nunca se sentira tão próximo do pai, nem tão distante.

Tarl, disse a ele. E entrou fundo na mente do pai, invadindo-o, odiando o que precisava fazer. Tarl significava mais para ele do que qualquer outra pessoa, até Pérola aparecer.

Tarl, não existe o Sal Profundo. Você nunca esteve lá. Diga isso, Tarl.

Tarl se sacudiu, como se sentisse a luz venenosa formigando em sua pele outra vez.

— Não existe o Sal Profundo. Eu nunca estive lá — sussurrou.

Isso é tudo, Tarl. Agora vou embora. Lembre-se de que sou seu filho. Lembre-se de que eu o amo.

Ele se retirou da mente de Tarl como se recuasse de um cômodo cheio de objetos sombrios que tinham sido familiares. O Cão, de pé ao lado de Tarl, choramingou, confuso.

SAL   183

Um grito veio de trás deles:

— Tarl, é esse o garoto que você nos prometeu? O garoto com a arma?

Keech foi em direção a eles, cômico com suas pernas arqueadas, mas com uma expressão feroz e exigente no rosto.

— Meu filho — sussurrou Tarl, assentindo para Keech, mas parecendo não saber onde ele estava. Segurava Hari com força pelo braço.

— Hari, é esse seu nome? Tarl disse que você tinha ido procurar a arma secreta de Ottmar. — Ele riu. — Isso é algo em que só vou acreditar quando aparecer na minha frente. Os homens das tocas só precisam de facas.

— Keech — disse Hari —, ouvi falar de você. Você seguiu Tarl, meu pai, até o alto da colina. É bom que o siga aonde quer que ele lidere. Mas uma arma... não, isso era uma história para manter nossos homens das tocas fortes. Não precisamos de armas, como você diz, além das nossas facas.

O olho bom de Keech fitou fixamente o rosto de Hari com a força de um punho.

Esse homem é perigoso, pensou Hari.

— Então — disse Keech, e virou-se para Tarl —, nada de arma, é? Bem, eu reconheço uma mentira quando a ouço. Sabia que era mentira. Mas os homens, aqueles que me seguem, não vão gostar disso. Os seguidores de Keech não gostam que os homens da Sangrenta usem-nos como tolos.

Hari tentou, com delicadeza no início, entrar na mente de Keech, mas encontrou uma barreira ali e, quando forçou, sentiu ela engrossar, acomodar-se e percebeu, por trás dela, uma força que parecia buscar descobrir o que a invadia, do modo como os cavalos alcançavam algumas vezes, como o Cão alcançava.

Ele recuou. Estava com medo. Keech começava do jeito que ele havia começado, com pouco mais do que a cegueira e poder, e Hari se perguntou quanto tempo se passaria até o homem ouvir o sussurro distante: *Keech*. O que ele se tornaria, então? E de onde viria essa força, de que poder misterioso?

Preciso levar Tarl comigo, pensou. *Ele não vai conseguir lutar contra esse homem.*

Antes que pudesse decidir o que fazer, um grito veio do gramado atrás da mansão:

— Os escrivães estão chegando!

As multidões nas ruas tinham empurrado os portões abertos e formavam uma massa que se agitava e fazia barulho, enchendo o parque de Ottmar desde a mansão até o toldo perto da mão de mármore. Um grupo de homens da Toca Sangrenta escoltava três escrivães, abrindo caminho com golpes de estacas de madeira. Eles os levaram até o toldo, três homens nervosos tentando parecer despreocupados. Keech correu até eles, usando um chapéu de penas que o fazia parecer um malabarista de rua.

— Hari — chamou Tarl —, espere aqui, eu preciso de você. — E se apressou atrás de Keech, com o Cão ao lado, bem perto.

Hari encontrou Pérola agarrando o braço dele. A multidão impulsionara-a para a frente. Sentiu outra pressão sobre os dois, empurrando-os para mais próximo do toldo: homens de Keech, uma dúzia ou mais, tinham formado um círculo atrás deles. Fizeram um muro que impedia Hari e Pérola de encontrarem um caminho para sair atravessando a multidão. Hari estava confuso. Quando Keech dera essa ordem?

Pérola, eles estão nos segurando. Mas é a mim que querem, não você.

Vou ficar.

Há muitos deles para controlarmos.

Hari, espere a nossa chance. Nós vamos escapar.

Tarl tinha se unido a Keech sob o toldo. Mas quem estava no comando era Keech. Sua barba emaranhada, que crescia apenas de um lado do rosto, estava quase levantada sob o forte vento que vinha do mar. Seu chapéu de penas tinha sido jogado para a multidão. Ele o abandonara. Uma de suas pernas arqueadas chutou para longe as cadeiras no lado da mesa reservado para as tocas.

— Os homens das tocas ficam de pé. Gostamos de nos movimentar com rapidez. Mas sentem-se, escrivães, se quiserem descansar o traseiro.

A multidão urrou em aprovação.

Dois escrivães, em uniformes vermelhos e azuis com franjas no cinto, sentaram-se. O terceiro homem, de pé atrás de suas cadeiras, era o escrivão que Tarl atingira com a faca e cujo cotovelo fora esmagado na Praça do Povo. Hari o viu reconhecer Tarl pela marca do ácido na testa do pai — e, avaliando os três homens, percebeu que aquele era o inteligente. Carregava uma arma numa correia e, quando um dos oficiais colocou a mão para trás para pegar um documento, ele a tirou da correia com um floreio.

SAL

Os escrivães queriam uma cerimônia com discursos, mas Keech não aceitava nada disso. Ele arrancou o documento da mão do escrivão e o rasgou em dois.

— Os homens das tocas não leem — gritou. — Isso é papel. Nós queimamos papel para nos aquecer. — Ele jogou os pedaços para trás, e um de seus homens os agarrou, correndo até a fogueira mais próxima e jogando-os ali.

— Tudo que precisamos é dizer o que vamos fazer...

Hari, disse Pérola, *Keech e o outro, o escrivão atrás, são eles que estão no comando. Consegue sentir os dois? Ambos vão trair o tratado. Vão barganhar e mentir, depois um vai matar o outro e Keech ou o escrivão vai governar. Posso sentir isso neles, dando voltas e voltas.*

Tarl não tem chance, disse Hari.

— Este é o acordo — urrou Keech, falando mais para a multidão das tocas do que para os escrivães. — Keech, Keech e Tarl, Keech e a Toca Sangrenta, e o Bordel, e todas as tocas, nós ficamos com os pontos mais altos. Eles são nossos. Ficamos com as tocas. Elas são nossas. Ficamos com o lado sul do Porto. Ele é nosso. E ficamos com a metade sul da Cidade, a partir da grande avenida que vai para o oeste. Ela será nossa quando nós a tomarmos dos trabalhadores, que são escória. Todo o resto pode ficar para os escrivães. É de vocês.

— Mas — gritou um dos oficiais — isso é absurdo. Não foi esse o acordo...

— O acordo mudou. Lembrem-se de que nossos canhões estão apontados para suas casas e famílias. Para suas crianças, hummm, tão macias e brancas. Estão apontados como felinos selvagens prontos para atacar. Quanto vocês já perderam? Querem perder mais? Vamos lutar com vocês contra os trabalhadores. Matá-los. Expulsá-los. E vamos dividir as coisas como eu disse. Concordem agora ou voltem para o local de onde vieram, mas prestem atenção nos canhões quando descerem.

O escrivão com o braço esmagado inclinou-se entre os oficiais e sussurrou. Com os rostos brancos, eles sacudiram a cabeça. O escrivão sussurrou novamente.

Keech vai matá-los se não concordarem, afirmou Hari.

Eles sabem, comentou Pérola.

O oficial superior se levantou. Ele balançou e pareceu que ia desmaiar. Mas o escrivão murmurou outra vez, e Pérola e Hari ouviram: *Diga a eles que concordamos. Tudo pode ser mudado quando quisermos. Temos tempo.*

O oficial levantou a mão. A voz saiu fraca:

— Nós concordamos com os termos.

— Mais alto — berrou Keech. — Quero que meu povo escute.

— Nós concordamos com os termos — gritou fraco, o oficial.

— Vocês ouviram, homens das tocas — urrou Keech. — Vocês ouviram, Toca de Keech. O tratado foi aceito. Temos as tocas, os pontos altos, a cidade e o porto. É tudo nosso. As tocas finalmente estão livres da tirania.

Um brado se ergueu da multidão, como água correndo morro acima; e a chuva recomeçou, se inclinando como arame esticado e sibilando nas fogueiras.

Keech levantou os braços. Era como um mágico silenciando todos.

— Agora precisamos distrair nossos amigos, os escrivães, e mostrar a eles como a Toca de Keech pune seus inimigos. Tragam os prisioneiros.

Os homens abriram a porta da jaula atrás do toldo. Arrastaram Kyle-Ott para fora, que mordia e lutava, e Ottmar, carregado como um saco. Eles os empurraram sobre a mesa, afastando os escrivães para o lado, e Keech agarrou os dois pelo colarinho com uma das mãos, arrastou-os pelo resto do caminho e jogou-os na frente da multidão. O vento deu uma grande rajada, inflando e depois murchando o teto de lona, que deu duas pancadas secas como se fosse uma mão gigante aplaudindo.

— O grande rei Ottmar. O príncipe Kyle-Ott. Vejam como eles se ajoelham diante de vocês, homens das tocas.

Hari e Pérola tinham conseguido seguir adiante, tentando se afastar dos homens que os cercavam. Estavam de pé perto de Tarl e do Cão, ao lado do toldo.

— Tarl, ele assumiu o controle. Precisamos sair daqui.

— Não. Não.

— Tarl, ele vai matar você em seguida.

— Não vai, não. Tenho a Toca Sangrenta. Tenho os cães. Hari, fique ao meu lado, me ajude, Hari. Posso derrotá-lo.

Os homens de Keech puxaram Ottmar e Kyle-Ott para ficarem de pé. Ottmar gaguejava de pânico.

Tarl deu um passo à frente.

— Meus prisioneiros. Meus — gritou. — Eu coloquei os dois nas jaulas e eu vou ordenar suas mortes.

— Escravos — gritou Kyle-Ott com voz estridente. — Vocês são escravos, vocês são a escória.

Keech o derrubou.

— De que importa — urrou — quem os capturou? Eles estão aqui, os últimos sobreviventes das Famílias, e quando estiverem mortos, não terá sobrado ninguém. Vamos matar os dois, tocas. Vamos jogá-los da Rocha.

Kyle-Ott levantou-se. Manteve sua coragem.

— Meu pai não conseguiria governar — gritou. — Olhem para ele. Chora como uma garota. Mas eu posso governar. Façam de mim o seu rei. Eu lhes darei riquezas, homens das tocas. Vocês terão assentos ao lado do meu trono. Vou apontá-los como meus governadores e generais, você — apontou para Keech — e você — para Tarl. — Minha mão direita e minha mão esquerda, na guerra, no comércio, na pilhagem, em todas as riquezas que pertenciam à Companhia. E tomarei uma de suas mulheres como minha rainha. Tragam-nas para a frente. Tragam para a frente suas donzelas. Deixem-me escolher.

Seus olhos vasculharam as pessoas — Keech, Tarl, os homens de pé atrás deles, buscando mulheres — e pararam. Pararam em Pérola. Ela não conseguiu fechar os olhos a tempo. Kyle-Ott a conhecia. O rosto dele ficou lívido; a cicatriz na bochecha destacou-se em vermelho.

Ele soltou um grito agudo:

— É ela. É Pérola. É Pérola Radiante, a noiva do meu pai. Homens das tocas, não sou o último. Há mais uma. Eu lhes dou essa garota. Ela é meu presente. Joguem-na no meu lugar, joguem a noiva com o rei — ele fez um gesto na direção do pai —, e eu serei seu novo rei...

— Matem o garoto — disse, aos berros, Keech. — Parem com essa tagarelice. Levem-no.

Os homens se adiantaram rapidamente, levantaram Kyle-Ott pelos braços, passaram correndo por um corredor aberto na multidão, pela mão de mármore até a beira do penhasco e jogaram-no, que gritava em resistência, no escuro.

— Esse é o fim do jovem rei. Agora o papai — gritou Keech.

Mas Ottmar não havia esperado. Os homens que o seguravam tinham afrouxado a mão para observar Kyle-Ott morrer, e Ottmar, louco de pânico, derrubou-os. Ele correu, rápido para um homem grande, em direção à multidão e, quando o filho morreu, ele seguiu para o muro entre o parque e os jardins da Casa Kruger.

Keech riu. Deixou Ottmar chegar até as árvores perto do muro e esbravejou:

— Tragam-no de volta, homens de Keech. Tragam nosso rei de volta e façam ele voar.

Uma dúzia de homens correu atrás de Ottmar. Mas Tarl foi mais rápido.

— Cão — disse ele, tocando-o levemente na cabeça.

O Cão emitiu um latido estridente, alertando a matilha. Ele correu, ultrapassando os homens, unindo e liderando a matilha, que soltou um latido repugnante de empolgação. Ottmar chegou ao muro e impulsionou-se para cima, uma vez, duas, fazendo força com os braços. Os cães o pegaram na terceira tentativa — tornozelo, panturrilha e coxa — enquanto o Cão, pulando, enfiou os dentes no flanco de Ottmar e ficou pendurado como uma abóbora revirando-se numa parreira. Ottmar caiu. Os cães pularam em cima dele, formando uma massa marrom, preta e caramelo.

Pérola e Hari olharam para o outro lado. Empenharam-se em passar pelos homens que os cercavam, mas não havia como, nem mesmo quando tentaram empurrá-los com a mente. Quando um deles estava confuso e sob controle, outro ocupava seu lugar.

— O fim de Ottmar, homens das tocas — gritou Tarl. — A Toca Sangrenta pegou Ottmar. Ele virou alimento para os meus cães.

Keech deu um riso forçado para Tarl. Seus dentes brilhavam à luz das fogueiras, dividindo ao meio sua boca deformada.

— Foi bem-feito — disse. — Tarl fez bem. Mas ouçam, homens das tocas, há mais alguém. Ottmar está morto. Ottmar se transformou em ossos. Mas e essa rainha de quem o príncipe falou? Onde está ela? Onde está a rainha Pérola?

Ele se virou de repente. O olho preto saltador pousou sobre Pérola. Fez um sinal com a mão e os homens atrás dela levantaram-na e a jogaram-na no chão ao lado das cadeiras viradas.

— Façam com que se levante — disse Keech.

Eles a puxaram e a colocaram de pé. Keech deu um passo à frente e arrancou o capuz do rosto dela. O cabelo amarelo de Pérola soltou-se

SAL

189

de repente. Ele rasgou a capa da garota e a arrancou, deixando-a de calça e camisa.

— Vejam, o garoto Kyle-Ott estava certo. Ela vem das Famílias, é Pérola. Vejam o cabelo, homens das tocas, vejam como brilha como o ouro da Companhia. Vejam os braços dela: são brancos. Vejam as orelhas, como conchas, e os olhos como o mar. A Toca de Keech a reivindica. Keech vai fazer a garota voar.

Pérola não podia fazer nada. Sua mente estava paralisada e não funcionava. Sentiu que estava se contraindo; estava pequena e encolhida de pânico.

Então, ouviu a voz de Hari, vinda de longe: *Não faça nada, Pérola. Confie em mim.*

Ele falou em voz alta:

— Deixe a garota, Keech. Ela é minha prisioneira.

— Quem, o garoto Hari? O garoto sem uma arma. Você não tem voz aqui.

— Tenho minha própria voz — gritou Hari — e a voz de Tarl, meu pai. E a voz da Toca Sangrenta também. E ela é minha. Pérola é minha. Eu a peguei. Eu a trouxe aqui como minha prisioneira. Ela é minha oferta para as tocas. Pérola Radiante da Casa Bowles.

Sua mente nunca havia trabalhado com tanta rapidez, mas cada passo que ele precisava dar era certo, como se caminhasse com tranquilidade por uma sala.

— O garoto está mentindo. Não deem ouvidos a Hari. Ele a trouxe aqui escondida, para nos espionar — berrou Keech.

Hari entrou na mente do homem, fazendo-o se sacudir, prendendo-o, embora encontrasse o mesmo muro de antes. Sabia que sua vantagem não ia durar.

Quieto, Keech.

Ele ergueu a voz:

— Eu a trouxe como última sobrevivente das Famílias. Eu a trouxe para morrer. E eu serei seu carrasco. Eu a jogarei. É um direito meu, em nome da Toca Sangrenta. Pergunte a Tarl.

Tarl viu sua chance.

— Hari está dizendo a verdade. Fiquem ao lado dele, pessoas da Toca Sangrenta. Todas as tocas. Ele a capturou: o direito de execução é dele.

— Chega de conversa — gritou uma mulher do Bordel. — Deixem o garoto fazer o serviço. Jogue a garota.

Outras vozes se ergueram, transformando-se em um urro de aprovação.

Hari foi para o lado de Pérola e agarrou seu braço.

Faça o que eu mandar, Pérola. Nada além disso.

E ergueu a voz:

— Abram caminho. Deixem-me levar a garota até a Rocha.

Tropece, Pérola. Finja que está com medo.

Eu estou com medo, Hari.

Eu também.

Ele empurrou Keech, que estava livre outra vez, embora sacudisse a cabeça como se um mosquito zumbisse ali dentro. Um caminho se abriu passando pelas fogueiras, em direção à mão de mármore. Hari conduziu Pérola, mantendo-a de pé, sem falar com ela. Encenou mentalmente os passos do que deveria fazer, colocou-os em sequência, aperfeiçoou-os. Depois falou com Pérola.

Pérola, quando eu vinha aqui espiar pelas janelas, descobri maneiras de escapar se alguém me visse. Só há um jeito para nós agora.

Qual, Hari?

Pularmos do penhasco.

Hari...

Não da Rocha. Do local para onde o polegar aponta, da mão. É perto da beirada, apenas quatro ou cinco passos. Quando você chegar lá, vai ver dois recifes se destacando, com água entre eles até o penhasco. Pérola, a maré precisa estar alta, e ela está. O vento precisa estar soprando, e ele está. Cada onda rola até o penhasco, e há um momento em que ela golpeia, depois enche e fica parada, por meio segundo, antes de voltar ao mar. Pérola...

Hari, não podemos...

Podemos, sim. Eu marquei o tempo. Joguei pedras para ver quanto tempo levavam. Não tem outro jeito. Segure em mim, Pérola.

Havia um espaço entre a multidão e a mão. Eles passaram por ali devagar, com Pérola tropeçando. Keech os seguiu. Tarl vinha a seu lado. Olhando para trás, Hari viu o pai levar a mão à faca dos Citadinos.

— Rápido, garoto — disse Keech. — Não temos a noite toda.

Hari o ignorou.

Pérola, caia no chão quando passarmos por baixo do polegar. Dê a impressão de estar chorando.

Eu estou chorando, Hari.

Eles se adiantaram a Keech e Tarl. O gramado deu lugar à rocha, onde ficava a base da coluna que apoiava a mão. A multidão explodiu de expectativa quando eles passaram por baixo do polegar de mármore. Pérola caiu no chão.

Ótimo, Pérola.

Não consigo evitar.

Ele colocou o pé em cima dela e a rolou de lado, sorrindo para a multidão, que gritava de alegria. O local de onde Kyle-Ott fora jogado ficava dez metros adiante, mas a beira do penhasco, de onde eles pulariam, estava a apenas cinco passos. Ele puxou Pérola para ficar de pé, depois olhou para o mar, onde os dois pontos negros dos recifes deveriam estar visíveis. A chuva estava grossa demais — ele não conseguia ver; mas avistou de relance um sopro cinzento, como uma bola de poeira, dois sopros, quando uma onda atingiu onde os recifes deviam terminar.

Na próxima, pensou. *Ande cambaleando, Pérola. E empurre-me mais para perto da beirada.*

Ele ouviu a onda que tinha visto bater na base do penhasco.

Pérola, quando eu disser para ir, simplesmente ande até a beirada e nós vamos pular. Vá o mais longe que puder. E segure minha mão. Não solte.

Ele viu mais dois sopros cinzentos e contou até seis, lembrando-se das pedras em queda.

Vá, Pérola. Três passos e pule.

Ele ouviu a multidão sibilar como uma cobra enroscada, e, acima de tudo, o grito agonizante de Tarl:

— Hari!

Os sons se perderam no vento que batia no penhasco. Os dois caíram, de mãos dadas, e pegaram o momento de parada da onda. Ela os sugou para baixo, separou os dois, arremetendo-os para o fundo em um piso de lascas de pedras entre as paredes de rocha, levou-os para longe, os fez virarem cambalhota, tirou-lhes o ar e jogou-os como grãos de cevada em uma panela, bem além das pontas dos recifes.

Hari encontrou Pérola e a manteve flutuando. Ele lutou contra o mar, tentando permanecer vivo. Pérola pensou: *Vamos morrer agora. É o fim.*

Ainda não. Vou tirar minha capa. Acho que consigo nadar.

Mais tarde, Hari não conseguia lembrar como os dois sobreviveram. Precisaram da noite toda e de metade do dia seguinte. Ele encontrou uma paleta quase encharcada jogada sob o penhasco e rolou Pérola para cima dela, e, de alguma forma, empurrou-a e afastou-a das rochas. O vento cedeu, mas a chuva continuava. Pérola estava deitada encolhida, tremendo. Hari nunca perdeu a esperança de salvá-la. Ao meio-dia, saíram do quebra-mar. A paleta ficou mais pesada e afundou um pouco mais. Foi necessário mais uma hora para levá-la até o cais do porto, e outra para levá-la até a rampa onde estava o barco. Hari levantou Pérola e carregou-a até o quarto que tinham usado, sem se importar de ser visto, preocupado apenas em levá-la para um lugar quente e seco.

As duas cobertas estavam no mesmo canto onde eles as tinham deixado. Hari tirou as roupas de Pérola e usou a coberta mais fina para enxugá-la. O corpo dela estava marcado de contusões provocadas pela tábua. Ele a embrulhou na outra coberta, depois fez uma fogueira e colocou Pérola em frente a ela. Havia comida. Ele amassou pão duro e queijo com água e a alimentou com a pasta. Ela comeu um pouco, depois dormiu. Ele dormiu ao seu lado.

Os dois ficaram no quarto por três dias. Na segunda noite, Hari pegou a faca de pescar e matou um rato. Encontrou uma panela enferrujada em um prédio em ruínas e colocou-a sobre as brasas para fazer um ensopado, com artemísia colhida no pátio de um depósito. Pérola ficou mais forte. Na terceira noite, ela o ajudou com dois limpadores de ruas — controlou os dois, mandou que seguissem, desmemoriados de onde tinham estado. Naquela noite, também, ouviram canhões ressoando na Colina das Mansões e outros respondendo da cidade. Sob a chuva nebulosa, o céu ficou vermelho.

Tudo estava bem de manhã. Velejaram através do quebra-mar e viraram para o norte com uma brisa para conduzi-los.

As armas estavam em silêncio. O único som que ouviram foi o latido de cães, bem distantes e fúnebres nas tocas.

QUINZE

Era a vez de Hari ficar doente. Ele se sentou à cana do leme e não conseguia manter a cabeça erguida. A febre fazia-o tremer, depois suar. Eles seguiram lentamente, descansando metade do dia em praias, dormindo em margens de riachos à noite. O vento morreu. Eles mal se moviam no mar morto, queimando no calor do auge do verão.

Agora Pérola tinha medo de que Hari morresse, mas ele rangia os dentes e tentava sorrir para ela.

Está tudo bem, Pérola. É Ottmar dentro de mim. É Keech dentro de mim. Vou expulsar os dois. Ele gemia e suava.

As três colinas surgiram, com o Porto do Sal destacando-se na linha d'água. A colina cinza estava com uma ampla cicatriz, brilhando como vidro. Eles passaram devagar por ela.

Hari lutou contra a doença e a expulsou. Quando as colinas estavam perdidas na costa ao sul, sentiu sua força voltar. Cavaram em busca de caranguejos num estuário e colheram frutas maduras de árvores subindo o pequeno rio. Lentamente dirigiram-se ao Riacho das Pedras. Toda noite, puxavam o barco para uma praia e faziam uma fogueira e se sentavam lado a lado, conversando em silêncio, depois em voz alta. Descobriram que gostavam do som das vozes, e o riso era mais feliz quando saía pela boca.

Dormiam lado a lado enrolados nas cobertas, e acordaram com frio uma manhã, entre a meia-noite e o amanhecer, e viram o brilho dos olhos um do outro sob a luz das estrelas. Começaram a se tocar e logo descobriram como fazer amor.

Ficaram na praia aquele dia todo e mais uma noite, depois seguiram de novo para o Riacho das Pedras. Durante dois dias, velejaram em um mar calmo e encontraram Folha de Chá esperando na linha da maré. Ela os recebeu, falando em voz alta, entendendo imediatamente que os dois precisavam ouvir sua voz normal. Caminharam até a casa de Sartok, conversando o tempo todo, embora Pérola e Hari mantivessem suas descrições limitadas: a caixa de sal, as balas de Ottmar, a jornada até o Sal Profundo, os ratos — tudo. Contaram a ela sobre o pulo do penhasco e a viagem para casa, e Folha de Chá viu em seus rostos o que havia acontecido no caminho.

Ela contou a eles que os Citadinos escondidos na cidade tinham enviado relatórios sobre a luta. Os escrivães e os homens das tocas atacaram o exército dos trabalhadores, mas os trabalhadores tinham uma bateria de canhões também. Ninguém venceu a batalha. Depois, os escrivães traíram o acordo e se uniram aos trabalhadores, tirando os homens das tocas das Colinas das Mansões. Muitos escaparam e se esconderam nas tocas de novo. Ninguém sabia o que tinha acontecido com Keech.

— Mas agora tudo terminou — disse Folha de Chá. — Há bandos de homens e mulheres caçando alimentos, e não há mais comida na cidade. Os depósitos estão vazios. As pessoas estão indo embora. Bandos de assaltantes estão atacando no interior, queimando cidades e vilas. Tudo está desabando. Haverá fome e massacre, e isso vai continuar por muitos anos.

— Onde está Tarl? — perguntou Hari.

— Tarl fugiu com os cães. Ele atravessou as planícies até a floresta e além, alguns dizem, até a selva. Tarl já virou uma lenda. Os homens o chamam de Rei dos Cães.

Eles ficaram em silêncio depois disso. Hari sofreu pelo pai, e naquela noite e no dia seguinte todo, Pérola ficou ao seu lado. Depois, os dois pegaram o barco e velejaram para o norte. Acamparam em uma praia por três dias e, quando voltaram, Hari tinha colocado seus pensamentos em Tarl de lado, em segurança, onde poderia visitá-lo com memórias mais tranquilas, embora, de vez em quando, surgissem lágrimas em seus olhos.

Eles trabalharam nos jardins. E na casa de defumação secando peixes, e Eentel ensinou Pérola a tocar músicas em uma flauta de bambu. Folha de Chá foi até eles e perguntou o que queriam fazer.

— Hari e eu conversamos — falou Pérola. — Adoramos aqui, mas queremos ir para o interior e encontrar um lugar para montar uma fazenda e ficar lá pelo resto da vida. Queremos ficar o mais longe possível da cidade. E, Folha de Chá, não queremos entrar na mente das pessoas e roubar suas memórias. A menos que seja necessário.

Folha de Chá sorriu.

— Achei que seria assim. E conheço um lugar do outro lado do Mar Interior. Os Citadinos costumam ir até lá, mas nunca se estabeleceram. Um rio escoa dele. A terra é fértil. Vamos ajudá-la, Pérola. Vamos ajudá-lo, Hari. O povo sem nome os guiará pela selva. Os Citadinos os levarão através do Mar Interior — ela sorriu de novo — e lhes ensinarão a construir uma casa e a plantar lavouras. Um dia, talvez não muito distante, enviemos outros até vocês.

— Quem?

— Pérola, é época de semear. Lembra-se de Tilly? O bebê dela nasceu. Estamos mantendo a família em segurança. Achamos que ele será capaz de falar como Hari e você. E haverá outros. Vou voltar para a cidade...

— Não, Folha de Chá.

— Sim. Eu sei me esconder. Vamos levá-los até vocês. Tilly e o bebê, e outros quando os encontrarmos. Crianças que saibam falar e talvez ouvir a voz...

— Há uma outra voz — comentou Hari.

— É verdade. Ottmar a ouvia. O homem que vocês chamam de Keech também a ouvia. E você, Hari, você a ouviu, lutou contra ela e a expulsou. Mas ela se esconde e espera. Nos homens, onde há uma voz, sempre haverá a outra. Nos Citadinos também. Hari, você poderá ouvi-la outra vez, mas já fez sua escolha. — Ela o tocou levemente no pulso. — E, se você nunca mais ouvir seu nome dito novamente pela voz que quer ouvir, ela está dentro de você, não vai desaparecer. Está sentindo, na sua pulsação?

Hari sorriu.

— Sinto, sim.

— E você, Pérola, o que você sente, agora que está grávida?

— Como você sabia? Nem eu tenho certeza.

— Sou Folha de Chá, sua criada pessoal.

— E olhe o que você fez com Hari. Eu queria contar a ele.

— É melhor eu ir embora, então, e deixar você fazer isso — encerrou Folha de Chá.

· · ·

Hari e Pérola deixaram o Riacho das Pedras duas semanas depois. Folha de Chá levou-os até metade do caminho, depois virou-se para o sul em direção à cidade. Eles seguiram através da floresta, pela selva, sobre o Mar Interior, e construíram sua casa e plantaram lavouras, e Pérola teve sua filha.

E esperaram os outros que iriam até eles.